ハヤカワ文庫JA

〈JA986〉

ゼロ年代SF傑作選

SFマガジン編集部編

JN283200

早川書房

6625

目　次

ゼロ年代ＳＦ傑作選

マルドゥック・スクランブル〝１０４《ワン・オー・フォー》〟

冲方 丁

「次世代型作家のリアル・フィクション」と初めて銘打たれ、ハヤカワ文庫JAから発表された『マルドゥック・スクランブル』は、第二十四回日本SF大賞を受賞し、「ベストSF2003」に選ばれるなど、ゼロ年代における新世代の感覚が反映されたSFとしてのリアル・フィクションを、痛烈に印象づける清新な作品であった。

SFマガジン二〇〇三年七月号初出の本篇は、時系列的に『マルドゥック・スクランブル』以前に位置し、続篇『マルドゥック・ヴェロシティ』内の出来事を描いている。『スクランブル』では、少女娼婦バロットの命をめぐり敵味方に分かれていたウフコックとボイルドだが、本篇ではまだ相棒同士として、犯罪に巻き込まれた一人の女性の保護に尽力する。

アクションや、そこに世界を立体的に構築しているかのような描写はずば抜けているが、冲方はそこに「感情」を込めるという。物語自体も弱者や被害者への共感に満ちている。しかしながら単純に「救う」ことはより事態を悪化させるかもしれないし、弱者だからといって力を与えてしまうと、より悪質な暴力が生じるかもしれない。非常に繊細かつ絶え間ない努力でバランスを維持するしかないという、このリアリティ溢れる倫理的覚悟が、文体やアクションをより緊張感に満ちた力強いものにしている。

冲方丁は一九七七年岐阜県生まれ、スニーカー大賞受賞作『黒い季節』でデビュー。『シュピーゲル』シリーズなどを発表して、人気を博す。二〇〇九年には初めての時代小説『天地明察』を発表、本屋大賞の候補になるなど大きな話題となった。そして二〇一〇年一月、『マルドゥック・スクランブル』劇場アニメ化決定と報じられた！

監視カメラの映像に映るのは、学校の体育館で行われたスポーツイベントの様子と、そこに現れた三人の少年の姿だ。少年の一人は、生まれつき膝が曲がりきらない右足を引きずるようにして歩き、オートマチックのピストルを構えて撃ち始める。残りの二人も銃を抱えてイベントに参加し、灰色の映像に「タン・タン・タン・タン」という踊るような音を響かせた。パニックに陥った生徒たちが逃げ出し、その他の生徒たちはベンチの下で頭を伏せて微動だにしない。

それから少年たちは陽光が輝く外へ出た。総計千二百発を超す弾丸を撃ち、二十六名の死傷者を出すと、少年たちは屋上に昇り、三角形を作って互いに銃を向け合った。

彼らが同時に撃つ姿をテレビ局のヘリコプターが映し出し、ハイスクールに通っていたアイリーンに、二週間後に膝の矯正手術を受けるはずだった弟の結末を、図解入りで教えてくれた。

アイリーンが、整理のついたデスクの前で深呼吸すると、急に当時の映像が脳裏に甦ってきた。これまで常にアイリーンを脅迫し、悩ませ、悲しませ、そして前へ進ませてきた映像だ。

それを振り払おうとしたとき、傍らから声がかかった。

「もう行くのかい、アイリーン？」

アイリーンは、その男より先に腕時計を見た。午後八時十分。急がないとボディガードたちが、オフィスにやってきてしまう。

「ええ。行くわ。このデスクが最後よ」

男は、アイリーンの肩で揃えた赤茶《ヘンナ》色の髪や、鳶《とび》色の目や、青いスウェットシャツや、ゆったりした白いパンツを、神経質な眼差しでつつき回していた。自分が付き合っていた女性を改めて値踏みするように。こうむった損害を確認するような目で。

「今日は、あの屈強な男どもは連れていないのかい」

「彼ら、駐車場で待ってるわ。遅くなったから急がないと」

「うん……いや実は、さっき君のこと、研究所の主任に訊いたんだ。どうやら……再雇用は、期待しないほうが良さそうだ」

結局それが、男の言いたいことだった。アイリーンのとった行動の愚かさを、図解入りで教えてくれようというのだ。

「職は見つかったわ。法廷騒ぎが終われば、私は教師よ」

「そう？　ずいぶん早いな。大学の臨時講師か何か？」

「もう少し、有意義な仕事よ」

それが中学校の理科の教師であることは言わず、男が勝手にその未知の仕事に対する嫉妬の火を燃やすに任せた。

この男がナイーブで優しかったのはいつのことだろう。

先輩である男の実績を超えたアイリーンに、同僚として、また恋人として数々の嫌がらせをしてきた挙げ句、全てを捨てて戦う決心をした彼女の解雇に、真っ先に賛成した男だった。

「あなたも仕事を探しておいたほうが良いかもしれないわね」

にっこり笑って言うと、男はたちまち狼狽《ろうばい》をあらわにし、

「君は、会社を――この研究所を潰す気じゃないんだろう？」

アイリーンは黙って微笑み、バッグを肩に担いだ。

「後悔するぞ、アイリーン！」

悲鳴じみた声に手を振って返し、アイリーンは、男と会社と研究所の、二度と戻るつもりのない三者に、背を向けた。

後悔なんて。アイリーンは下降するエレベーターの中で少しだけ笑った。もう十年以上も、その感情に襲われ続けてるのに。

それよりも切実なのは、恐怖だ。自分の人生は、これで終わりかもしれないという恐怖。それが人を無分別にする。恋人に実績を超えられたことで嫌がらせに走ったり、たった十四年間の人生に絶望して同級生に弾丸を放つような無分別に。

その恐怖を拒絶し、アイリーンは一つの選択をした。

それをすれば研究者生命は無に帰すぞ、という恐怖を何度も突きつけられた末に——トップの成績を誇る研究者だった自分を捨て、違法クローン薬の内部告発者《インサイダー》となることを選んだのだ。

その結果アイリーンは現在、ＡＴＧＣ研究所から守秘義務違反に関して訴訟文を読み上げられ、テレビでバッシングされ、マルドゥック市《シティ》が指定する警備機構《ハムエッグ》のボディガードに一日中つきまとわれたりしているのだった。

だがそれも、あと数回の裁判までだ。

しかもそれらはもはや、アイリーンの裁判ではない。

アイリーンは単に職を失っただけだが、ＡＴＧＣ研究所とその親会社は多くの訴訟を抱えることになった。アイリーンの役目は、自分が関係した研究がビジネスとして利用される過程で、幾つもの違法行為があったことを証言するだけだった。

その馬鹿騒ぎの決着が、すなわち新たな人生のスタートだ。

静かな充実感に満たされながらエレベーターを降り、地下駐車場に停めた車へ向かったとき——

ふいに、違和感に襲われた。いつもなら、すぐに近寄ってくるはずのボディガードたちが現れないのだ。アイリーンは不安がじわりと湧くのを覚えながら足早に車へ向かい、すぐに車内に座るボディガードたちを見つけ、ほっと息をついた。

だが、彼らがマネキンみたいに動かないのに気づき、車の数メートル手前ではたと立ち止まった。実際、彼らはマネキンと同じ状態かもしれないと推測するのに、さらに数秒かかった。

引き返せ——心のどこかが叫んだ。走れ。だが動けなかった。

恐怖に人生を左右されるな——心が怒鳴った。これは効果があった。アイリーンはバッグを放った。そして走り出しかけた。

かちり。この世で最悪の金属音が、すぐ横で響き、アイリーンの動作と思考を止め、ついでに人生まで止めようとした。

気づけば、頭から顎先まで覆面をした人物が、音もなく忍び寄り、円筒形の消音器を差し込んだ銃口を突きつけている。

「やめて——」

反射的に両手を顔の高さに上げた。その一秒が、アイリーンの命を救う効果をもたらした。手が、銃口を遮《さえぎ》ったからだ。

覆面の人物が、銃を構えたまま、すっと位置を変えた。

突然その銃を、ひょいと誰かがつかんだ。

さっと、銃身を後方にスライドするや、それだけで、オートマチックのピストルの上半分が、面白いぐらい綺麗に外れた。

覆面の人物が、銃身の半分を奪った相手を見上げて、大いに狼狽し、後ずさった。アイリーンも、その男が上から手を伸ばす姿に、ぽかんとなっている。

巨軀の男だった。白に近い髪を短く切り揃え、昏《くら》く眠るような目で上から見つめている。目を逸らさず、こつこつと足音を立てて駐車場の天井を歩き、柱を垂直に降り、地面に足をつけ、

「通りすがりの者だ」

ぼそっと、そう説明する義務があるというように、言った。

「ただしあと九分弱で承認が下りる。生命保全プログラムに従い、俺がアイリーン・ジョステスの身柄を確保する。現在の状況は、その過程での偶発的な出来事に過ぎない」

その解説の途中で、覆面の人物が、腰の後ろから新たな拳銃を抜くや、無言で男に向かって引き金を引いている。

銃声が轟き渡り、アイリーンは悲鳴を上げた。

「無駄だ」

男がまっすぐ歩み寄り、アイリーンのそばに立った。

覆面の人物は、立て続けに撃っている。だが、弾丸は一発たりとも二人に当たらず、全てあらぬほうへと飛んでゆく。

「俺は、疑似重力発生装置を内蔵している。壁面歩行や、銃弾の軌道を逸らす防衛力を、行使することができる」

男が、携帯電話の機能でも解説するみたいに告げた。

「ただし、現在これ以上の協力は許されていない。――走れ」

「なんですって？」

アイリーンが聞き返した。弾を撃ち尽くした覆面の人物が、慌てて弾倉を取り替える。

男が、駐車場の一角を指し示した。

「承認まで、あと七分だ。それまであれに入っていろ」

そこに、旧式の電話ボックスが、ぽつんと光を灯している。

「法務局《ブロイラーハウス》の人なら今すぐこの銃を持ってる人を逮捕して！」

「それは許可されていない。走れ」

男が言うと同時に、けたたましい銃声が響いた。

アイリーンは悲鳴を上げて走り出し、緑色の電話ボックスが灯す明かりの中に入ると、大きな音を立ててドアを閉めた。

そしてふと正気に返り、改めて考えた。

――電話ボックス？　地下駐車場に？　そんなものがいったいいつ設置されたのか？　それ以前に、そもそも銃撃を受けているのに、電話ボックスに飛び込んで効果はあるのか？

「あと六分五十秒。それまでここにいて頂けますか、レディ」

いきなり声をかけられ、アイリーンは大いに悲鳴を上げた。

「生命保全プログラムの適用が承認されるまでの間に起こった、ちょっとした偶発的な出来事だと思って」

「生命保全プログラム？　証人保護プログラムじゃないの？」

恐る恐る言葉に出しながら、アイリーンは声の主を探した。

狭い電話ボックスの中にあるのは、もちろんケーブル式電話だ。もしヒマならアクセスして時間を潰せとばかりに、電話の画面には市のネットサービス画面が表示されている。その画面が明滅し、アイリーンの見ている前で、電話がしゃべった。

「証人保護プログラムではカバーできない事態が発生した。あなたは今、相当の武力を有する相手に狙われている。あなたがサインした書類には事件の深刻化への対処として非常時法案《スクランブル》が適用される旨が明記されていた。説明は受けてるはずですが」

「深刻化……？　ボディガードが死んだこと……？」

「我々がここに駆けつけたときすでにボディガードは殺されていた。この駐車場の警備員も同様だ。死者五名」

アイリーンが息をのんだ。そのとき電話ボックスの壁が撃たれた。駐車場のあちこちから覆面をした者たちが一人また一人と現れ、銃を手に近づいてくる。先ほど天井を歩いた男は本当に通りすがりだったというようにいつの間にか姿を消していた。

アイリーンがパニックに陥る一方、電話が穏やかに言った。

「防弾仕様なので、安心して欲しい。あなたの生命が狙われていることが明らかで、しかも並大抵の武器では防衛不可能と判断された場合の法案の適用が、あと一分ほどで承認される」

「ちょっと……ちょっと待って、いったい何の法案？」

「マルドゥック・スクランブル――マルドゥック市《シティ》が独自に採用する、人命保護のための緊急法令だ……あと四十五秒」

「緊急法令――？」

「その一つに、禁じられた科学技術の使用が許される法案がある……あと三十秒」

「禁じられた科学技術？　私が何の証人か知ってるの？」

「科学技術の違法使用に関する告発者だ……あと十五秒」

「その私を守るために、どんな法案を適用したですって？」

「スクランブル‐09《オー・ナイン》。それが、あなたの選択だ」

電話が告げ、その画面が、申請の受諾書面を明らかにした。

「時間だ。ただ今よりあなたは我々の保護対象として承認された。そのままじっとして。敵武力を避け、逃走する」

　いきなり、アイリーンの体が前につんのめった。

　風景が移動し、覆面の者たちが立ちすくむ様子を視界の片隅に確認したとき、アイリーンはようやく事態を悟った。

なんと電話ボックスが、四つの車輪を生やし、猛スピードで移動し始めたのだ。あっという間に駐車場を横切り、シャッターの閉まった出口へ向かって疾走したかと思うと、ゆるやかにカーブを描いて、まるで初めからそこにあったかのように停止した。

「困った。出口を塞がれた。これでは撃退するしかない」

電話がぼやく。アイリーンは、ボックスの床にひっくり返った状態から慌てて立ち上がり、大声でわめいた。

「いったいどこから電話ボックスを操作してるの？」

「操作ではないんだ。これが俺であり、俺の一部なんだ」

「なんですって？　いったいあなたは何なの？」

「ウフコック。そしてこいつが相棒のボイルドだ」

するとあの天井からあの大きな男が飛び降り、地面に着地した。

「敵を制圧する。変身《ターン》だ、ウフコック」

男が、電話ボックスを叩く。アイリーンはぽかんとなって、

「変身《ターン》――？」

「あんたではない。こいつのことだ」

「敵の制圧よりも、脱出を優先したいものだが、ボイルド？」

途端に、辺りに銃弾が飛び交った。

「敵は煮え切っている。お前が協力しなければ単独でやる」

「やれやれ……では比較的、火力の弱いものにしよう」

電話ボックス全体が、ぐにゃりと形を失い、ぱっと花が開いたようにアイリーンの姿を現した。アイリーンが慌てて駐車場の床に降りると、電話ボックスだったものがするするとひっくり返り、また別のものがこちら側へと現れた。

渋みのある赤い目に、金色の体毛、太り気味の腹をズボンとサスペンダーで支え、なんと二本足で立ってお辞儀する。それは実に、一匹の、手のひらサイズのネズミだった。

「こんにちは、アイリーン。これが、〝反転変身《ターンオーバー》〟――体内の亜空間に貯蔵した物質を、反転させて、変形する機能です」

アイリーンは思わず、銃で脅されたような悲鳴を零《こぼ》した。

「ネズミに対する女性の嫌悪感を計算に入れていないのは、明らかに俺を設計した科学者のミスだと思わないか、ボイルド」

「遊ぶな、ウフコック。応戦しないせいで敵が接近してきた」

ボイルドが屈んで、ネズミを手に乗せた。ネズミ――ウフコックが肩をすくめ、ぐにゃりと体を歪ませ、

「非殺傷兵器にしよう。こちらに負傷者が出たわけじゃない」

言うなり、瞬く間に、黒いライフル型の銃器に変身《ターン》した。

「ここにいろ」

ボイルドがアイリーンに命じ、無造作に敵に向かって歩んだ。

その身に銃弾が集中するが、全て軌道を曲げられ、かすりもしない。かと思うと、ボイルドのライフルが火を噴き、一人が全身に青白い火花を散らして倒れた。どうやら電撃弾らしい。

次々に敵が倒される様を、アイリーンは呆然と見守った。

「半熟卵《ウフコック》と——固ゆで卵《ボイルド》……？」

まさしくそれが、彼らの名前だった。

銃撃戦を五分ほどで済ませると、ボイルドという名の大男が、ウフコックという名のネズミを肩に乗せた姿で、シャッターを開き、アイリーンをようやく外に連れ出した。

「駐車場で倒れている彼らの逮捕は警察に任せよう。我々は、速やかにあなたを市が指定する避難用のホテルに案内する」

ウフコックが言う。アイリーンはおっかなびっくりうなずき、ボイルドの先導に従って夜のマルドゥック市《シティ》の幹道に出た。

ふいに赤いオープンカーが彼らの目の前で停まり、

「やあ、事件当事者の身柄は、無事に確保できたようだね」

運転席で声を上げたのは、ひょろりと痩せた男だった。髪をまだらに染め、電子眼鏡《テク・グラス》をかけている。

「僕はドクター・イースター。彼らのメンテナンス担当だ」

運転席の男が言った。ボイルドが助手席に座り、アイリーンは後部座席に招かれながら、肩をすぼめて訊いた。

「メンテナンス？」

「ボイルドとウフコックは二人とも特殊技術の塊だからね。専門医が必要ってわけ。僕ら三人が、あなたの安全を保証する」

男——ドクターが、車を発進させた。

「禁じられた科学技術が使用されるって聞いたけど……」

「僕らは大勢の仲間たちと一緒に、ある科学戦略研究所にいたんだ。しかし戦後の兵器否定論争のせいで、まとめて廃棄処分になりかけた。そこで僕らを救ったのが、スクランブル－09《オー・ナイン》というわけ」

「緊急法令の担当官が、違法技術の使用者ってこと……？」

「人々を危機から守り、自分たちの有用性を証明することで、かろうじて僕らは合法性を保ってるんだ。犯罪者がゴミ掃除の奉仕をして、自分たちが無害《クリーン》であることを示すのと同じかな。そのために犠牲になったメンバーもいるけど、今も君を守る十分な戦力を保持している」

アイリーンは大きくかぶりを振り、困惑を表明した。

「私が告発したのはただの違法薬よ。殺されるってなに？」

「すでに、あんたを消すための武力行使が準備されている」

ぼそりとボイルドが口を挟む。アイリーンがきっとなった。

「私は戦争をしてるわけ?」

「相手は州兵だ」

「なんですって?」

怒りの顔で目を剝くアイリーンを、ドクターが宥《なだ》めて、

「まぁまぁ。正確には、州兵を隠れ蓑にした武装集団さ」

だがアイリーンは、顔中を疑問符にして身を乗り出した。

「納得のいく説明が欲しいわ」

「火器管制局も取り締まれない、憲法で認められた自衛のための合法的武装を整えた、原理主義色の強い政治集団だよ」

「原理主義色……?　進化論否定信者とか?」

「似たようなものかな。彼らは政治集団であると同時に、自分たちを『神の火』などと呼び、最後の審判における悪魔との戦いに備えて、日々、重火器の扱いを修得しているわけだ」

「そんな連中が、私に何の用があるの!」

あまりの馬鹿馬鹿しさに怒りが湧いたが、ドクターはいたって真剣に、

「あなたは現在、彼らの商売に打撃を与えようとしている」

「商売――?　違法クローン薬の?」

「違法クローン薬に関連した、幹細胞の扱いだ。彼らはそれを『生命の泉』と呼び、独占的

な目玉商品にしている」

　アイリーンが目をみはった。驚愕したといってよかった。

「『神の火』は妊娠中絶には反対だが、実際に中絶されたものは仕方ない、何とか生き返らせてあげようという集団だ」

「生き返らせる……？」

「他人の一部としてね。神経や臓器の再生、老化防止、若返り……胎児の幹細胞のクローニング活用は実に幅広く効果的だ。違法クローン薬の製造過程で、それを見ただろう？」

「あれは成人の骨髄から採取した幹細胞じゃ……」

「成人幹細胞を使用して、ＡＴＧＣ研究所が売り出すような効果の高い薬が製造できる可能性は、極めて低いよ」

「そんな……」

「クローン薬の違法性は、人間すなわち命の境界線をどこに引くかってことさ。細胞が分裂を繰り返す過程でそれは人間として認定される。百細胞期以前にね。だがクローン薬として最も有効な成分は百細胞期以後の幹細胞だ。わかるだろう？」

　バックミラー越しにドクターが皮肉っぽく笑いかけてきた。

「その政治集団は、妊娠中絶時に廃棄される幹細胞の大がかりなリサイクルショップを運営し、莫大な利益を上げている」

「それで私は戦争に巻き込まれてる？　いくらなんでも……」

「一発四千万ドルの大陸間弾道ミサイルを使って君を殺しても、必要経費だと認められるくらいの超ビッグビジネスさ。そいつを叩き潰すチャンスを、君は与えてくれたってわけだ」

アイリーンは軽い頭痛を感じて、こめかみに手をあてた。

「私はただ、違法クローン薬の可能性に気づいて、個人的に調べただけよ……。怖くて調査をやめようとした自分が許せなくて、さらに調査したら、どんどん怖くなってきて、気づいたらもうやめられなくなっていたわ……」

「あなたの行動が、全ての端緒となった。実に素晴らしい」

ウフコックが言う。アイリーンはかぶりを振った。

「胎児を、何の許可もなく使うなんて……」

「まぁ、死ぬしかない命を再生させるという点では、人道的かもしれない。ただし、幹細胞を手に入れるため、故意に、誤った遺伝子診断を下している病院が複数存在するのは確かだ」

ドクターの言葉に、アイリーンは、さらにぎょっとなった。

「あなたの子供は奇形の可能性がある。エイト・セブン・ダーツ式ルーレットの一番当たりやすい的か、あるいはもっと高い可能性が、とね。もちろん実際は診断さえしてない。堕胎を勧めて手に入れた幹細胞を、商売に使用しているってわけ」

「吐き気がしてきたわ」

「まあ……そんなわけで、我々は、その某武装集団を撃滅し、大がかりなリサイクルショップの運営にまったをかける」

「お好きにどうぞ、私は裁判に出て証言するだけよ」

「良かった。恐がって出廷を拒んだらどうしようかと思った」

ウフコックが実に素直そうな調子で言う。アイリーンはむっとなった。

「怖くなんかないわ。ここで下ろして」

有無を言わさぬ口調に、ドクターが訝《いぶか》しげな顔になる。

「ここで？　ホテルまで送って引き続き護衛を……」

「その武装団体みたいに、私まで、違法兵器の塊みたいなあなたたちを引き連れて歩けって言うの？　早く停めてよ！」

アイリーンが怒鳴って運転席を後ろから叩いた。ドクターが慌てて、人でごった返す歓楽街の道路脇に停車させる。

ドアを開くアイリーンに、ボイルドが、言った。

「すでに死者が出ている。奴らは手段を選ばない。危険が高すぎる」

淡々とした口調である分、ひしひしと緊迫したものが伝わってくる。だがアイリーンは歩道に立つと、両手を開いて言った。

「いったいどこに武装した集団が？　こうして立ってるだけで爆撃されるとでも？　私は、自分の身を守るために一秒間に二十発も弾を出すようなものを身近に置きたくないの」

「わかった、一秒間に五発にしよう」

ウフコックが、ボイルドの肩の上で、にやりと笑う。

「ゼロよ」

アイリーンが威嚇する。ウフコックがしょぼんとなった。

「あなたたちの有用性とやらのために協力するなんて真っ平よ。だいたい、私がどんな団体に所属しているか知らないの？」

「所属……？」

ウフコックが首を傾げた。ボイルドが眉をひそめる。

「１０４《ワン・オー・フォー》よ」

ドクターが、うっと呻《うめ》いた。ウフコックがさらに訊いて、

「なんだい、それ？　１０４《ワン・オー・フォー》？」

「銃器撲滅を推進する非政府団体だ」

ぼそりとボイルドが言う。ウフコックが、ぎくりとなって、

「なんで、それが１０４《ワン・オー・フォー》なんだ？」

「団体発足の年の銃死平均数が、一日で百四人だったからよ」

アイリーンが、ぴしりと言って、車のドアを閉めた。

雑踏の中へ去ってゆくアイリーンを、赤いオープンカーに乗った三人組が、ぼんやりと見送った。

「参ったな……銃の完全否定派だ。彼女の肉親が、確か、銃で大惨事を起こしてるんだ」

ドクターが溜息をついた。ウフコックが手を広げてわめく。

「だからといって、彼女を放置することはできないぞ」

ボイルドが、うっそりと腕時計を確認し、言った。

「次の開廷まで、八十二時間……襲撃には十分な余裕だ」

それから三人は目を合わせ、ゆっくりとうなずき合った。


アイリーンは、すっかり住み慣れた感のあるホテルに戻り、乱雑に放り出された荷物の真ん中で深々と溜息をついた。

告発してからというもの、マンションを引き払い、荷物をここから七百マイル離れた新たな住まいに送り、本人は最低限の荷物とともに、かれこれ数週間もの間、法務局《ブロイラーハウス》の経費でここで暮らしているというわけだった。

一度に色々説明されたせいで気持ちが落ち着かず、苛々しながらシャワーを浴びるうちに、またぞろ当時の映像が脳裏に浮かんできた。灰色の映像に映る弟の最期——一瞬、自分もああなるのではという恐怖が背骨を貫き、慌ててその考えを振り払った。

この十年間で決めたこと、とアイリーンは口の中で呟いた。

第一に、弟と同じことはしない。第二に、決して弟を責めない。そして第三に、迷ったときはあのとき死んだ命のことを考える。そうすれば、何があっても冷静でいられる自信があった。

落ち着いて、現実を了解しよう。死者五名。自分が告発を決めたせいで、強大な武力を持った存在が動き出した。

その現実を受け入れろ。少しずつ、ゆっくりと。

アイリーンはシャワーから出て、バスタオルを巻いただけの姿でベッドに座り、テレビで見た瞑《メディテーション》想の仕方を真似して息を吸ったり吐いたりするうちに、落ち着いた気になってきた。

何となくそういう気になること――それが気分を変える有効な手段なのを、アイリーンは、両親がテレビのインタビュー漬けにされたり、色々な本が書かれたり、ニュースで我が家が何度も映されたりするたびに、両親とともに学んできたのだ。

十分に落ち着いてから、ルームサービスで遅い夕食を頼んだ。

そのとき、ふと、妙な音に気づいた。

こつ、こつ、こつ、と、外から何かが近づくような音がするのだ。

部屋は七階にある。アイリーンは眉をひそめて立ち上がった。急いで服を着て、カーテンをどけ、窓を開いた。窓は五インチほどしか開かないようになっているが、それでも十分、ホテルの壁を歩いて、下からやってくるボイルドの姿が見えた。

「ただの通りすがりだ。これは偶発的な出来事であり……」

ボイルドの解説を無視して、思い切り音を立てて窓を閉めた。

苛々しながらカーテンを閉ざし、大きく、それこそ過呼吸になるのではないかと思えるほどに息を吸い、長々と吐きながら、散乱した荷物の間からテレビのリモコンを見つけ出した。テレビをつけてニュースを観るうちに、世の中には、悲劇と喜劇と恐怖が限りなく存在していることがわかり、かえって冷静になってきた。やがてルームサービスが運ばれ、テーブルの上に夕食が並べられるのを見守り、ボーイにチップを渡す頃には、シャワーを浴び終えたときのように落ち着いていた。

だがテーブルの前に座ると、またもや妙なことに気づいた。

ディナープレートに銀の蓋がされたものが二つ並んでいるのだ。アイリーンは眉をひそめながら一つ目を取り、そろそろ食べ飽きた気もするステーキセットを確認しながら脇へ避《よ》けた。

それから、もう一つの蓋を手に取ると、

「ダダーン」

コメディアンみたいな様子で万歳するウフコックがいた。

「注文ミスね」

アイリーンは冷静に言った。これ以上ないくらい冷静だった。

「いや、注文通りだ。あなたは卵料理を頼んだから……」

アイリーンは無言で蓋を閉めようとした。

「待ってくれ、そう煮え切らないでくれ」

「煮え切ってなんかいないわ。あなたたちが私をふかしてるのよ。私が104《ワン・オー・フォー》だって知った上で、何をしようっての？」

「ふかし芋《アイリーン・ポテト》というわけだ。潰《マッシュ》したものは俺の好みだ」

アイリーンが蓋を閉めかけ、ウフコックが焦った様子でわめいた。

「危機的状況にあるにもかかわらず、君が武装を拒絶したことは実に素晴らしい！」

アイリーンが、ぴたりと動作を止めた。冷ややかな光を目に溜め、サスペンダー姿の金色のネズミを見つめた。

「あなたは俺の存在理由を、明確に表明している。あなたにこそ、俺を使って欲しい」

アイリーンは蓋を持ちながら両腕を組み、かぶりを振った。

「意味がわからないわ」

「じゃあ、少しだけその話をさせてくれないかな。その蓋は上下を逆にして、テーブルの隅に転がして置いておこう」

アイリーンは冷静にそのことを考え、そしてその通りにした。

「食べ終わったら一緒にあなたも片付けてもらうわ」

ナイフとフォークを手に、ウフコックと向き合った。

「頼むから俺は食わないでくれ。どうぞ、食事を進めて」

ウフコックが両手でステーキを指し示すので、アイリーンはそちらにざくっと音を立ててフォークを突き立てた。

ウフコックはちょっとびっくりしたように目を丸くしつつ、

「すなわち、拒絶反応だ」

と言った。アイリーンは力を込めてステーキを掻き切った。

「だからなんの話？」

「こんな話がある。昔、ある科学者が、全ての州法に適用可能な銃の安全装置の設計を任された。この難しさがわかるかな？」

「州ごとに銃器の安全装置の合法性は全く違うわ」

「その通り。ある地域では二二口径の拳銃に安全装置をつける義務があるかと思えば、別の地域では安全装置のついた銃は不良品扱いだ。そんな状況下で、全ての法に適用されるような安全装置を作ることになった」

「銃に引き金がついている限り、無理よ」

「だがその科学者はユーモアがあってね。規格が錯綜する製品を設計する代わりに、兵器の安全装置を全て外し、兵器自身に状況を拒絶する機能を与えたんだ」

拒絶する機能――？　とアイリーンはステーキを噛みながら口の形だけで訊いた。

「読唇術は得意なんだ、構わずその状態でいてくれ。そう……状況に適応するだけが進化ではないとその科学者は考えた。状況を拒み、より自分に適合した状況を目指すことを反恒《アンチ・ホメ》常性《オスタシス》として位置づけ、生命の特権の一つとしたんだ」

アイリーンはステーキを飲み込み、ウフコックを見つめた。

「渡り鳥は状況を否定して他所へ移動する。亀は状況を否定して自閉し、変化を待つ。そして俺は、状況や使い手によっては変身《ターン》する武器を選び、時として他者の使用を拒む」

「あなたは……いったい、何なの？」

「あらゆる状況下で人間が正しく生命を保全できるよう開発された、万能的道具《ユニバーサル・アイテム》だ」

アイリーンは小さくうなずき、食事を続けた。まるでそれが彼女の恒常性だとでもいうように。そしてウフコックのにこにこした眼差しが反恒常性となって影響を与えた。

「つまり、あなたを銃と一緒にして悪かったってことね」

アイリーンが言う。ウフコックは照れたように頭を掻き、

「できれば、食器と一緒にされるのも拒絶したいんだが……」

「まぁ、良いわ。たまには、喋るネズミが一晩部屋にいても……人生は長いんですもの」

にこりともせず言った。敵対する相手には微笑むが、こういうときはむしろ憮然となるのが、アイリーンの性格だった。

《ホテル周辺で奴らが集合し始めた。位置は――》
ドクターの声を携帯電話で聞きつつ、ボイルドは垂直の街の夜景をぐるりと見回した。
「了解、位置を確認した。これから牽制にあたる」
携帯電話を懐に収めると、ボイルドは壁面を歩き、地上へと降りていった。その、こつこついう足音が聞こえ、アイリーンは、許可を貰ってソファに座るウフコックを、じろりと見た。

「あー……ボイルドのことは気にしないでくれ」

「地面と向き合いながらの散歩というわけね。体内に兵器に応用可能なものを設置するなんて……噂では聞いていたけど、戦中の軍の研究って、本当に非人道的で非常識だったのね」

「まぁ……しかし過ちだったとしても、その結果生きている我々は生存し続けなければならないんだ。ボイルドの体内の装置は血流と完全に融合していて、取り外せば死ぬしかない」

「ハンプティ・ダンプティ、落っこちたってところね」

「そう。砕けたかけらが生き続けて人生の意味を探している」

「前向きなのね、あなた」

「君ほどじゃないさ」

　アイリーンは、かすかに笑った。このお喋りネズミの存在をいつの間にか許容し、むしろここにいて欲しいと思っている自分を発見して驚くほどだった。

　ニュースが、いつものバッシングを始めるのを見てチャンネルを変えようとしたが、ふと、そのままにしたくなった。

　ウフコックの反応が見たかったのだ。

　ニュースは、親会社を告発したアイリーンに対するバッシングに満ちていた。そんな放送が流れること自体、敵の経済力の巨大さがわかるというものだ。

　アイリーンの出生地、学歴、恋愛関係、就職のいきさつなどを色々と指摘し、そして最後に決まって、あの事件を放映した。

　アイリーンはまるで十年前にタイムスリップした気になった。弟が銃を手にイベントに乱入する姿。それを今また繰り返し見せられている自分が不思議で、それこそボイルドのように、天井の辺りに本当の自分がいて見下ろしている感じだった。

「両親には災難ね。娘までニュース沙汰になるなんて……」

　ふいに弟の画像が消え、アイリーンにとって最も触れて欲しくない箇所に錆びた爪を差し込むような論調が開始された。

　デザイナーズベビーという言葉が何度も口にされ、姉と弟の差と今回の事件を、最悪の印象になるようにわめき立てた。

「無理をする必要はない。そろそろチャンネルを変えて、状況を拒絶しても良いんじゃないかな」

　ウフコックが、穏やかな声で言った。アイリーンは少しだけニュースを見続け、それから、科学番組にチャンネルを変えた。

「おせっかいネズミさんは、今のを見て、どう思ったかしら」

「メディアを通して物事の関係を独自に解釈しようとする意図は明確だが……あれでは君の行動の意義が説明できないな」

　アイリーンは肩をすくめようとして、ふいに腹の底からこみ上げてくるものを感じた。反射的に顔をしかめるが、すぐそれに失敗し、くくっと笑い声を零していた。

「テレビが言う通りよ。私、デザイナーズベビーなの」

「遺伝子の配列異常がないかを調べてから出産する――」

「もっと手の込んだものよ。何パターンかの胚を作ってから妊娠するの。それ以外の胚は全て廃棄よ。父母は私と同じような研究者だったから、そういうのに抵抗はなかったって。でも弟のときは自然に任せた……というよりも、単に出来たのよ」

「ああ……」

「お前は綺麗に生まれたと父は言ったわ。でも弟は……」

そう言いながら、心の中で、冷静に、と何度も繰り返した。

「弟は生まれつき足が弱くて、手術する予定だったの。でも弟はある日、手術することを拒否したわ。それより学校を休みたいって。父母も私も、ミドルティーンのくせに休学するなんてって思ったわ。そんなことなら足を綺麗に治して、学校に行きなさいって。それが勇気だし義務だと思ってた。そして弟は……」

アイリーンは息を呑み、脳裏に当時の映像が甦るのに耐えた。

「弟は、膝の手術に幹細胞が使用されることを知っていたのかもしれないって気づいたのは研究者になってからよ。堕胎された子の細胞が使用されるのを知って……自分と同じように綺麗に生まれなかったものが利用されることを……」

「君の弟さんは、真面目に生きようとしていたんだと思うよ」

「休みたかっただけなのよ。学校も会社も研究所も、ルールや価値観に対して綺麗でいなければ人生が崩壊すると言ってくるわ。でも弟は、ほんの少しだけ休みたかっただけなのよ」

「弟さんは、何とかして生きようとしていたんだろう……」

「私が研究者になったのも、遺伝子のデザインがどういうものか知りたかったからよ。自分のルーツを確かめたかったの」

　アイリーンは顔を覆い、深く溜息をついた。

「104《ワン・オー・フォー》に入ったのも、今回の告発も、結局は、自分に対する救済措置よ。あのまま違法クローン薬は必要だと自分に言い聞かせていたら、気が狂っていたかも」

「俺もそうだ。だから、ここにいる」

　アイリーンはゆっくりと顔から手をどけ、ウフコックを見た。

「俺の存在を、狂ったことだというヤツが沢山いた。俺は本当にそうなのか確かめたくて、生存の意味を探し回ったが、いまだに答えはわからない。自分の有用性を社会に証明することで答えようとしているが、答えはまだまだ遠い所にある」

「どうしたらいいと思う……？」

「時間をかけて答えを探すのは人間の持つ知能の特性だ。ネズミは本来、昨日のことなんて覚えてもいない」

「私のことも、すぐに忘れるかしら？」

「俺の記憶力をテストしたいなら、あなたが八十歳になったときに今日のことを訊いてみてくれ。俺はすぐに、君が悲しみを背負いながらも前に進もうとしていたと答えるだろう」

　アイリーンは敵意も警戒もなく囁いた。

「私も、あなたみたいな煮え切らない人になりたいわ」

ウフコック《ウフコック》は目を丸くしながら、肩をすくめた。

「急《せ》かされる人生を拒絶するのは、けっこう大変なことさ」

《ボイルド？　相手はまだ生きてるか？　皆殺しは、事件当事者の心証が悪すぎるぞ》
ドクターの声が響く携帯電話を耳にあてたまま、ボイルドはうっそりと塗装会社に扮装した小さなビルから出た。ビルの内装は、今や銃撃の跡によって完全に塗り替えられている。
「死者はいない。大半は逃走した」
《敵が買収したテナントはそこで最後だ。先手は打てた》
「敵はバリケードを吹き飛ばすためのロケット弾を用意していた。本気で攻めてくる」
《まさかホテルを戦場にする法なんてないさ》
ドクターが気楽な調子で言った。

翌日、アイリーンはウフコックをハンドバッグに入れたまま、一日中、法務局《ブロイラーハウス》で無数の書類を整え、くたくたになってホテルに戻り、シャワーを浴びて眠りについた直後、事件が起きた。

部屋の電話が鳴り響き、飛び起きて受話器を耳にあてると、

《あいつら、ホテルを戦場にする気だ。急いで逃げろ！》

ドクターの雄叫びが、アイリーンの耳をしたたかに打った。
《買収だ！　奴らがホテルを一寸刻みに買ってるんだ！》
もはや受話器を耳にあてなくとも聞こえる声量だった。
アイリーンは唖然となって、ナイトスタンドの下で腕を組むウフコックと目を合わせた。
ウフコックは受話器に近寄り、
「それは確かか？　戦場にするためにホテルを買収する？」
《すでに、地下一階、前庭、フロント、大階段、一階から四階の全部屋と、最上階である十二階、そして十一階の全部屋が、奴らの私有地になった。客は一人もいない！》
「あー……実に馬鹿げた状況に聞こえるんだが」
《大陸間弾道ミサイル一本分の、半分以下の費用で済むのさ》
「そう言われると、効率が良い方法に聞こえるから不思議だ」
《なんてこった、五階と六階が買われた！　奴ら、私有地で軍事演習を行う許可を法務局《ブロイラーハウス》に要請しやがった！　二百名にのぼる兵員リストが次々に承認されていく！》
「冷静になれ、ドクター。ここは七階だ。何とか阻止しろ」
《僕らの財産じゃ無理だよ！》
「やれやれ、この都市は金さえあれば何をしても良いのか？」
《決まり切ったことを言うな！　七階が買われた、逃げろ！》
「以後の通信は俺を仲介しろ。アイリーン、俺を持ってくれ」

「あなたを使うの？　応戦しろって？　絶対に嫌よ！」

「うーん……では、どんなのなら良いんだろう」

「引き金を引くと、弾丸が発射されるものは、絶対に嫌。そんなものを手に持ったら吐くわ。本当よ。カレッジの銃訓練セミナーで、私、船酔いみたいになったのよ」

「わかった、善処する。とにかく俺を手に持ってくれ」

アイリーンが恐る恐るウフコックを手のひらにのせると、たちまちぐにゃりと歪み、ぴったり手を覆う黒い手袋に変身《ターン》した。

「さあ、急ごう」

アイリーンは呆気《あっけ》に取られつつ、身支度を整え、部屋を出た。その途端、ずん……という鈍い音と振動が伝わってきた。

かと思うと、手袋から直接ドクターの声が響き出し、

《ボイルドが地下でエレベーターを破壊した。現在、そこで応戦している。ウフコックは、アイリーン・ジョステスをつれて最も安全な場所に移動するんだ》

「私が、この子をつれてるんだけど」

アイリーンが、防火扉を開いて非常階段に出るなり、

「敵意が臭う。下から来たぞ」

ウフコックの言葉とともに下方から大勢の足音が響いてきた。

「足止めしよう。君が許容しそうな武器を用意する」

ぐにゃりと手袋の手のひら部分が歪み、黒い野球の球みたいなものを出現させた。

「ベイリンググレア・レーザーを放射する球状弾だ。敵の目を眩ませられる」

「失明したらどうするのよ」

「暗闇で暗視ゴーグルを使っていない限りそれはないが……」

その瞬間、ばちっと音がして、いきなり視界が真っ暗になり、ぼんやりとした非常用電灯に切り替わった。

アイリーンはこれまでの人生で最高に冷静になって言った。

「他にないの？」

ぐにゃりと黒い球が消え、今度は白い球が現れた。

「活動《A》抑止《D》兵器《W》だ。約百ギガヘルツの電磁波を放射し、皮膚に痛みを生じさせる」

「どの程度の痛みなの？」

「個人差はあるが平均持続時間は二分間だけだ。トラウマになる可能性は低い。敵は上からも来ている。急ごう」

「まるで百細胞期の胚が人間かどうかの議論ね。曖昧だわ」

アイリーンは溜息まじりに、手すりから球体を放った。

「二百人の兵が接近している状況では、なかなかの議論だ」

ウフコックが言うと同時に、下方で幾つもの絶叫が上がった。

《八階と十階が買われた。急いで九階に行くんだ》
ウフコックとアイリーンの溜息が重なった。
「だんだん本気で馬鹿馬鹿しくなってきたんだが、ドクター？」
《敵はそれだけ煮え切ってるんだよ》
「私有地内でも、正当防衛は適用されるはずだな？」
《奴らは軍事演習をしてるだけなんだ。被害を被《こうむ》る僕らのほうが悪いってことになる》
アイリーンは黙って肩をすくめて階段に向かった。
「ボイルドはどうした？」
《地下からの敵を撃退したが、三階から上に向かうことはできないんだ。飲み物の自動販売機が置いてあるから。他企業が設置した物品の付近で、交戦の可能性がある許可は取れないよ》
「この都市は、人命よりも自動販売機のほうを優先するのか？」
《そういう状況を作り上げている人間がいるってことさ》
「マルドゥック市《シティ》だけで年間数千件の恐怖症患者が出る理由がわかる気がするな。君たちは互いに権利を主張しすぎだ」
「私だって極貧国に援助するより靴を買う権利を主張するわ」
つっけんどんに言ってアイリーンは階段を上がり、九階の防火扉を開いた。扉を閉める前に、さらに球を階下に向かって投げている。今度は二つ。少し気が立っていた。

《九階の四号室を、僕の名義で価格交渉中だ。立てこもれ》
「ふむ、新しいオフィスの候補物件というわけだな」
ウフコックが真面目な口調で言う。アイリーンは大急ぎで走って部屋に入った。ドアを閉め、テレビや机や冷蔵庫で塞ぐと、
「俺が手を貸そう」
ウフコックが鉄骨と鎖を出現させてあっという間にバリケードを作り上げた。
《敵が凄い価格で買いに来た。立ち退き要求を出されそうだ》
「完全に塞いじゃったわ。どうしようもないわよ！」
《急いでバスルームに行ってお湯を出すんだ。熱湯を。そしてその中に手を突っ込め》
「なんですって？　ヤケドするじゃない！」
《早く！　そんなに酷いヤケドじゃなくていいから》
アイリーンは顔をしかめて、バスタブの湯を出し、深呼吸してからその中に素手のままの左手を突っ込んだ。そして慌てて引っ込め、洗面台で水を出して手をひたし、唸った。
《熱かったかい？》
「当たり前よ！」
「赤くなっている。軽傷だが、明らかにヤケドだ、ドクター」
《よし、物件の下見中に正当な配慮もなく見学者をヤケドさせた件で訴訟を起こす》
「……なんなのよ、それ？」

《訴訟が起きた時点で競売はストップする》

「本気で言ってるの？」

《もちろん。よし、法務局《ブロイラーハウス》の自動窓口が訴訟の申請を承認した。君は、うっかり蛇口をひねっただけで信じがたいほどの熱さの湯を大量に浴び、いちじるしく肉体的精神的な苦痛を被った。競売は一時中止。被害者である君はそこに待機。間もなく、不動産側の弁護士が、そこに到着する》

アイリーンは、めまいがしそうな気分に襲われた。

「誰か、この世は狂ってるって、ちゃんと言って！」

その要求に応じるように、バリケードの向こう側で、機関銃の音が盛大に鳴り響いた。

「ベッドサイドまで後退するんだ、アイリーン」

アイリーンは床を這って、慌ててウフコックの指示に従った。

「確信的な臭いがする。強力な火器でバリケードを破る気だ」

「どうするの？」

「窓際に移動して。そう、そこで膝を抱えて、うずくまって」

アイリーンはそうした。あまりの馬鹿らしさに涙がにじんだ。心底休ませてくれと叫びたかった。だが世界はぎっちり噛み合った歯車のモザイク模様みたいなもので、隙間に潜り込んでもじきに歯が噛み合って潰されるのが目に見えていた。

アイリーンは弟の名を呼んだ。ドアの向こうで、ぱしゅっという音とともに迫撃弾が発射され、バリケードを爆砕した。

アイリーンはそれらがスローモーションのように見えた。

ドアがめくれ返り、テレビが火花を噴いて飛び散り、鉄骨も鎖も砕け散って宙に舞った。

破片と衝撃波と炎が迫る寸前、右手袋から防壁が球状に広がり、アイリーンを完全に包み込んだ。光が消え、音が消え、ふわっと体が浮かんだ。防護壁に包まれたアイリーンの体は、次の瞬間、爆圧によって窓ガラスをぶち破って外に放り出された。


べりっと音を立てて誰かが防壁を破った。まるでジャガイモの皮でも剝くみたいに。光が零れ、音が戻ってきた。アイリーンは膝を抱えたまま、夜空を見上げた。

「じっとしていろ」

ぼそりと声がした。視線を動かすとそこにボイルドの顔がある。アイリーンは咄嗟《とっさ》に状況を理解し、思わず息をのんだ。

窓から放り出されたアイリーンを、壁面に立っていたボイルドが、受け止めたのだ。

「室内の移動許可は出なかったが、壁上の移動許可はすぐに下りたらしい」

ウフコックが言う。地上の遠さを目の当たりにしたアイリーンが低く悲鳴を上げた。

「撃退するぞ、ウフコック。あの部屋は、俺たちの土地だ」

「ドクターが購入したのか？」

「分譲契約だ」

ふむ、と呟き、ぐにゃりとアイリーンの手袋が歪んで、ウフコックに変身《ターン》した。ぴょんとボイルドの左手に乗ると、その姿がみるみる、巨大なドラム式機関銃へと変わった。

「ちょっと、やめて、そんなもの使わないで」

慌てるアイリーンを子供みたいに右腕に抱え、もう一方の手に機関銃を握り、ボイルドは爆破された窓の下に歩み寄った。

「不必要な戦闘はなるべく避けるんだ、ボイルド」

ウフコックが言うが、ボイルドは全く耳を貸さず、

「正当防衛だ。黙って使われろ、ウフコック」

有無を言わさぬ様子で、武装した人間がひしめく部屋へと、直角に歩み入った。天地が九十度回転し、機関銃が炸裂音を連発した。呆然とする敵の兵士たちがあっという間になぎ倒され、反撃してくる銃弾は全てボイルドの周囲で軌道を逸らされた。

爆破されたドアの向こうの廊下で、誰かがロケット弾を飛ばしたが、それは馬鹿げた轟音とともにこの部屋と隣の部屋を地続きにしただけで、ボイルドの歩みを全く止めはしなかった。まるで生きて会話する戦車のように、ボイルドはまっすぐに歩み、敵を掃討した。

「やめて！　これじゃ弟と同じよ、同じことよ！」

わめきちらすアイリーンが、ようやく下ろされた。

防護壁のかけらが、ぱらぱらとアイリーンの全身からこぼれ落ちる。気づけば残敵は完全にこのフロアから逃げ出していた。

アイリーンは、すすり泣きながら周囲を見やり、そして、ぽかんとなった。ボイルドも、周囲で倒れる敵兵の様子に、異常を感じて眉をひそめ、手にした機関銃を見つめた。

　ウフコックが言った。

「敵が重火器ばかり揃えて、防弾の用意が手薄なのはドクターから報告されていた」

　ぐにゃりと変身《ターン》して金色のネズミが現れ、ボイルドの手の上で、アイリーンに向かって、にやりと渋い笑みを見せた。

「特製のスラッグ弾だ。骨折した人間はいるかもしれないが、死者はいない。危機的状況にもかかわらず、迎撃を拒絶する君は、実に素晴らしい」

　アイリーンが顔をくしゃっと歪め、泣くとも笑うともつかぬ顔になった。

「ただのゴム弾で、この状態か……所詮は、実戦経験のない私兵だ」

　ボイルドが、どこか残念そうに、気絶した兵たちを見回していた。


「今回のことで、よくわかったわ。私は一生、銃は要らない」

　アイリーンが、寂しげにウフコックに向かって囁いた。

「だから裁判が終わったら、あなたともお別れね」

　襲撃から一夜明けた、別のホテルの一室だった。

　決して買収されないとドクターが請け負ったホテルだ。なぜならオーナーが脱税をしているから、買収に応じてその帳簿が明らかになるようなことにはならないのだと。その皮肉な世界の皮肉なベッドで、アイリーンは大きく手足を伸ばして言った。

「あんな馬鹿馬鹿しい騒ぎ、もう一生御免だわ」

「あなたのお陰で、ＡＴＧＣ研究所のさらに上の親会社を叩くことができる。ありがとう」

「……親会社？　なんだかまるで、それが目的みたいね」

「オクトーバー社――俺たちがいた研究所の、研究者が創設に関わった会社だ。今回の違法クローン薬の技術も、もとは俺が生まれた研究所のものだった」

アイリーンが目を見開き、それから、くすっと笑った。

「あなたも私も、同じところから生まれたってわけね。遺伝子診断技術によって生まれたデザイナーズベビーと、銃の安全装置の代わりに生まれたあなた。姉弟みたいなものよ」

「まぁ、そうとも言えるな。生命の全てがそうであるように」

アイリーンが笑った。だんだんその声が大きくなっていった。

「あなたのお陰ね。二百人の兵隊に襲われたのに馬鹿馬鹿しいとしか思わなかった。今思い出してもおかしいわ。ホテルを丸ごと買うなんて。いったい幾ら使ったのかしら」

「あのホテルをすぐに売却して損失を補塡するつもりらしいが、買い手がつかないようだ。なにせ軍事演習に使われた建物だから、売るにも色々と規則がある」

神妙なウフコックに、とうとうアイリーンは大声で笑った。

「本当におかしい、本当に世の中狂ってる」

腹を抱えて笑うアイリーンに、ウフコックが驚いた顔になる。

「こんなに笑ったの……弟が死んでから初めて」

途端に涙が溢れた。気づけば笑いながら泣いていた。

「十年も、笑うことも泣くこともまともにできなかったわ」

そう言いながら涙が止まらなかった。横になったまま膝を抱え、声を上げて泣いた。

「綺麗に生まれたなんて言われる自分が、心底嫌だった。弟が死んでから、何もかも信じられなくなった」

「綺麗に生まれても、綺麗に生きられるとは限らないさ」

「そうね、本当にそうよ」

泣きながら、アイリーンはまた少し笑った。そしてこみ上げてくる不安のまま訊いた。

「裁判が終わった後、私、教師なんてできるかしら。弟と同じ年齢の子供たちに囲まれるなんて、私、気が狂いそう」

「休んで良いよと言ってやれなかった弟の代わりに、それを言ってあげるチャンスだと思うよ」

ウフコックは、実に平然として言った。

「弟でも妹でも甥でも姪でも。人間は家族を作り、社会を作る。動物だってそうしてる。人生が迷路だとすれば、ネズミだって過去の学習からより良い道を見つけ出す」

アイリーンは、子供みたいに、寝転がったまま涙を零して小さくうなずいた。

「生活が落ち着いたら、あなたに手紙を書くわ」

「あー……それは嬉しいんだが、事件当事者以外の人間と連絡を取ることは、まだ俺には許されていないんだ。そのうち俺の有用性がもっと証明されれば、自由に文通やメールのやり取りができるようになると思うんだけど……」

「なら、そのときまで、あなたのことを覚えているわ」

アイリーンが言って、小さな金色のネズミの姿を見つめた。

「そして八十歳になったら、今日の私がどうだったか訊くの」

ウフコックは大きく手を開き、うなずいた。

「約束しよう」

それからアイリーンは眠った。

灰色の映像を夢に見て、世界で叫ばれる悲鳴を耳にした。

そして、世界がいつでもそうであるように、繰り返し訪れる夜明けが、どの方角へ進むべきかを、それとなく囁いていた。

アンジー・クレーマーにさよならを

新城カズマ

未来！　かつてＳＦには未来があった。作品内にも希望に満ちた未来が描かれていたし、ＳＦというジャンル自体が可能性のある未来を持っていた。さて、ゼロ年代、不況や資源不足、少子化の世界で、希望に満ちた未来像はいまだにあるのか？　なくなってしまっているとしたら、いかにして回復するのか？

新城カズマは、新城十馬名義の『蓬莱学園』シリーズで小説家デビュー。『浪漫探偵・朱月宵三郎』『星の、バベル』などを発表。連続刊行で話題となった最新作『15×24』は、自殺予告メールが誤配されたことをきっかけにして、掲示板や携帯電話の情報と人々が相互作用するさまを描いた群像劇である。

星雲賞受賞の代表作『サマー／タイム／トラベラー』は、三秒だけ未来へと時空を跳ぶ能力を身に付けた女子高生をめぐって、その原因を探究する〈時空間跳躍少女開発プロジェクト〉を開始した五人の少年少女の物語である。しかし本当は、閉塞している「ぼく」たちが、いかにして「未来」という観念を回復するかが主題なのであった。

新城がゼロ年代において突出していたのは、情報がメディアの中をどう流れ、人間とどのような相互作用を起こすのかを総合的に描きえた点だ。本篇は、『サマー／タイム／トラベラー』の登場人物であるＡ・Ｋ嬢が作中で書いた書簡体小説を借用して書かれたものとされている。ここには情報伝達における「書き換え」のテーマがあり、それが「過去の歴史の書き換え」や「遺伝子の書き換え」などに変奏され、内容と形式両面から「過去」と「未来」の間の伝達が模索されている。ＳＦマガジン二〇〇五年七月号初出。

Primus

ホルヘ・ルイス・ボルヘスは掌篇「もうひとつの死」（一九四八年）において「並行して存在する複数の過去」という題材をあつかっている。

同じ題材——いや、むしろ観念というべきだろう——を、いささか意外なことだが、リー・ハリスの *Civilization and Its Enemies*（Free Press社、二〇〇二年）の文中に僕は最近発見した。

ハリスの書物は9・11テロ以後の合衆国が採った外交政策に関する哲学的擁護であり、幻想文学ではない。彼の議論を要約するならば、おおよそ以下のようになるだろう。——野蛮と文明とを分かつのは容赦無さ《ruthlessness》の有無ではなく、それをどこまで馴致《じゅんち》し得るかにある。文明社会は自らの裡に「容赦無き《ruthless》小集団」を常に保ちつつ、しかもその暴力原理に社会全体を乗っ取られぬよう制御し続けなくてはならない。血族原理に依拠する社会は、たとえ地下資源のせいで偶然に莫大な富を得ようが、突如として暴力の制御に長《た》けるわけでもない。血族主義から離翔し、個人主義を基本としながらも個々人の協同《チームワーク》を可能にした社会にのみ、それは可能なのだ。歴史上初めて協同《チームワーク》への離翔を成功させたのが古代スパルタであり、その遺産を受け継いでローマが、また近代西洋社会が生まれ、その最新の進化型が他ならぬ現在の合衆国なのだ。――

スパルタを共和制の祖とする議論は古い。プラトンが愚痴のように言い出し、ポリュビオスが記し、キケローに影響を与え、モンテスキューを経由して現在に至るものだ。その論自体に不思議はない。ただひとつ、ハリスのスパルタ観が歴史的事実に即していない、という点を除けば。

実際のところスパルタの二重王権《diarchy》は世襲制だったし、長老会《ephores》もまた家柄によって選ばれた。虚弱な者が幼児のうちに殺され、若者も親元から離れて鍛錬されてはいたが、それは個人を尊重したのではなく軍事的側面を優先させただけである（そしてスパルタ人には軍事を極端に優先する事情があった……ドーリア系の支配層一人に対して先住民奴隷《heilotai》が二十人もいるという人口比の問題が）。

この不可思議な錯誤が、ハリス氏の単純な知識不足に起因すると考えることもできる（とはいえ彼は齢《よわい》十四で大学に進学した秀才で、「哲学者の中の哲学者」と呼ばれる人物だ）。もしくは、哲学的議論は歴史的事実と無関係に成立するという古い経験則を持ち出すことも可能だろう。

僕が「もうひとつの死」を思い出したのは、その時だった。

　ボルヘスは、神の全能性によって「二つの過去が併存する可能性」を説明している（そのため二つの過去はほぼ並行しつつ、やがて一方が他方を呑み込んでゆく）。ハリス氏が神の代わりに何を駆使して「もうひとつのスパルタ」を想像しえたのか、ここでは詮索しない。ともあれ、この不思議な並行は僕の想像力を刺激した。彼らの（スパルタ人のではなく、ボルヘスとハリスの）ひそみにならって僕は古代スパルタの過去を、あり得たかもしれない――しかし事実ではない――歴史を、想像することにした。

　もちろん、舞台をスパルタに限る必要はなかった。同じモチーフによるまったく別の歴史、古代地中海とは縁もゆかりもない場所と時代、戦士階級でない人々を主人公とした物語も、また可能だろう。例えばこんなふうに。

2

「……リー・ハリスが教科書だなんて、やる気が失せると思わない？　嫌になっちゃうほど愚劣だもの」

　そういって輦奈《れんな》は、テキストを削除《け》そうとしました。春の香りで、あたりいちめん霞《かす》もうかというほどに、並木がうつくしい坂道です。のぼってゆく輦奈と四人の級友たちを、花びらは優しくつつみます。染井吉野は、国じゅうのひとたちの努力のおかげで、先ごろようやく復元《もとどおり》になったのです。

　あんのじょう、輦奈の掌の中で、画面の文字列はびくともしません。彼女は制服の裾をゆらし、唇をきゅっと尖らせました。

「そんなことができたら大変でしょうに」

　級友たちが笑いますが、輦奈は納得しません。

「そうかしら？　昔は自由に消せたというじゃないの。そりゃあ、たしかに、もっと不便で、遅くて、電気も記憶媒体も高価な時代ではあったけれど。あたしの手の中の情報を、あたしがどれだけ書き換えようと、それはあたしの自由でしょ。そうじゃない？」

「じゃあジーンを荷卸《ダウンロード》してくれば？」

「教科書のことなの。あたしが言ってるのは」

「昔は昔、今は今よ」

「でも！」

　と。……

「あぁ、ウイルスだわ！」

　だれかがいったとたん、

「あら」彼女たちのかわいらしい唇が、きれいに0《オー》のかたちに揃います。「ほんとうだ、こちらにも来たわ」

「こちらにも」

「こちらにも——」

「沙羅、お願いね！」

沙羅と呼ばれた娘が頷きます。この一見目立たない女学生は、なにかとすぐに検索したがる子で、それがまた（彼女は最近流行《はや》りの合《ごう》でしたので）とても速いものですから、輦奈たちもついつい任せ勝ちになっていました。

沙羅の制服が、きらきらと反応《いろめ》きます。ウイルスを解読し、いそいでワクチンを喚《よ》び出しているのです。

白い腕がのびて、級友たちに触れてゆくと、肌から肌へ、微弱《かすか》な電気信号が産毛《うぶげ》をくすぐります。少女たちの制服は次々と綺羅《きら》めきます。外からはわかりませんが、彼女たちの肌着も同じく七色に点滅しているはずでした。それはまるで、坂道の選ばれた一角を、虹色の嵐が吹き抜けるかのようでした。

輦奈の制服は、しかし、ほとんど彩りを変えません。

同じ女学院の生徒とはいえ、多少の裁量はゆるされているのです。近頃の輦奈は、制服の演算能力を四倍増にする代わり、外見《みため》は抑えてありました。そこまで速度が速ければ、演算時間を電網《フラー》で切り売りしても良さそうなものですが、彼女はこのひと月ほど——とある友人に影響されて——それも止めていたのです。

「ミュラー型？」

「いいえ、ベイツ型だわ。まったくもう——」

最近《ちかごろ》は質《たち》が悪くなったものだわ、と級友たちはいっせいに憤慨しました。ウイルスは、いつものごとく家族主義者だったからです。女学生が連れ添うのを見かけただけで、あれはきっといかがわしい関係に違いあるまい、これだから人口減少が止まらないのだ、とばかりにウイルスを送りつけてくる輩《やから》が近頃とみに増えているのです。

電動車《くるま》の列が、車メロを奏でながら、かたわらを走りぬけてゆきました。サティのジムノペディばかりが、三台も続きます。危険防止のための対人指向ですから、音楽はすぐに聞こえなくなりましたが、輦奈は胸が高鳴るのを抑えられません——三台が続いた偶然よりも、その選曲じたいに、ひどく運命的なものを感じてしまったのです。

突然の動悸《ときめ》きを、友人たちに悟られぬようにと輦奈は、

「そろそろ充電したほうがいいかもね、みんな」

ぶっきらぼうに言いました。もともと彼女の口ぶりは、しおらしい乙女のそれというよりは、意志の強そうな少年に似るところがありました。学院のなかでも彼女は背が高く、髪も短く、そのうえさっぱりした性格でしたので、女子ばかりの小さな世界ではもっとも貴重な『王子様』に擬せられ、頼られる性《しょう》があったのです。

さっそく輦奈たちは坂道の途中にある電気柱へ駆け寄り、スカートの裾を触れさせるのでした。

それはまったく、ほんの少し前までは珍しかった光景、今ではすっかり定着し、けれど一部の大人たちは反感を捨てきれない光景、すなわち、世の中のすべてがつながっているとい

う証でした……有線で、無線で、レーザーで、そして街じゅうにあるのっぽの電気柱で。

「みんな完了？」

ひとりがいうと、

「あたしは完了」葦奈がいちばん早く答えます。「じゃあ、送信開始ね」

電気が安価に手に入るぶんだけ、こちらからも何かを返さねばなりません。次々と柱に触れる掌から、彼女たちの個人情報が、電子の凹凸となって柱に吸い込まれます。今週の流行色、好みの音楽、授業中の私語、悩み事、憧れの先輩の姿……少女たちがここまで譲り渡しても良いと各々決めたところまで、滔々《とうとう》と電子の市場へと注ぎ込まれてゆくのです。

近くの屋敷の庭先で掃除をしていた中年の女性が、彼女たちのほうを横目で睨んでいました。古い世代、個人情報のやりとりを好ましく思わない人権世代であるのは、間違いなさそうです。もしかしたら筋金入りの家族主義者かもしれません。

「おほん！　人権の拡大とは、すなわち売買可能な情報の増大であります」

昨日の工哲学で老教授から学習《まな》んだばかりの定理を、葦奈はあてつけがましく暗唱しました。級友たちは、すぐに調子を合わせ、唱うように続けます。

「人権は、奴隷を消費者に変換するんであります。人権とは即ち所有権であり、自由とは即ち自己を所有するの権利です。なんとなれば、売るためには、人は先《ま》ず所有しておらねばならんからです」

「近代社会においては生産のための法人と機械人が、消費法人と消費機械人に先行して開発されたがために、自然人は消費を担当するの性向が強化されるに至りました」

「すなわち近代人権思想とは、経済成長促進技術に他ならんのであります。――」

少女たちは、いっせいに吹き出したかと思うと。

こちらで手をつなぎ、あちらで腕をからめ、新任の女教師についての噂や明日の予定などを肌越しに送信しつつ、朗《ほが》らかな笑い声だけをのこして坂道をかけのぼるのでした。


と。――空が曇ると同時に、坂道のてっぺんに一人の痩せた娘があらわれました。

日を翳らせたのは彼女のせいではなく、成層圏中継所でした。気流に負けじとエンジンを働かせ、超高高度で静止する大型の熱気球型プラットフォームです。どうしたことでしょうか、今日はこの街の上にまで流されて来てしまったようでした。

蔭の下で、輩奈たちの軽やかな靴音は、ぴたりと止みました。

「エルミだわ」

沙羅の一言に、級友たちは、触れあう掌越しに電子の囁きを交わします。

「そうね。エルミだわね」

「ほんとだわ。どうしたのかしら」

「どうもしないわよ。あの娘《こ》はいつだって、おかしなところにあらわれるんだもの」

「そうよね。だってあの娘《こ》ったら――」

坂の上の娘の姿は、遠目には輩奈たちと少しも変わるところがありません。けれど、古風な眼鏡と頬の雀斑《そばかす》、それに長い三つ編みは、素のままでもなければ複でも合でもない、まぎれもなく重《じゅう》の徴《しる》しなのでした。

下りてくるエルミは、三つ編みをゆらしつつ分厚い本を、それもわざわざ両手で顔の前に広げて、耽読《よみふけ》っている様子です。『フランケンシュタイン――あるいは現代のプロメテウス』という題名であることは、すぐに見てとれました。

「わざわざ紙媒体で読まなくても、いいと思わない？」

「あてつけっぽいわよねえ」

「まったくだわ！」

級友たちの反感は、故無きものではありません。――この眼鏡の娘は、特別学級に属していたのですから。

特別学級は、山の上に建つ女学院のなかでも、いっとう奥まった森の片隅にあり、全寮制と決まっていました。暮らしているのは重ばかりで、相同遺伝少女《メアリ・シェリィ》も少なくありません。

この国の大半の場所と異なって、その一角は情報電力網《フラー・ネット》にも参加せず、すべて自前の電樹《でんき》でまかなっていました。電樹というのは空にむかって細長く伸びるチューブの集まりで、太陽の熱を鏡の葉で根元に集めて風を生み出し、幹を通って枝先から吹き出すその熱風で電気をおこしながら自らの重みも支えるという、人工樹木なのです。それらが幾十と並んで立派な森を成し、大きなものは百メートルを優に超えます。いっとう太い幹の真上には、修繕用の気球がぽっかりと繋留《つなが》っていましたが、もちろんそんなものがなくても倒れたりしません。

エルミが、読書に没頭したまま、どんどんと近づいてきます。制服の色合いが、輦奈の級友たちに比べればだいぶ地味《シック》であることも、この距離ですとはっきり見分けられました。陽の光から電気をつくれるスティルドレスです。男性用のスティルスーツに比べたら表面積が小さいので、発電能力は少しばかり劣りますが、それでも街を歩くくらいならば問題ありません。

エルミはすれちがう時も、声もかけず、それどころか本から顔をあげようともしません。輦奈たちのグループも、ぷいとむこうをむいて、無視しています。

けれど、その一瞬。

小さな鞄をもったエルミの右手の先が、仄《ほの》かに、まるでそよ風を受けた蒲公英《たんぽぽ》のようにゆれたとたん、たまたま（あるいは、まさに折よく）一団の端を歩いていた輦奈の、制服の袖に接近《ちかづ》き、触れ合って。

ふたりの間に、電子の言伝《ことづて》が走りぬけたのを、だれも気づく者はおりませんでした。

「……ねえ輦奈？　話、聞いてる？」

級友のひとりが腕をつつきます。エルミはとうに坂を下り、見えなくなっていました。

「え、聞いてるよ、もちろん。なんだっけ？」

「ほら、やっぱり聞いてないじゃないの。あのね、私ね、こんど小説を書いてみることにしたのよ」

「へーえ。どんな？」

「歴史ファンタジーなのよ。古代のスパルタを舞台にして」

「わーお」葦奈は口を0《オー》の字にします。「そりゃあすごい。出だしは？」

「〈海の民〉の侵略からよ。前の学期にやったところ。それに単式簿記の弊害がくわわって、古代地中海の経済が一気にくずれてしまって、おっそろしい暗黒時代がやってきて、それから――」

Tertius

……〈海の民〉が双斧《ラビユロス》の帝国の栄華を根こそぎ喰らい尽くしてから、すでに十数世代がむなしく土と還り、表土をわずかながら豊かなものにしている。

聖都ウィルーサ（この由緒ある名称も、今後千年を経ずしてまずはイリオスに、さらにはトロイにとって替わられよう）もまた、今では灰燼《かいじん》にすぎない。

多くの村が避難者によって占められ、互いに争いつつ、まずは文字技術を、やがて平和を失ってゆく。いずこの民も王を欠いており、団結を習得しそこない、裏切りと不信のうちに四散する。万人が万人に対する不安を抱き、少々の生産と幾多の略奪がくりかえされる。

それが暗黒時代であることを、ペロポネソス半島の住人たちは意識していない。歴史という意識は知識人を必要とする。そして文字師たちは遥かナイルの懐に逃げ込んで、旧・双斧《ラビュロス》帝国圏のいずこにも——それこそ北の〈黒き畔《ほとり》〉から南の〈紅の海〉にいたるまで——生き残っていない。

活発に動き回るのは、傭兵団のみである。かれらはまた山賊であり、海賊でもある。ある夕暮れ——季節はおそらく秋だろう——森と丘陵の挟間で、そうした集団のひとつが、別の集団と不意の遭遇戦を始める。

短い槍と長い矢が飛び交い、やがて（実力も人数も拮抗していると双方が理解したころに）一時休戦となる。かれらは野蛮ではあるが、愚かではない。鏃《やじり》は奪われやすく、槍は折れやすい。戦闘力を消費すべき対象は豊かな漁村であり、こんなところで無駄足を踏んでいては、いつなんどき第三の傭兵団に奇襲をうけないともかぎらない。

森の端で、かれらはじっと睨み合う。いずれも二十人ほどの集団で、子供と呼んでよいほどに年若い戦士たち（それは文明が崩壊していく際の、これ以上ないくらい明確な兆しだ）を多く含んでいる。裸の餓鬼《ギュムノパイディアイ》どもめ、とかれらは互いを罵《ののし》りあうことにする。そうして日没の寸前に、双方からひとりずつ、交渉者が歩み出る。

ふたりの名前は（当然のように）伝わっていない。しかし、ここでは仮にいっぽうをプロクレス、もういっぽうをエウリュステネスとしよう。

ラコダモス、と南から来た少年プロクレスは己の属する傭兵団を紹介する。その意味は『水面《みなも》の者ども』である。伝説的な〈海の民〉の獰猛さにあやかってはいるが、かれの装いに航海民族らしさはない。

　エウリュステネスのほうは尊大で、あくまでも強気にふるまう。テュロスの緋に染められた外衣は長く、身の丈に合っていない。前の所有者が立派な大人であったことはまちがいない。腕に嵌《は》めた銀細工は南方の蛇を象《かたど》り、首飾りの琥珀は北方の光を宿す。それらがかえって、かれのくぐりぬけてきた激戦の数を物語っている。

　交渉は挑発であり、武勇伝の交換でもある。野卑な言葉が交わされるうちに、どちらも拝《はい》火《か》の民であることが知れる。二人は驚き、顔を見合わせる。どうやらこいつらは、他の傭兵団とは異なるようだ。あるいはわれらと同じく、失われた〈黒き畔〉から逃れてきた者なのか？……

　夜風が吹き寄せ、二人の少年は引き際を考える。そうして星の河が天に浮き出るよりも早く、負傷した互いの配下の補償がまとめられる。支払いには、鉄と銅が用いられる。黄金はいずこでも通用するが、少々柔らかすぎて、かれらの好みにあわない。

　夜が深まる前に、焚火がおこされる。獲物となるべき漁村は遠く、負傷した仲間の世話もある。相談（おもにエウリュステネスの大声が議論のゆくえを決めるのだが）の結果、大小一つずつ、二組の篝火《かがりび》が少年たちの頬を照らすこととなる。

　火の神への挨拶が終わるや否や、果実酒を詰めた革袋が、若い戦士らのあいだを行き来する。はじめはこれまでの略奪の手際の良さを、やがては適当にでっちあげた祖先の武勲を、かれらの酔った舌が自慢げに編み出す。

エウリュステネスは両腕をひろげ、大猫の毛皮を背負った狩人の物語を語る。狩人は天の鳥を捕らえ、最後には雷《いかずち》の息子であることが明かされる。プロクレスは抑えた語り口で、南の仲間たちと共に、遥か東なる〈葦の海〉で九本脚の大蛸と戦った男の運命を再現する。月は動き、星は巡り、酒と篝火が少年たちの絆を堅きものとする。かれらの詠う物語もまた、喧噪と冗談にまみれながら、一つの命ある塊へと変わってゆく。三世代を経ずしてそれは完全に融合し、狂える勇者ヘラクレスの冒険譚となるのだが、もちろん少年たちはそのことを知らない。

最後まで酔いつぶれずにいたプロクレスは、東の空の白むころに、半ば目覚めたまま不思議な夢を見る。

朝焼けに身を起こしたエウリュステネスが、かれの肩をゆすって笑う。おまえは隙がありすぎる、と。

プロクレスは夢の一部始終を語って聞かせる。防壁も井戸もない奇妙な都市について。その内を巡る無数の車輪と、冷たい炎について。空には船が舞い、肉と清水は尽きることなく、美しい乙女たちが煌《きら》めく衣をまとって微笑む。かれは問いかける、これはいかなる兆しだろうか？　われわれ二組がここで交わったのは、いかなる神の仕業か、あるいは死霊の差し金なのか？

エウリュステネスはさらに大声で笑い、こう言ってのける。――夢占《ゆめうら》なぞ、今は亡き聖ウィルーサの亡霊に任せておくがいい！　神々がわれらにどのような宴を用意していようと、かまうものか。われらは村を襲う。鉄を奪い、黄金を溶かす。壁無き都市とやらに乙女らが居るならば、それもよし、この手で奪ってみせようではないか。

思慮深いプロクレスは、新たな盟友の剛胆さに感心する。しかしそれでも、かれは内心で問うことを止めない。

われらの出逢いと、この夢とには、関わりがあるにちがいない。われらは、いかなる運命を背負い込んだのだろう。それは偉大な何かを生み出す道か。それとも、これまでに見聞きした数多《あまた》の傭兵団と同じく、些細な戦《いくさ》にやぶれ、夜の深淵へと消えゆく道か？

4

葦奈とエルミが親しくなったのは、ひと月ほど前の日曜日、とあるウイルスがきっかけでした。

その日、葦奈は駅前の公園で級友たちといっしょに売春をしていました。もちろん、目の前に買い手がいるわけではありません。彼女の実時間身体感覚《リアルタイム・データ》が電網《フラー》へ売りに出される、というだけのことです。そうしたデータがどのような目的に供されているのかは、葦奈たちの関知するところではありません（いちど売った感覚は、跳ね返って《フィードバック》こないのですから、当然です)。

春休みの公園には彼女たちの他にも、売り買いをしている人が大勢いました。その大半《ほとんど》は若者です。

一見したところ、楽器を奏でていたり、ようやくほころびはじめた花を眺めたりしているようですが、服が瞬いているのは網《ネット》につながっている証拠です。なかには、身ぶりも受け答えもすべて自動操縦《オート》にしておいて、ほんとうの意識は網《ネット》の中に居続ける人さえいるかもしれません。通信設備がととのっている公園は、そうした若人の憩《いこ》いの場でした。市のお偉方も、危ない都会の繁華街で夜中にこそこそ売り買いされるよりはと、この一帯を渋々整備して、開放しているのです。

愉しそうに散歩道を駆けていた輦奈は、

「あ、売れた!」

会心の笑みをうかべ、休憩所の椅子にふわりと腰かけました。

「私はまだだわ」

「私もよ」

「いいなあ、輦奈はいつも早くって」

「運が良いだけだってば。さあて、さっそくお買い物、と!」

身体《データ》を売って得たお小遣いを、彼女たちが家まで持ち帰ることはありません。その場ですぐに費やして、有名タレントの遺伝情報《ジーン》を写しとってくるのです。

　葦奈たちは、おもてには現れないイントロンがもっぱらでしたが、裕福な学生たちのなかにはエキソンを写してきて、顔かたちさえ変えようという者もいました。そんな彼らの親御さんや教師たちはたいそう怒って、家族主義のパンフレットをふりかざしたりするのですが、それに抗して若い人たちも、最新の表現型主義はどうの、自他同一性《alidentity》の権利がどうのと、たいそう姦《かしま》しいことです。

　女学院は、もともとがジーンのデザイナとして財を成した篤志家が創立したものですから、学業に響きさえしなければ、という寛容な態度でした。けれど、お小遣いがいくらあっても足りない昨今、葦奈たちの感覚売春も回数が増えつつあることは否めません。

「ほんと、何でも高価《たか》くなっちゃってるんだから！」

　制服を瞬かせながら（春休みとはいえ制服着用は規則でしたし、感覚《データ》はいかにも女学生という装いのほうが高値で売れるのです）、葦奈は思案しました。瞳の奥には、網《フラー》の囁きが動画となって映し出されています。

「こういうインフレって、やっぱり機械人さんたちの陰謀としか思えないよ。さもなきゃ重たちがどこかで……」

　そのとたん——葦奈の叫び声、そして意識を失った彼女の、椅子もろともに倒れる音が、級友たちを驚かせ、公園じゅうの監視カメラを惹きつけました！

「葦奈！」

「どうしたの　葦奈……葦奈!?」

まちがいなく、それは悪質なウィルスでした。

ある映画俳優のジーンを買おうとしたとたん、彼女の服の中へそれは滑り込み、繊維の中の素子を組み替え——そこから強烈な電磁波をとばして、神経《こころ》の中まで入り込んできたのです。

「薬を！」

級友のひとりが懐から緊急用のカプセルを取り出し、液械《リキッドマシン》を葦奈の喉へ注ぎ込みます。

しかし、それでも彼女は反応しませんでした。

「だめだわ！　もう抗体が古くなってる！」

「そんな！……」

少女たちが呆然と立ち尽くすところへ——曲がりくねった散歩道から、スカートをひらめかせ、荷物も放り捨てて、ひとりの娘が駆けつけたのです。

それはエルミでした。

瞬く間もあらばこそ、三つ編みの娘はすばやく自分の上着と、それどころかその下の薄いブラウスまでも脱ぎすてて、周囲の級友たちを（そして彼女たちを経由している世界中の目撃者たち数万人を）気にしたようすなぞ微塵もないままに、葦奈の身体にかぶせたのです。

重の服装ならではの電磁防護作用……手際の良い、そして大胆極まりない措置が葦奈を救ったのだと、皆が気づくまでにしばらくかかりました。

葦奈が目を覚ますと、三つ編みの娘は何事もなかったかのように再び制服をまとい、こう言ったのでした。

「――それではごきげんよう」

Quintus

……傭兵団は成長を続け、有力な都市を手に入れる。世代が交替し、記憶は神話となって王権を支えてゆく。

都市国家スパルタの黎明期に、二人の少年戦士は兄弟として置かれる。多くの歴史が語るとおり、都市は〈弟〉の屍《しかばね》の上に築かれる（ギルガメシュとエンキドゥ、カインとアベル、ロムルスとレムス、あるいは桓武《かんむ》帝《てい》と早良《さわらの》皇子《みこ》のように）――しかしスパルタの創始者たちは、殺し合う定めにはない。二つの王家を解釈する装置として、プロクレスとエウリュステネスは語られてゆく。

あの酒と篝火の夜は、かくして永遠に報われることになる。少なくとも、スパルタ自身が陥落するまでは。

同胞の絆が、すべてに優先される。スパルタの貴公子たちは血族の枷《かせ》から放たれ、同胞として戦地へと赴く。かれらは各地の諸都市と激しく衝突する。まずはアルゴスと、そしてやがてはアテナイと。

国境紛争をくりかえしたあげく、かれらは妥協点に到達する。四年毎に競技大会が催され、都市の主権者たちはそのたびに和平更新の儀式を執り行なう。スパルタびとの多くは、なんとも莫迦ばかしい所業だとこの試みを嘲笑する。こんな子供騙しが、いつまでも保つわけがない。

もちろんかれらの予想は外れ、大会は年を経るごとに大がかりになってゆく。

先住民対策と他の諸都市への外交的必要との板挟みとなり、スパルタびとは嫌々ながらも遠征軍を組織する。行く先には、古い島がひかえている。その地で数百年の昔に双斧《ラビュロス》の帝国は滅び、わずかな遺産を食い尽くしたミュケーナイ人の王国も、すでに忘れ去られている。

島の遺跡は、派遣軍にとって無気味な謎でしかない。隊長（おそらくはエウリュステネスの血をわずかに受け継いでもいるだろう）は、土に半ば埋もれた陶器の縁を軽く蹴り、故郷へ戻る日を夢見る。

やがて文字が東からやってくる……当時の便利な輸入品が凡《すべ》てそうであるように。テュロスとシドンの商人《ポエニキ》たちは、目新しい「母音文字」をあやつってみせる。貴公子たちは眉をひそめる。発音のすべてを――それこそ子音も母音も――書き残すというのは、いかにも労力の無駄としか思えない。言葉の本質は常に子音にあったし、これからもその事実は変わるはずがないのだ。

だがまたしても、かれらの批判は的外れに終わる。当初は野蛮な代替技術として、やがては必要不可欠な武器として、「新しい文字《アルファベット》」は定着してゆく。

派遣軍司令官の孫にあたる青年（かれは三人目の男子であり、戦闘訓練の成績はお世辞にも優秀とはいえない）が、戯《たわむ》れに、かれの先祖の伝説を「新しい文字」を用いて記してみる。三十年を経て、それはスパルタの詳細な歴史書へと成長する。――さらに百年のち、戦乱のなかで歴史書は尽《ことごと》く失われる。

6

どこからか、サティのジムノペディが耳に届きます。それはエルミの好みで、近くにいると合図代わりに送ってくるのです。

公園の一件から、葦奈とエルミは、級友たちには内緒で逢うことが多くなっていました。初めのころは、負い目と反発心で頰を染めた葦奈がエルミにむかって送信をくりかえし、着信拒否が設定されていると知れるや、直《じか》に森の中の寄宿舎まで押しかける、といった次第でした。

それがやがて、図書室での遭遇となり（そこで二人はお互いの読書歴の一致を発見したのです）、週末の公園でのすれちがいとなり、廊下で偶々《たまたま》近づいた時には肌越しの通信となって。……

初夏の風の心地よく髪を撫でる頃には、特別学級のある森の一隅《かたすみ》で、ふたりだけの会話を愉しむのが、すっかり日課のようになっていたのです。

エルミの家族のことや、どうして重になったのかも、すでに輦奈は聞かされていました。

エルミの父君は優秀なプラスチック分解師で、彼女の生まれる前から人工島で働いていたのです。微小機構《ナノマシン》に発癌性のあることはそのころすでに知られていましたが、事故の規模はあまりにも大きく、技師たちのみならず、島に住んでいた家族たちまでも巻き込みました。治療は後手にまわり、おおぜいの人が倒れました。エルミも身体の大部分に手を加えることで、ようやく命をとりとめたものです。

「でもあたし、重の人たちのほうが電網《フラー》にたくさん入ってるんだと思ってたよ」輦奈が何の屈託なくそうしたことを口にするのは、二人がどれだけ親しくなったかの証でもありました。

「だって重の人って、辺縁系にまで手が加わってるんでしょ？　合はうわべを加工してるだけだし、複だってせいぜい器官や四肢《てあし》を直すくらいだし……やっぱりすっごく便利じゃないの！　ハッキングとか、音楽を聴いたりとか！」

「それはそうでしょうけどね……こちらに言わせれば、どうして皆がジーンのコピーをしたがるのか理解できた例《ため》しがないわ」

「そうなの？　ぜんぜん普通だけどな、あたしにしてみれば」

「でしょうねえ」

草むらに腰かけたまま、エルミはくすりと笑います。だからあんな目に遭ってしまうのよ——と瞳のきらめきが語っていました。

「そのことはもう言わないでってば。とにかくね、エルミ、あんたはちょっとばかり慎重すぎるってこと。沙羅なんか欠肢嗜好《BIID》だっていう証明書をお医者さんからもらうのに親と大喧嘩して、とりあえずは合で我慢してるらしいけど、そのうち複になりたいなあって言ってるくらいだよ」

「あまり好ましいこととは思えないわ」エルミは大真面目に首を振ります。それがかえって、戯《ふざ》けた仕草に見えてしまうのが不思議です。

「だって、体を変えてくってことは、自分が、ほんとうに自分のものになるってことだよ？　ピアスとか、タトゥーとか、ジーンとか。ぜんぶ同じことだよ」

「でも……」

「ほんとに一度も取ってきたことないの？　ジーンのコピー」

「ないわ」

　重であるエルミが、かえって人一倍そうしたデータ取り込みには慎重であるのは、薹奈にも得心がいきましたが、いったん勢いのついた弾み車はなかなか止まりません。

「ちょっとだけでもやってみたら？　面白いよ」

「でも……」

「なによ。あたしの勧めじゃあ嫌だっての？」

「そ、そういうわけでは……でも、でも……」

「だいじょうぶだって！」

　輦奈は、意地悪さを愉しんでいる自分に気づきました。輦奈を救う時にはあれほど大胆だったエルミが、こんなに臆病なところがあるとは……それを知ってしまっては、よけいに勧めたくなるのが人の気持ちの面白いところです。

「じゃあさ、こうしよ。最初はあたしのと交換でいいから。これなら安全でしょ？」

「輦奈の？」

「そ。どっかから買ってきたものじゃないよ。正真正銘、あたしのジーン」

「それは――」三つ編みの娘はしばらく思案してから、答えました。「――とても興味深いわね」

「じゃ、話は決まりね！　どこから入力？」

　そう言われたエルミは襟をそっとゆるめ、細い肩のうしろから、タッチパネルを取り出しました。彼女の肌そっくりに、それは薄く、滑らかで、ノイズひとつない薄紫色の表面なのでした。仄かに、一輪の薔薇が、立体透写《うきあが》っています。

「わーお」輦奈は思わず声を上げていました。「綺麗。とっても」

「恥ずかしいわ」

「そんなことないってば。ほんとに綺麗だよ」

「そうじゃなくて」エルミは声をふるわせます。「誰かに見せるの、初めてなのだもの」

　輦奈は指をのばして、触れてみました。

　三つ編みの娘が吐息を漏らします。画面の薔薇は、いつのまにかカーネイションへと変化していました。

「これを繰り返していったら――」

パネルを叩く肇奈に、ふとエルミが訊ねました。

「最終的には、どういうことになるのかしら」

「うーんと……あたしがあんたと同じになっちゃうのかな？　エルミのジーンがあたしをつくって、あたしのジーンでエルミが出来上がって……正確には、あたしの御先祖様から受け継いできた代物なんだけど」

「それじゃあ、私があなたの御先祖さまになるってこと？　遺伝学的に？」

「というか、親になると言うべきなのかな。ううん、ややこしいなあ」

「どうせなら母親がいいわ」

「そう？　じゃあ、あたしも！」

「よけいにややこしいわね！……」

――そんなふうに、ふたりの乙女は、お互いの母親になってゆくとはどういうことなのか、目眩《めまい》を感じながらも懸命に想像してみるのでした。

けれども。

破局はある日、靴音も高らかに、乙女らのもとへと押し寄せてきました。

海の向こうの合衆国で、毎週恒例の世論調査があったのです。いつのまにか圧倒的な過半数を占めた家族主義者たちの言い分は、とても分かりやすいものでした。重はもちろん複合も、まったく自然の摂理に反している。ましてや最近流行しているジーン書き換えなど、もってのほか。そのような者たちのいる処は、いずこであれ許しておくわけにはいかないのだ。我が国は、人類の健全性を保つために一刻も早く行動すべきである。……

調査結果が発表されたのが、その日の夕方でした。のんびりしてはいられません。さっそく（夜のニュース番組が始まるまでに）大統領は部隊の派遣を決定したというわけです。六十日までは自由に軍を動かせますが、まずはアジア諸国の若者たちを取り締まるだけですから、半月もかかるまいというのが大方の予想でした。

輦奈は一報をエルミから聞かされて、しばらくのあいだ何事か理解できませんでした。

「つまり、どういうこと？」

「スケールフリー・パニックよ、きっと」

エルミが掌越しに記録を流し込んできます。

たしかに電網《フラー》のあちこちでクラスター係数が無気味な上昇を続けています。γ《ガンマ》指数も、平常値の倍にまで上がっているのです。

「どこかで心理の大雪崩が起きたの。もしかしたら家族主義者が起こしたのかもしれないけれど。それがとうとう、お国の偉い人を動かしてしまって……もうじきよ、もうじきこの学院は廃校にされるのだわ。たくさんの大人がやってきて、強い磁力ですべてをかき消していくのだわ。いいえ、それだけじゃなくて、たぶん私たちもみんな……」

エルミは言葉を濁しました。

しかし、輦奈には想像がつきました。素人のウイルスでさえ、人の神経に対してあれだけの干渉ができるのです。政府の機関が本腰を入れれば、輦奈はもちろんのこと、エルミのような重でさえ、指先を動かすくらいの手軽さで何もかも書き換えられてしまうことでしょう。彼女たちの友情も……せっかくこれまで交換してきたお互いのジーンも、愉しく語り合った記憶も、あの公園の一件も、なにもかもが。

なにもかもが！

「そんなの……嫌だ！」

「でも輦奈、もう手遅れだわ」

「手遅れなもんか。どうにかしなくちゃ……どうしよう？」

「どうしようもないのよ！」

「でも！」

初夏の陽射しの中を、二人はあてもなく駆け出します。学院のあちこちで女生徒たちが震えて座り込んでいます。廊下を走り、校門をぬけて、美しい並木の坂道へたどりついたとたん、輦奈たちの足が止まりました。

坂道の途中、屋敷の庭を掃除している女性が、ふたりをじろりと睨んでいるのです。彼女だけではありません。街の住人たちが一人残らず、二人を訝《いぶか》しんでいるではありませんか。

ああ、その憎しみに満ちた瞳の色！　とっくに電網《フラー》の報道から影響を受けたにちがいありません。

「圏外へ！」

「圏外?……圏外!?」

輦奈は、親友の言わんとすることを理解しました。

そうです、その方法しかありません。電網《フラー》から、この街の何もかもから、とにかく遠くへ逃れなくてはいけません。けれど圏外などというものは、あろうはずもないのです。すくなくとも、この地上には！

「いいえ、あるわ」

エルミの声は震えていました。

「一箇所だけ、安全な処が！」

Septumus

……スパルタの二つの王朝は絶え、僭主たちが玉座に就く。リュクルゴス、マカニダス、そしてナビス。非効率的な圧政と略奪のあとに、ローマの軍隊がやってくる。

ポリュビオスという男が、その顚末を四十冊の歴史書に記すことになる（ただし、散逸を免れて後世に残るのは冒頭の五冊のみである）。小スキピオーの家庭教師として、かれは、ペロポネソス半島を併呑《へいどん》しカルタゴに勝利した偉大な男たちから、体験談を直接聞き出す栄誉を与えられる。

かれは初めからローマの一員であったのではなく、ラティウムの地に生まれついたわけでもない。人質としてギリシャから送られ、若き共和国にとどめられたのだ。有能な知識人として仕えること十七年、ついに解放され、移動の自由を得たとき、ポリュビオスは（ほんのひととき故郷に戻ってから）アフリカ北岸へと渡る。カルタゴと呼ばれた文明の炎が消え去る、まさに最期の一瞬に、追いつこうとするかのように。

そしてかれは追いつく。かれの目の前で、小スキピオーはカルタゴを殲滅し、あとかたもなく破壊する。女子供を殺し、高き城壁は欠片《かけら》も残されない。土地には念入りに塩が撒かれる。なにものも二度と芽吹かぬよう念入りに『死』が塗り込められる。

もちろん、塩の逸話は後世の創作でしかない……しかしポリュビオスの眼前では確かに塩が撒かれるのだ。かれはついに歴史の真実を悟る。都市は滅びる、もしくは都市のみが。永遠は常に共同体そのものに味方する。そして今、共同体とはローマのことなのだ。はるか東洋の中原に生まれていれば間違いなくかれはこう記したことだろう、すでに天命は革《あらた》まれりと。

再び故郷に舞い戻り、かれは仲間たちに説いて聞かせることになる。ヘラクレスの子孫、ペルセウスの子孫が築いた諸都市の連合は、今や共和制ローマの一地方でしかない。われわれは呑み込まれたのだ。ならば、そのうえで生き続ける途を探ろうではないか。

　統治機構の改革を、かれはすすめる。都市の自治ではなく、共和国の運営が優先されてゆく。ローマの知己とギリシャの幼なじみたちとのあいだで、若々しい半島と伝統ある群島のあいだで、かれは有能な仲介人としてふるまいつづける。

　二つの世界が、ポリュビオスの裡に生まれ、しかしそれらは決して一つにならない。

　そんなある夜（季節はおそらく秋だ）、かれの夢をふたりの少年が訪《おと》なう。思慮深げな眼差しのいっぽうが自己紹介をする。わが名はプロクレス、『水面の者ども《ラコ゠ダモス》』の団長、と。かれは語って聞かせる、あの焚火の一夜を。かれの夢見た不思議な都市と乙女の姿を。しかし翌朝目覚めた時、ポリュビオスはひとかけらも憶えていない。

　そして老人（そう、われらがポリュビオスはもはや若くはないのだ）は歴史書を書き綴ることも怠《おこた》らない。いかにローマの統治が善きものであるか、かれは見事に論証する。アテナイの優美を、スパルタの剛毅を、あるいはエヂプトの悠然を、すべてローマは併せ持つ。都市民の民主制、元老院の貴族制、執政官の王制が、地中海の一点で混じり合う。偉大なれ、若きローマよ。また、やがてそれを継ぐものたちよ。永遠《とこしえ》なれ、混淆《こんこう》よ。

　それがある種の秘められた復讐なのか、あるいは倒錯した自画自賛であるのかは、ポリュビオス当人にも判然としない。

8

どこをどう駆けのぼったものか。……

葦奈とエルミは、電樹の頂きに繋留《つなが》っていた気球に飛び乗っていました。幸いというべきか、中には誰もおらず、彼女たちを咎《とが》める機械人も見当たりません。

いつのまにか繋留索も解け、二人を乗せたゴンドラは、ゆっくりと空へ舞い上がってゆくのです。

「電力が保たないわ。これはバーナーじゃなくて電気式だから……」

葦奈は心配します。けれど三つ編みの娘は地表を指差しました。

「だいじょうぶよ。自動追尾モードだもの」

たしかに電樹の枝先という枝先から、飛行船にむかって淡い光が届いていました。レーザーの縁が、風の中の塵にふれるたびに、少しずつ零《こぼ》れ落ち、きらきらと七色に輝きます。

二人の少女は、どんどんと上昇してゆきました。――目には見えない風の大河、はるか二万メートルの天空に横たわるジェット気流へむかって。

やがて二人は気づきました。

地上のあちこちから、大小さまざまな飛行船が同じように昇ってくるのです。それらがすべて、襲撃をかろうじて逃れた娘たちであることを、二人ははっきりと感じ取ることができました。

それは世にも奇妙な、そして喩えようもないほどに可憐な、家出娘たちの船団なのです。

「これだけいれば、あれの一つや二つくらい、乗っ取れるかもね」

聿奈は冗談めかして、空の一角を見つめました。遥かに遠く、成層圏に留まる中継プラットフォームの、小さな姿があったのです。

「なんなら、南の軌道タワーも奪取しちゃってさ」

「そうね」とエルミも頰をほころばせます。「国が創れるわ」

「それどころか。文明よ！　空中の一大文明！」

「いいわね。そのうちに月や火星まで？」

「木星圏もね！」聿奈は大声で唱えます。「おお、さらば地上よ、遺伝子を選ばぬ民よ！今こそわれらは旅立ち、古き世界を汝らに委ねよう、大いなる天上の事どもは任せ給え……なあんてね！」

それでも。……

次から次へと、不安と疑問は湧いてくるのでした。

これから何がおきるのだろう？　何が待っているのだろう？　じぶんたちは、これから何者になってしまうのだろう？

その時に聿奈が思い出していたのは、級友のひとりが書いていた、あの小説のことでした。偉大なるスパルタの歴史とその終焉を——そこに立ち現れる勝利者は、もっとも巨大な、もっとも家族主義的な、ローマであることを。

「だいじょうぶよ」三つ編みの娘が言いました。「きっと何とかなるわ。私たちだけで」

「エルミったら大胆なんだから、あいかわらず」

そうするうちにも、上昇気流にのった気球の群れは、次第に近づいて、今や互いの服の色さえ見分けられそうです。

ふと、葦奈はあることを思いつきました。

「――あたしたち、これからどうやって仲間を増やしていけばいいんだろう」

「え？」

「だってそうでしょ。みんな女の子ばっかりだもの。クローン？　人工妊娠？　人格を電子化してアップロード？　それとも子供をさらってくるのかな。大昔のアマゾネスみたいに」

「そんなことする必要ないと思うわ」

「なんで？　だって、そうしないと、続いてかないよ」

「でも……」

「なによ？」

「続かなくてもいいんじゃないのかしら」

エルミの言葉が、無限の青空に反響しました。

その瞬間。……

葦奈は、はじめて戦慄《おそろ》しさを感じました。

彼女は気づいたのです……じぶんたちが、本当は、何から飛翔したのかということを……。

目の前で、親友の三つ編み娘が微笑んでいます。
輦奈の肩が大きく震えました。
いいえ、肩だけではありません。身体中が、とどめようもなく震えるのです。
けれども同時に、どうしたわけか彼女は、とても嬉しくもあったのでした。

風はしだいに冷たく、厳しくなってゆきます。
隣の娘が、古い韻文を暗唱していることに、輦奈は気づきました。ラルフ・エマソンの詩
——エレンという名の女性に捧げられた、それはたいそう美しい言葉の綾織《あやおり》でした。そうして、その、ほんの末尾《おわり》の一節だけが……

愛しむ心をのこして　凡てが死に絶え
永遠《とわ》なる理性のほか　凡てが失せるときに

と、気球の群れがどこまでも高空圏《たかみ》めざしてのぼってゆくあいだ、彼女の耳許でくりかえし、くりかえし、響き続けて、けっして終わることもなかったのです。——

物語は（多少の唐突さを意図しつつ）ここで終わるが、いくつかの点については注釈が必要とされるだろう。

・ボルヘス「もうひとつの死」について……日本語では牛島信明氏訳（ちくま文庫『ボルヘスとわたし』）、土岐恒二氏訳（白水Uブックス『不死の人』）の他、篠田一士氏訳もあるというがこれは未見。僕が参照したのはたまたま牛島訳だったが、いずれを採るかは（この世の大半の物事と同じく）好みの問題にすぎない。

・成層圏の通信中継所について……通信・放送基地として以外にも、発電（太陽光または風力）、地表／地下資源／気象／天体観測、軍事的監視など、成層圏プラットフォームにはさまざまな用途が考えられる。日本では二〇〇五年現在、宇宙航空研究開発機構（JAXA）と情報通信研究機構（NICT）が実験を進めていた。

・電樹について……太陽熱の蓄積によって空洞の塔内に人工の上昇気流をおこすという（一見迂遠《うえん》な、しかし確実な）風力発電「ソーラー・タワー」は、現在オーストラリア等で実用化にむけて試験が進行中である。無数の小さな鏡をコンピュータ制御することで太陽光発電の効率を上げる技術はすでにあり、あるいはこちらのほうが（その小ささ故に）先行して実現するかもしれない。

・ファッションとしての遺伝子書き換えについて……本文中にもあるとおり、耳飾りと刺青を容認（すくなくとも黙認）し続けるならば、流行としての遺伝情報書き換えは価格の問題でしかない。

・極小機械の発ガン性について……ナノ単位の人工物が健康な細胞に悪影響を及ぼす危険は、けっして無視できない（二〇〇四年四月七日付 *Wired News* の 'Big Concern for Very Small Things' 参照）。

・米国大統領の六十日以内の戦争について……軍事技術の革新が、合衆国憲法に定められた議会の開戦権限を（ひいては三権分立の精神を）無効化する可能性については、すでに二〇〇三年九月の時点で Lukasz Kamienski の小論 'The RMA and War Powers' において指摘されている。

・この掌篇（が短篇小説なのか省察なのかそれ以外の何かなのか、そこはさておき）の題名について……題名は『Virgines』24号（二〇〇二年、私立聖凛《せいりん》女学院文芸部発行）に掲載された短篇小説から、その他幾つかのモチーフや登場人物名と併せて、作者のA・K嬢の許諾を得て借用した。元の作品は書簡体小説であり、近未来における二人の少女の「『家族』という観念からの脱出」をあつかっている。ちなみにアンジー・クレーマーの人名は『はみだしっ子』シリーズ（三原順、白泉社コミックス）に由来する。A・K嬢についての詳細は拙作『サマー／タイム／トラベラー』（全2巻、早川書房、二〇〇五年刊）を参照されたい。

Post Post Scriptum……五年後の注釈

・個人間データ送受信その他について……もしくは「短篇小説の古びかたについて」とでも称すべき話題ではあるが、この五年間で「すれちがい通信」が日常化し、電気自動車が日々新聞の紙面を賑わしている様については苦笑するしかない。かろうじて救いがあるとすれば、実時間個人情報の商業的重要性と「静かすぎる電気自動車の危険性」について言及した速さくらいであろうか。

・注釈について……雑誌掲載時には読者諸兄の間に多少の混乱を引き起こしたと仄聞しているが、この一連の注釈は当初から物語の欠くべからざる一部であり、その意味では「注釈」ではなく「サゲ」と呼んだほうが良いのかもしれない。

・ちなみに、この掌篇の本歌であるボルヘスの名短篇に倣《なら》うならば、注釈は七年後に記されるのが正しい作法なのだが、なかなか人生というやつはそこまで便利にできていないようである。

エキストラ・ラウンド

桜坂洋

二〇〇五年にリアル・フィクションとして刊行された青春格闘ゲーム小説、『スラムオンライン』はアツかった。主人公の坂上悦郎は、バーサス・タウンというオンライン格闘ゲームに没入しており、ゲーム内ではテツオというキャラクターになっている。無敵といわれる「辻斬りジャック」を倒すため、悦郎は現実世界でのデートを捨ててまで「最強」を目指す。

そこに、不景気を原因とする、若年者の代替的な価値達成を指摘することはできるかもしれない。ゲーム内での「最強」は世俗的な意味での価値を持つわけではないが、自己とキャラクターの二重化を当たり前のように生きる主体にとって、心理的に価値のあるものだという感覚が描かれている。

そして本篇は、『スラムオンライン』英訳版収録のために書き下ろされた後日談である。坂上悦郎／テツオとともに謎を追った忍者である山之内純／ハシモトの視点から、『スラムオンライン』後に起きたある事件の顚末が描かれている。

桜坂洋は一九七〇年生まれ。『よくわかる現代魔法』で二〇〇三年にデビュー。ＳＦマガジンに「さいたまチェーンソー少女」などの短篇を発表。『ALL YOU NEED IS KILL』で自らの死によって時間が戻ってしまう戦闘状態に陥った主人公を描き、ゲーム的な世界におけるキャラクターとプレイヤーの乖離、繰り返されるゲーム体験の中で生の「一回性」をいかに描くかという問題に向き合っているとして、高く評価された。

ゼロ年代に所与のものとなった情報環境において、桜坂が描いた主体や自我のあり方は、極めて説得力を持つ。その「新しい人間像」の重要性はいや増すばかりである。

1

Aボタンをクリック。

ぼくは山之内純《やまのうちじゅん》からハシモトになる。

十字キーを操作。

ヘッドフォンからBGMが流れだした。

ぼくがいる部屋の電燈は消えている。雨戸は閉まっている。戸板と戸板のあいだの隙間はダンボールで目張りしてある。1秒ごとに秒針がつぶやく目覚まし時計はずいぶん前から電池を抜いたままで、部屋の片隅でさみしそうにほこりをかぶっている。暗闇の中で液晶ディスプレイだけが光を放ち、家庭用ゲーム機とコントローラとコントローラを握るぼくの手をぼうっと照らしている。

小樽の夜は静かだ。床板を通して、親が見ているテレビの音がぼくの肋骨を振動させる。ふとんに下半身をうずめたまま、ぼくは、リアルな世界からバーサス・タウンの街並みへ意識を飛ばした。

いつもと同じターコイズブルーの空の下、バーサス・タウンの3丁目は、いつもと同じデジタルサウンドに満ちている。ちょうど午後11時をまわった。24インチの画面の中を、見たことのあるキャラクターたちが気忙《きぜわ》しげに走り抜けていく。

バーサス・タウンは、ネット上に存在する架空の街である。家庭用ゲーム機とネット回線を使って、人はこの街を訪れる。ネット回線と接続したプレイヤーは、画面に映しだされた自分のキャラクターを操り、他のプレイヤーが操作するキャラクターと戦いを繰り広げるのだ。格闘ゲームのためにつくられたこの街は、見た目は現実の街そっくりだが、電気もなければ水道もない。車もバイクも自転車も走っていないし、コンビニもディスカウントショップも百均もない。キャラクターたちの腕は敵を殴るために存在し、脚は蹴るために存在し、頭は頭突きのために存在する。街に参加するキャラクターたちは、ポリゴンで構成された身体を駆使し、毎日毎晩、果てのない闘いに興じている。

バーサス・タウンでは、町内のチャンピオンを決める武闘会が定期的に開かれている。第2回の武闘会は3か月前に開催され、パクという名のキャラクターが連覇を果たした。栄光の舞台の裏側で、誰にも見られることなく、辻斬りジャックとテツオが雌雄を決したのも3か月前の同じ夜だった。

あれからジャックの姿を見た者はいない。3丁目の辻斬りは消えてしまった。BarJ・T・Sは変わっていない。いつものようにそこにある。面子《めんつ》もあまり変わりばえしない。マスミも、ベンも、リッキーもいる。だけれど、カラテ使いテツオのプレイヤーはリアルの世界に呼び戻されつつあるようだった。ぼくがログインしても会ったり会わなかったり、たまに会っても動物園の檻にいるライオンのように3丁目をぶらついていたりした。

忍者であるハシモトは、目下、バーサス・タウンの次の謎を追跡中だった。

武闘会優勝のトロフィーがパクのプレイヤーの元から盗まれたのは先週のことだ。なんでも、ゲームセンターのイベントで、ほんのすこし目を離している隙に無くなっていたらしい。トロフィーといっても台座そのものに価値があるわけではなく、ネットにあった画像から判断するかぎりちゃちなものだ。換金できる代物にはとても見えない。

それが、盗まれた。

これはなかなかおもしろい問題だった。たいして価値のないものを、誰かが、衆人環視の中で盗み出したのである。このトロフィーは、武闘会で一番になった凄い奴が持っているから価値が出るのであり、逆ではないのだ。質屋は受け取ってくれないし、見せびらかしても誰も誉めてくれない。偉いのは、トロフィーの所持者ではなくパクのプレイヤーだからだ。

バーサス・タウン・ネットワーク株式会社の運営側は、非は問わないからとにかく返却してくれとネットに声明文を発表した。不様な失態に公式ブログは炎上中だ。見た目はいつもと変わらない3丁目も、この盗難事件のせいで、画面に表示されたデジタルのビットが粟立《あわだ》つような、そんな不思議な空気に包まれているのだった。

情報屋を自称するハシモトのプレイヤーであるところのぼくにとって、この事件はいいヒマ潰しのネタであり、ぼくがロールプレイするハシモトにとっては存在意義そのものである。バーチャルな世界に存在するこの街では、ポリゴンで構成され、十字キーとボタンで操作されるキャラクターが繰り広げる行為だけが意味を持つ。この街におけるやりがいなどというものは、空気中に放置されたドライアイスと同じなのであり、意思という名の無駄に強力な冷気をプレイヤーが常に注ぎつづけなければすぐに消えてなくなってしまうのである。テツオのプレイヤーがログインしなくなったのもそれが原因だ。彼の意思を固く凍らせていたジャックはもういない。テツオとジャックの物語は終わってしまった。だから彼は来なくなった。それがゲームというものだ。リアルでやることがある人間は、ゲームなんかをせずにそっちを一生懸命やればいいのだった。

ぼくはといえば、せっかく合格した東京の大学を3か月で投げ出して実家に帰ってきたひきこもりなので、ゲーム以外にやることがなかった。危険を犯して価値のないものを持っていったどこかの誰かを、ネット上で探すくらいしかぼくには能がないのだ。

東京でアパートメントの部屋にこもりだしたときは、故郷の空気を吸えば普通の人間に復帰できるかもしれないなどと甘い期待を抱いていた。だけれど連れ戻されてみたら、高校まで一緒だった連中とは時計の針が回転する速度が微妙に変わってしまっていた。だいたい、1秒につき60分の5秒くらいずつずれるかんじで、コミュニケーションをとるコマンドをうまく入力することができなかった。しかたがないので、アパートの一室でやっていたのと同じように、ぼくは部屋にこもってゲームをプレイしている。ある意味、ぼくを捉えているのは人類最先端の苦悩なんじゃないかと思ったりもする。100年前には貴族や選ばれし者しか享受できなかった悩みというやつだ。寝ころがって食事していたというローマ人たちなら、いまのぼくを見て、なんて素晴らしい生活なのだろうと称賛してくれるかもしれない。してくれないかもしれない。どうでもいい。

こんなぼくのことを両親は心配している。その反面、喜んでもいる雰囲気もときおり感じられたりして、実の息子が勉学をあきらめて戻ってきたことを喜ぶというのだから親の馬鹿さ加減というものは度しがたいと思う。その度しがたい馬鹿さ加減にぶらさがることで、ぼくはゲーム三昧の日々を送っているのだけれど。

十字キーを操作し、ぼくは、ハシモトを3丁目に向けて移動させる。近道は使わない。できるだけキャラクターが多く立っている道を選んで進む。道端でキャラクターたちが交わしている会話は、ふきだしが消えたあともログとなって保存されている。ログをあとで解析し、今回の事件に関する話題が含まれていないか調べるのが目的である。何人かでチームを組めば、バーサス・タウンの主な集合場所で交わされた会話のほとんどを手に入れることも可能だった。

会話を収集しつつハシモトはJ・T・Sへと向かう。小道に入ったところで、モニターに人影が映った。その男は、短めの学生服を着ていた。パンツの幅はずいぶんと太かった。素足に高下駄をはいていた。少年マンガの主人公のような髪型をして、白いハチマキを締めていた。3丁目最強の男、カラテ使いのテツオだった。

キーボードをひっぱりだし、ぼくは挨拶を入力する。ハシモトの頭上にふきだしが表示された。

∨テツオどの。ひさしぶりでござる

∨一週間ぶりかな。こっちもいろいろあってさ

∨これは忠告でござるが、ヒマをもてあました主婦に入れこむのはやめたほうがいいでござる

∨そんなことしてねーよ！

∨冗談でござるよ

ぼくはコマンドを入力し、ハシモトにふむふむとうなずかせた。

きょうもテツオは、ストレスのたまった肉食獣のようだった。テクスチャーを貼りつけただけの顔はいつもとまったく変わらないが、動きかたのせいなのかどことなく生気に欠けて見える。あるいは、テツオのプレイヤーとこの街の秒針はわずかながらずれてきているのかもしれなかった。

テツオは言った。

∨実際、リアルで困ったことがあるのはたしかなんだ。きょうはJ・T・Sの連中に相談に乗ってもらおうと思ってインしたんだ

∨ネットにリアルの問題を持ち込むとロクなことにならんでござるよ

∨知ってる。でも、リアルじゃだめなんだよ

いのでござるか？
＞リアルで起きた問題はリアルの人間に言うのが筋でござる。相談できる友人に心あたりな

テツオはすこし考えたようだ。

＞中学や高校のとき友達だと思ってた連中はいたけど、大学に入ったらいつのまにか疎遠になっちゃったな。心あたりのある奴は何か月も連絡とってないし、もしかしたらいないのかも

＞それはせつない話でござるな

＞そういうそっちはどうなんだよ

＞拙者のプレイヤーが友人と思っている人間はいるでござるが、その人物が拙者のプレイヤーを友人と思っていてくれるとはかぎらんでござる

＞きみは変わらないな

テツオは大げさに腕を広げてみせた。その姿は、辻斬りを倒した伝説の男にはとても見えない。日々新しい情報に更新され、新しい英雄が日替わりで生まれるネット上のこととはいえ、ただひとりジャックに土をつけた男が為す術もなく困っているというのは悲しいことだった。だから、ぼくは、よせばいいのに打ち込んだのだ。

＞テツオどの。いったいどうしたというのでござる？

テツオは動かない。しばらくして、頭の上に浮かんだふきだしに短い文章があらわれる。

＞パクの優勝トロフィーが盗まれたって話、知ってるか？

>ここ1週間、バーサス・タウンはその話で持ちきりでござるよ
>やっぱりそうかあ。困ったな
>困りごとというのはそれでござるか？　べつにパクどののトロフィーが無くなってもテツオどのが困る必要はないでござろう
>なくなっただけならね
>話が見えないでござる。どうすればパクどのの被害とテツオどのが関係するのでござるか？
>とりあえず、誰にも言わないって約束してくれ
>誰にも言いもうさん
>本当に大事なことなんだ
>わかったでござるよ。忍者に二言はないでござる
ぼくは文字を入力した。キーボードに打ち込んだ言葉たちがふきだしに表示されるのと同時にテツオは動き出し、3丁目の細い路地の端から端までクイックフォワードで一往復する。どうやら、会話を読み取れる範囲に他のキャラクターがいないかどうかを確認したらしかった。
>ずいぶんともったいつけるでござるな
戻ってきたテツオにハシモトは声をかける。テツオの表情は変わらない。悲しいときも楽しいときも怒っているときも深刻なときも、バーチャルなキャラクターであるテツオは無表

情だ。
＞ここだけの話なんだが、パクのトロフィーの在処《ありか》をぼくは知ってるんだ
＞それは大ニュースでござる。隠す必要などありもうさん。早く皆に知らせてあげるでござるよ
＞そういうわけにはいかない
＞なぜでござるか？
＞ぼくの家にあるからだ

　そのとき画面に表示された文章を、ぼくはしばらくのあいだ理解することができなかった。忍者姿のハシモトは木偶《でく》の坊《ぼう》のように突っ立っていた。テツオが次の文字を入力してはじめて、ぼくの脳はその言葉の意味を理解したのだった。

＞送られてきたんだよ。突然。誰かわからない相手から、ぼくのところへ

　実を言うと、ぼくは、テツオのことをハシモトの影のようなものだと思っていた。あるいは、選択されなかった可能性というか、うまくひとことで説明できないけれどそんなようなものだ。逆に言えば、テツオのプレイヤーの人生の中で選択されなかった可能性がぼくということになる。テツオのプレイヤーは、過去のどこかで幾筋にも別れた道のひとつを選んで踏み出し、ぼくはそれができずに同じ場所に立ちすくんでいる。ふたりはそんな関係である気がしていたのだった。

　リアルの世界に生息する山之内純は、親にとっては大事な息子であるし、戸籍はあるし保

険証にもちゃんと記載されている。だけれど、いわゆる社会活動といった観点からみればいないのと同義の存在だ。ならば、ハシモトとしての自分に相談をしてくれたテツオというキャラクターのためにひと肌脱ぐのも悪くない、そんなことをぼくは考える。過去の一点に立ちすくんでいるぼくが、勝利を機に未来へ進みはじめた者のためにひと肌脱ぐというのは滑稽にすぎるが、人生などというものは存外そんなものなのかもしれない。

ぼくは思わず笑みをもらした。ぼくの苦笑は腕を通して十字キーに伝わり、画面の中のハシモトが前触れなく宙返りを決める。

テツオは驚いたようだ。

＞どうした?

ハシモトが答える。

＞手がすべっただけでござる。テツオどの、この一件、拙者におまかせあれ。大船に乗ったつもりでいるといいでござるよ

2

リアルの連絡先を教えるというテツオの申し出を断り、ぼくは独自に調査をはじめた。テツオは訝《いぶか》しがったが、ここはハシモトの理屈で押し通させてもらうことにした。プレイヤー

のプライベートに必要以上に踏み込んでも、逆に踏み込まれても、いいことはなにもない。バーサス・タウンにいるぼくはあくまでもハシモトで、テツオはテツオ。それでよかった。

もっとも、盗難事件の犯人が探し出せたくらいなのだから、テツオのプレイヤーのアドレスを入手するのはそれほど難しくないと思われた。彼はネットでアドレスを公開したりしていないそうだったが、バーサス・タウン・ネットワーク株式会社の管理者はテツオのプレイヤーがどこに住んでいるかを知っているし、会話のログをたんねんに調べればどこらへんの住人かはすぐにわかる。ちょっと話しただけのぼくにだって、彼がヒマをもてあまし気味の大学生だということがわかってしまったくらいだ。彼の隣の家に住んでいる顔馴染みがバーサス・タウンの住人で、犯人だってこともありえるのがこの世界だ。

ここでぼくが考えなければならないのは、むしろテツオのプレイヤーにわざわざトロフィーを送りつけてきた犯人の行為についてだろう。その行為にはなんらかの意味がかならずある。パクに返せば終わり、ということではないはずだ。

テツオを恨む者が濡れ衣を着せようとしている可能性がいちばん最初に考えられる。だが、それならば、犯人による噂話の流布がはじまっていてもいい頃だ。ログを調べてもテツオが怪しいという話はまったく話題にのぼっていない。この線は薄いだろう。頭の中のマークシートにぼくはチェックを入れた。

テツオが辻斬りジャックを倒したことは、3丁目に入り浸っている連中ならたいていが知っている。だけれど、考えかたは人によってさまざまだ。闘技場の頂点がバーサス・タウンの頂点なのだという考えかたもあるし、テツオが一番という考えかたもある。どちらもそれぞれ一番だという者もいて、住人の中で統一見解があるわけではない。もしかすると、統一見解がないことについていらだちを感じた人間が犯人なのかもしれない。テツオのプレイヤーの狂言という線もいまはまだ捨てられない。

親が買ってきてくれたコーラを片手に、ぼくは情報の海に漬かりはじめる。ひきこもりはピザになるという説もあるがそれはまちがいだ。食欲があるというのはリアルに欲が残っているという証明で、本当のひきこもりは運動しないから腹も減らず筋肉も落ちて痩せていく。ぼくは、あまり、ものを食べない。ぼくの中に積層していくのは、ネットから波となって押し寄せる情報だけだった。

ぼくはまず、前にも協力してもらったジャック追跡チームに連絡をとり、リアルで開催されたバーサス・タウンのイベントについて聞いてみることにした。同時にログの解析をはじめ、武闘会参加者と3丁目の住人に的を絞って会話の分類をはじめる。キャラクターの名前ごとに会話を振り分け、会話内に出現した特定の単語を抽出する。その後、抽出した単語と他のキャラクターとの相互関連性を重み付けし、図にあてはめる。一見難しそうな作業だが、ネットに落ちているアプリケーションが勝手にやってくれるのでぼくが仕組みを考える必要はない。

表示された図の中心に現れたのはもちろんパクだ。そのとなりにテツオがいる。周囲を固めているのはいずれも第2回武闘会で上位に入賞した者たちである。体育会系と言われるタナカと、無名の蛇形拳使いは図の端に追いやられていた。そしてもうひとり、テツオとパクと三角形を描くように表示された者がいた。弱くはないがすごく強いわけでもない。そのキャラクターは、蛇形拳使いのリッキーだった。

パクに心酔しテツオを嫌うリッキーが盗難事件の話題の中心にいることは当然な気もするが、おかしい気もした。たしかに彼は底意地の悪いところがある。だけれど、テツオのプレイヤーに濡れ衣を着せるやりかたは、なんでもありなリッキーの戦いかたとはそぐわない。なんでもありということは、ルールの範囲内であればどのようなこともするということだ。盗難という行為はルールの内側にあるとは思えない。逆に、この図の中心地から遠い場所にいる者が怪しいと考えるべきなのかもしれない。犯人はわざと話題を避けるかもしれないからだ。そしてもちろん、テツオのプレイヤーの自作自演の可能性もまだゼロではない。

理論だけなら誰でも言える。必要なのは実践的な手段だ。

これは、神と呼ばれた人物の言葉である。まったくそのとおりだと思う。問題なのは、ぼくがこの言葉をマンガを読んで知ったということだ。これを言ったのは、歴史上の人物でも高名な学者でもなく、あるマンガの主人公なのだった。

ネットを見てはいけないテストでもないかぎり、発生した問題の解決法を見つけるのは難しくない。グーグル先生に聞けばなんでも教えてくれるからだ。真の障害となるのは、知識として教わったその解きかたをどうやって実行するかである。必殺技のコマンドを知っていても、必要な場面でそれを実際に入力できなければ勝負には勝てない。それはリアルにおいても同じであり、現実世界を生き抜くコマンドをぼくらは知識として備えているが、どのタイミングでどのように入力すればいいかは簡単ではない。ネット上にあるバーサス・タウンとリアルのはざまで起きた今回の一件も、そんな事件であるような気がした。

とりあえず、ぼくは、リッキーとタナカ、無名の蛇形拳使いに絞って調査を進めることにした。J・T・Sの常連であるリッキーに関してはログの収集をマスミに依頼する。テツオとの約束があるから、大勢に協力を仰ぎ人海戦術のクローラー作戦をすることができないのがつらい。ぼくは、たったひとりで、2丁目の闘技場へとハシモトを日参させた。

闘技場はバーサス・タウンの中心地である。運営側の細かいバージョンアップのせいで、いまでも新しい連続技が生み出されており、全国各地からログインし対戦を希望する者たちで賑っていた。最近の流行《はや》りは、スキンマクロを使ってキャラクターの外見をマンガやアニメのキャラクターに描き替えることだ。その日も、深夜アニメで見たことのある女性キャラクターが群れをなし、さまざまな体型に同じ顔を乗せていろいろな技を競っていた。そこかしこでカウンターヒットのSEが鳴りひびき、まるで、バスドラムとシンバルだけのオーケストラ楽団がコンサートを開いているようだった。

ログの収集は壁際で突っ立っているだけで事が済む。潜入スタイルということで、ぼくはハシモトにも深夜アニメの女性キャラの服を着せてみたが、顔は元のまま変えなかったのでかえって目立ってしまっているようだった。

午前4時を過ぎ、ネットワーク上の存在が廃ゲーマーばかりになってきたとき、ハシモトに話しかけてきた者がいた。
>その顔ｗｗｗ
>しかたありもうさん。この顔が拙者のトレードマークゆえ
>キャプっとこう
>お願い！　顔はやめて！
>超うけるんですけどーｗｗｗ
　その人物は、やはり深夜アニメのコスチュームを身につけ、使いもしない長い杖を背中にくくりつけていた。ジャック追跡のときに協力してくれた人物のひとりである。プレイヤーがどこの誰かは知らない。ぼくは、彼に向かって質問を入力した。
>そうは見えないかもしれぬでござるが、これでも潜入中なのでござる。いったいなんの用でござるか
>このあいだのこと、わかったんだけど
>？
>おまえさんが聞いたんだろｗｗ。リアルの大会のことだよ
>ほう。それで？
>１か月くらい前に巣鴨のゲーセンでローカルな大会が開かれてる。そこのアルバイト、実は俺の知り合いなんだけど情報管理とかまったく頭になくて、カウンターに丸出ししてあるノートに参加者の住所が書いてあったｗｗｗ。おまえさんが言ったとおりだったよ

＞して、参加者は？

＞優勝したのはカラテ使いで、おそらくテツオのプレイヤー。準優勝の蛇形拳使いは小学生だったそうだが、ジャックだったんじゃないかって噂もある

＞武闘会４強の蛇形拳使いとジャックのスタイルは似ておりもうす

＞まあ、誰が誰ってことは特定されてないんだけど。プレイの仕方からリッキーとタナカのプレイヤーもいたって話

＞それは興味深い話でござるな

＞で、この情報が無くなったトロフィーとどう繫がんの？

＞残念ながらそこはまだ教えられないでござる

＞けちー

　情報管理が疎《おろそ》かであることは予想の範囲内だった。バーサス・タウンのプレイヤーたちは、ただ格闘ゲームがうまいだけの一般人にすぎないからである。ただ、これで、ぼくが目星をつけた連中が一か所に集まり、しかも全員がテツオの住所を知ることができる状況だったことが判明した。テツオのプレイヤーの性格からして自分がテツオであると名乗りはしなかったろうが、あれだけの強さだ、対戦していれば自然とわかる。そこで、なにかがあったのかもしれない。

＞いつものところにケータイで撮ったノートの写真をうｐっといた。個人情報丸出しだからダウソしたら削除して

∨感謝するでござる。事件が解決したら、人に迷惑がかからない範囲までは教えるでござるよ

∨ぜったいだぞ

　アニメキャラは去っていった。

　どうやら役者は揃いつつあるようだ。だけれど、誰がなんのためにやったのかはまだわからなかった。そのままぼくは思考に沈み、目張りの隙間から漏れる陽光に気づいて、ぬるくなったコーラをひと飲みした。早朝の闘技場は人影もまばらだ。目の奥がじんじんと痛い。ぼくはログアウトし、なにかを腹に入れるために階下のキッチンへと向かった。

　次第に明るさの増していく食卓で、親が用意した夜食を朝食として食べながら、ぼくはノートPCでネットを閲覧する。隣家の屋根の上で、朝の陽光がまばゆい光を発している。青色の瓦がぎらりと輝き、液晶画面に反射して文字を見づらくした。この時間帯の光はぼくを憂鬱な気分にする。

「あら、起きてたの」

　リビングの扉が開いた。出てきた母親が驚きの表情でぼくを見つめる。

「おはよう、純くん。めずらしいこともあるのね」

　ぼくは応えず、温めなおしたカップスープを胃に流しこんだ。母親も気にしていないようだ。やたらとやかましい足音を立ててリビングに侵入し、ドンガラと窓を開け雨戸を開け、新鮮な空気と剣のような太陽を室内に侵入させる。ぼくの液晶画面はますます見にくくなっ

ていく。

「あら、今年は早いのね」

母親が言った。

振り返ると、家の裏に生えている木で、茶色い物体が動いていた。物置横のわずかな地面には細いクリノキが一本だけ植えてある。栄養が足りないせいかいつまでたっても大きくならないし実もならないろくでなしの木だった。ほのかに色付きはじめたクリノキの葉に隠れて、スズメを肥満体にしたような鳥が止まっていた。トゲトゲの葉っぱのコンボ攻撃をかわすかのようにその鳥はせわしげに動いていた。

「……スズメ？」

「やあね。ツグミですよ」

母親が笑う。ツグミは、ぴょんと跳んで、動きだした街の空へ消えた。あっという間のことだった。ぼくはノートPCに注意を戻した。

教えてもらった住所録の画像をダウンロード。一応見ておくことにする。正直、テッオのプレイヤー本人に興味はなく、彼のアドレスを複数人が入手できた状況だけに意味があるのではあるが。ぼくの覚醒しきっていない頭をぼんやりとした情報が駆けぬけていく。

カラテ使いとして登録された男の名を見たとき、ぼくはおそらく驚いたと思う。

それは、ぼくがたった数か月でドロップアウトした大学で、ただひとり仲が良かった男の名だったからだ。

3

ネットの上で友に再会していたというのは不思議な気分だった。

坂上悦郎は、ぼくの短い大学生活の中で唯一友人と言えるんじゃないか？　くらいの存在に達した相手だったのだけれど、その気持ちはぼくからの片道切符なのだと思う。ぼくがいなくなったあとも彼はリアルで学生生活をつづけていたわけだし、ログに残っているテツオの言葉から推測するにぼくが北海道で立ち止まっているあいだに彼女だってつくっている。あの頃の彼のままだと考えるほうが傲慢というものだ。

正直に言えば、ちょっとだけ彼のことが妬《ねた》ましかったりする。

3丁目の辻斬りジャックとの勝負に勝利し、バーサス・タウンだけでなくリアルの生活もまんざらではない男。リアルを失っていない男がジャックという勲章を手に入れるというのは不公平なのではないかという気がするのだ。無論、世の中は元から不公平だ。そんなことはわかっている。仮にあのときハシモトが勝利し、ぼくがジャックの正体を手に入れたからといってなにかがどうにかなったわけでもない。武闘会の一番を捨て3丁目で雌雄を決着させることを選んだテツオのほうが、ジャックの相手によほどふさわしい。それもわかっている。それでも、テツオの行為がひとつの意味を形成し、ハシモトの行為が霧となってただよっていることに釈然としない思いが残るのだった。

あれからずっとぼくは立ちどまったままで、彼我《ひが》の距離は開いていくばかりだ。開いていくのはもちろん、リアルにいる不特定多数の人間とぼくのあいだなのだけれど、テツオが悦郎とわかってしまったからには比べざるを得ない。

ぼくが故郷に戻ることを放っておいた彼。あのとき彼が手をさし伸べてくれればどうにかなっただろうか？　どうにもならなかったことは、ぼくにはちゃんとわかっている。リアルでぼくに起きることはすべてぼくのせいだ。ぼくがひとりで解決しなければならない。ならば、リアルの悦郎に起きたこともすべて彼のせいで、彼がひとりで解決すべきなのではないだろうか。なぜぼくが、彼のリアルのために一肌脱がなければならないのだろうか。

そんなことを考えながら、ぼくはハシモトを機械的に操り、3丁目の路地を徘徊させた。母の小言を背に自室に戻ったぼくは、ふたたびネット上の架空の街へと舞い戻り、ゴーストタウンと化した3丁目の家々を意味もなく一軒一軒調べてまわっていたのである。

ぼくはネットでツグミを検索し、スズメとは違う鳥であることを確認した。Ｗｉｋｉｐｅｄｉａによればあまり鳴かない鳥らしかった。なぜだかぼくはその鳥に親近感を覚えた。

悦郎は悦郎で、テツオはテツオだ。悦郎の中でテツオと悦郎がきちんと分化されているかどうかは知らないが、ハシモトの中ではプレイヤーとキャラクターは分化している。ハシモトはテツオの相談を受けテツオのためにひと肌脱ぐのであり、プレイヤーの坂上悦郎やぼくは関係ない。だけれど、理論と実践は違うのだ。ぼくはなにもかも面倒くさく感じた。うまく思考ができない。夏の日の氷の彫刻のように一日で融けてなくなってしまえば楽なのだろうが、ひきこもりであるぼくはエネルギーの消費がすくなく、さっぽろ雪まつりの雪像のようにいつまでもいつまでもその場に残りつづけるのだった。

ポリゴンでできた家の扉を開け、中に入り、そして出る。いまが昼か夜かもわからない。バーサス・タウンの空はいつだってターコイズブルーだ。部屋の雨戸には目張りがしてあるし、目覚まし時計の電池は抜いてある。ずいぶん前に冷蔵庫から出したコーラは、秋の気温と同じ温度にぬくまっている。

何十軒めかのお宅訪問をしていたとき、半透明の窓越しに特徴的な仮面が表示されたような気がした。ぼくの記憶にまちがいなければ、それは、いなくなったはずの辻斬りジャックの仮面だった。

ジャック？　ジャックはもうこの街から消えたはずだ。葬り去ってくれる相手を探していたとも言えるジャックが復活することはない。それとも、テツオが腑《ふ》甲斐《がい》無いことが伝わって復活したのだろうか。あるいはジャックがトロフィー盗難の犯人なのか。もしもそうだとしたら、ぼくは、これまでの推論すべてを一から組み立てなおさねばならない。

あいかわらず頭はよく回らなかったが、指だけは正確に動いてくれたようだ。ぼくの操作に従いハシモトはクイックフォワード、ソファをジャンプしドアを蹴り開け、人影が見えたとおぼしき方向へ駆けていく。

ジャックは中量級、ハシモトは軽量級だ。追跡で遅れを取ることはない。ノートPCを開いてネットの情報を確認したいところだが、そんなことをしている余裕はない。一瞬のコマンド入力の遅れが、いまはすべてを左右する。戦うことさえしなければ3丁目で遅れはとらない。

走りながら、ハシモトは小ジャンプ、生垣を利用して大ジャンプ。空中にいるあいだに視点を変え、人影を探す——見つけた。あれはジャックの仮面だ。まちがいない。だけれど体は、どこかで見たことのあるアニメキャラの少女のものだった。

目標の人物は路地へ入ったようだ。ぼくはコマンドを入力、ハシモトを路地に突入させる。そこには果たして、ジャックと同じ仮面をかぶったキャラクターが立っていた。

ぼくは、そいつから3歩半の距離でハシモトを停止させる。ちょうど、クイックフォワード投げの入らない間合いだった。

>おぬしは何者でござるか

質問には答えずにそいつは腕をあげ、顔に装着された仮面をゆっくりと外した。あり得ないことだった。なぜなら、バーサス・タウンの仮面は、顔に装着するものではなく顔に直接テクスチャーを貼りつけるものだからだ。システムが変更されたという話は聞いていない。

仮面の下から出てきたのは、ハシモトとまったく同じ顔だ。アニメキャラの少女の体に、おっさんのようなハシモトの顔が乗っかっているのだった。

>もう一度聞くでござる。おぬしは何者でござるか

正体不明の人物の頭上にふきだしが表示される。そこにはこう書いてあった。憎たらしいことに、ぼくがロールプレイするハシモトとまったく同じ口調だった。

＞おぬしの問いに答える前に、こちらからもひとつ質問がござる。おぬしはＶＴのキャラクターをどのような存在だと思っているでござろうか？

正体不明の男がふざけているのか本気なのかはわからなかった。ただ、ぼくを狙って誘い出したことだけはたしかなようだ。ここは、慎重に答えるに越したことはない。いつでもコントローラに手を伸ばせるようにしたまま、ぼくは文字を入力する。

＞腕立てを百回やれば腕の筋肉がつきもうすが、Ｅ難度の壁を百回跳び越えても筋肉はつかないでござる。上達するのはシビアなコマンド入力のタイミングだけで、それとて、システムが変更されれば変わってしまうでござる。つまるところ、拙者たちは、いつ引っくり返されるかわからないちゃぶ台の上に成立した存在でござる

＞ハシモトのプレイヤーとも思えない言葉でござるな。それでは、ネットをバーチャルだと言って叩くおっさんと変わらないでござる

ハシモトと同じ顔の男はあきれたようだ。

＞では、おぬしはなんだと言うのでござるか

＞ネットという環境は、プレイヤーの性質の一部をとりだして増幅する機能をもってござる。それゆえ、ネット上に仮想的に構築されたキャラクターは、リアルの人物がまとう幻想とは別の、一部の性質が増幅された幻想をまとうことになるのでござる。それが拙者たちというわけでござるよ

＞所詮は幻想にすぎないというわけでござるか？

＞幻想をまとっているのは、リアルもバーチャルも同じでござるよ。ただ、リアルとバーチャルのそれは異なるというだけのことでござる
　このハシモトの言うことはハシモトとして正しい。人がまとう幻想というのは、ある人物に対して付加された雰囲気みたいなものだ。力がありそう、足が速そう、頭が良さそう、勘が鋭そう……人は誰しも雰囲気とか空気とかいうものを持っている。その雰囲気が変化することにより、バーチャルなキャラクターのぼくは、リアルのぼくとほんのすこしだけ変わった存在になるのだった。

　この男の前にいると、ぼくは、ハシモトの仮面を奪われ生のぼくが剝きだしになったような気がした。

＞だからどうだと――

　入力しかけたぼくの言葉をハシモト顔の男が強引に奪う。

＞リアルの山之内純に坂上悦郎は謎解きを依頼したりしないでござろう。山之内純は謎解きができそうな幻想をまとっていないからでござる。しかし、ネット上の仮想人格であるハシモトは、山之内純とは別の幻想をまとってござる。ハシモトならこの謎が解けるかもしれない。坂上悦郎はそう考えたのでござる。山之内純にはかけられることのない期待をハシモトは受けることができたというわけでござる
＞とはいっても、ハシモトも山之内純の一部だ。ハシモトはぼくがロールプレイしているキ

ャラクターにすぎない。ぼくが考えられないことはハシモトも考えられない
　このハシモトはどうやら本当のハシモトのようだ。ハシモトは言う。
∨もちろん頭の良さの限界値は変わりもうさん。拙者とおぬしの脳髄は同一でござるゆえ。しかし、ひとつの方向に増幅された思考形態を持つ拙者は、普段のおぬしがすることの一部を捨て、そのかわり普段のおぬしが必要ないと捨ててしまう選択肢を吟味するのでござる。その結果、リアルに存在する山之内純の思考の枠組を超えた答えにたどりつくことができるのでござるよ
∨まるで、きみには犯人がわかっているようじゃないか
∨わかっておりもうす。簡単なことでござるよ
∨同じ頭のくせによく言う
∨それだけではないでござる。そうして手に入れることができた新たな性質は、おぬしがそれを受け入れることさえできれば、さかのぼってリアルの山之内純のものとすることも可能なのでござる
∨難しそうだな
∨簡単にできるなどとは言っておりもうさん
　そう言って、ハシモトは器用に肩のポリゴンをすくめてみせる。ぼくが得意とするコマンド入力だった。
　3丁目が辻斬りの話題で沸騰していたとき、ジャックを追っていたのはテツオだけではな

かった。倒して名を上げようとしている連中はたくさんいた。ハシモトもそのひとりだった。だけれど、ぼくは、ジャックを追ってはいたものの倒そうとは思っていなかった。ネットの上の架空の街に現れた奇跡のような存在をひとりじめにはできなかった。ぼくひとりの物語のために、バーサス・タウンでジャックを追っている人々の、たいくつでくだらなくてひまつぶしにすぎない時間を突然終わらせてしまうのは傲慢なような気がしたのだった。

テツオと同じ道をハシモトが進んだからといって、ジャックを倒せたとは限らない。というか、普通に考えれば無理だ。テツオがジャックを下し、彼が最強の座を手に入れたいまの感覚が過去の記憶を都合よく改変し、ジャックが倒せる存在なのだという気がしているだけであり、過去のあの時点でジャックは無敵の超人だった。テツオのプレイヤー——坂上悦郎にとってだって、ジャックとの戦いを選ぶのは簡単な道というわけじゃなかったはずだ。だけれど彼はその道を選び、勝利へのタイトロープを渡り切ったのだ。

だけれど、悦郎にトロフィーを送りつけた者にとって、坂上悦郎が選んだ結末は納得いくものではなかったのだろう。もしかするとその人物もジャックを追っていたのかもしれない。パクとの対決を回避し、3丁目の横丁で誰にも見られることなくテツオはジャックとの決着をつけた。テツオはそれでよかった。ジャックもそれでいいと思った。ハシモトはそれはそれでアリだと思ったし、パクは気にもしていないだろう。だけれど、最後まで光を浴びることがなかったその人物にとっては納得のいかないエンディングだったのだ。それゆえに、その人物は、自分のやりかたでジャックの物語を再開させたのだった。

　このまま放っておけば、ジャックの物語の第2章は、リアルと結合して新たなエンディングを目指して進みはじめるだろう。そのエンディングをぼくは望むのだろうか？　違う。ぼくがなにを考えているかなんてどうでもいい。バーサス・タウンという架空の街に山之内純がつくりあげた架空の人格ハシモトは、ぼくであるのと同時にぼくそのものではない。ぼくからある要素が欠落し、ぼくの一部が増幅されている。リアルのぼくと、欠落と増幅を経たぼくの利害は、ときに対立することだってある。そのとき、ぼくはどちらを優先するのかということだ。

　つまり、新しいエンディングをハシモトは望むのか？　と考えるのが正しい。

　ぼくはここで傍観を貫くこともできる。テツオのプレイヤーが悦郎であると知ってしまった以上、そっちのほうがぼくらしい気もする。だけれど、オンライン格闘ゲームに立ち現れた一瞬の奇跡、その場に参加していただけで幸せだったあの瞬間を、別の意味へと塗り替えられることには我慢ならない。そんなことを見過ごしてはいけないのだ。見過ごしてしまえば、ぼくがバーサス・タウンで誕生させたハシモトが、リアルの意味によって上書きされることをも容認することになる。

　いくらぼくがハシモトをうまく演じたところで、増幅されたハシモトの形質をぼくが獲得する見込みはほとんどない。ネットの可能性などというものは、一瞬だけ立ち現れては広大な情報の海に消えてしまう頼りないものだ。ほとんどの場合、ぼくらはその可能性を摑み取ることができない。

しかし、だからといって、可能性をリアルによって上書きしようとするそいつを放置することはできない。そいつは、わかってない。わかってないのはよくない。誰が迷惑とか誰を助けるとかは関係ない。行為しかないこの街で、わかってないことはいちばん筋の悪い行為だからだ。

ならば、このはじまりかけた2章が、現実のものとならないうちにぼくは葬り去らなければならない。3丁目のジャックを追いつづけたぼく。理解し合ったテツオとジャック。外野で見ていたハシモト。単なる傍観者であったぼくならば、その結末を受け入れることができなかった人物の思考をシミュレートすることができる。

気づくと、ぼくは24インチの液晶ディスプレイをぼうっと見つめていた。入力がないと警告音が鳴ってはじめて、ぼくは自分が夢を見ていたことに気づいた。

寝ていたのは数分のはずだった。バーサス・タウンでは入力がなくなってから数分でアラームが鳴る。ノートPCを開いて時間を確認すると、リアルの時間で夜の10時になろうとしていた。

ぼくは誰かとチャットしていたのだろうか。それとも、寝ぼけたままプレイしていたのだろうか。ジャックのプレイヤーならば、ハシモトの仮面をかぶってぼくの前に現れてもおかしくはなかった。ハシモトを演じている以上、そのときのジャックはジャックではなくハシモトであるはずだから。もっとも、ジャックがそこまでのことをぼくにしてくれる理由はなかった。寝ぼけたのに決まっている。ぼくはそう考えることにした。

だけれど、夢だか現《うつつ》だかわからないなにかは、ぼくに重要な手がかりを残していってくれた。ぼくは犯人がわかった。その人物は、ぼくと同じで、辻斬りジャックの物語の結末にどこか不満を抱いていた。エキストラの役割しか果たせなかったこの物語にものたりなさを感じていた。だからつづきをはじめたのだ。簡単なことだ。犯人探しなどは最初から問題ではなかったとも言える。問題は最初からひとつだ。

ぼくがネットにつくりあげた仮想の人格であるハシモトは、どうやって犯人を上回ればいいのだ？

4

Aボタンをクリック。

ぼくは山之内純から辻斬りジャックになる。

正確に言えば、ぼくがバーチャルのキャラクターであるハシモトになり、そのハシモトがジャックのロールプレイをしている。きょうのハシモトは、ジャックとまったく同じ格好をした中量級の蛇形拳使いだ。外側からはジャックとハシモトの区別はつかない。

時刻は午後9時だった。ゴールデンタイムにはまだ早い。閑散とした3丁目に、ジャックの姿をしたハシモトが立っている。すこし離れた場所にはテツオがいて、小刻みに動いてカメラの視野を変更させていた。

＞こんなんで本当に来るのか？

　テツオが言った。ぼくは答えを入力する。

＞かならず

＞ぼくたち以外、ドットも見えないぜ

＞10回や20回は覚悟して欲しいと言ったはずでござるよ

＞誰だか見当がついているならそいつに聞いてみればいいのに

＞リアルの犯人が判明したからといって意味はありもうさん。ここは拙者にまかせるでござる

＞またそれかあ

＞誰が見ているかわからぬゆえ、会話はこれにて打ち止めにするでござる

＞はいはい。りょうかいしましたよ

＞いつものようにはじめるでござるよ

　正確に言えば、悦郎の住所を知ることができた連中のうち、誰が犯人ではないかがぼくにはわかったのであって、見当をつけた人物が外れである可能性もあった。だけれど、それもふくめてどうでもいいのではないかとぼくは考えていた。行為のみが意味を形成するこの街において犯人の名もそれだけでは単なる情報にすぎない。その人物が、なんのためにその行為を為したのかがわからなければ意味はないのだ。

ジャックの姿をしたハシモトとテツオが、誰もいない3丁目で模擬戦をするのは今晩で5回目になる。ぼくは、目星をつけた人物にだけ届くような偽情報を混ぜて辻斬りジャック復活の噂を流したのだ。ぼくの推測が正しければ、その人物は、復活したジャックをかならず探しに来るはずだった。

ぼくはジャックを操作し、狭い路地の奥ぎりぎりまで後退させた。これからはじめる模擬戦は最初の位置取りが肝心だ。

Vでは、行くでござる

コントローラを挿し替え、ノートPCのエンターキーをクリック。ジャックが動き出す。3歩半の間合いに合わせてテツオも移動を開始する。ジャックがキック、紙一重で避けたテツオが攻勢に出る。ジャックが走り出す。テツオが追う。24インチの液晶ディスプレイにめまぐるしい攻防が表示された。

当然のことながら、ジャックのプレイヤーと同レベルの操作をぼくがすることはできない。ぼくが動きを真似た程度のジャックなら、偽物だとばれてしまうかもしれない。狙っている相手はバーサス・タウンでも指折りの腕の持ち主だ。そこでぼくは一計を案じた。ジャックの操作は、コントローラの代わりに接続したノートPCのプログラムにやってもらう。ジャックの姿をしたハシモトは、ぼくの手を離れ、ジャックにしか見えない完璧な動作でテツオを追いつめるのである。

テツオがクイックフォワード。ジャックの襟首をつかむ。投げ技だ。ジャックはテツオの手を振り払い、たがいに45度回転して離れた。

光回線で繋がったはるか遠い埼玉の地では、坂上悦郎がスティックとボタンを操作しているはずだ。テツオは、あらかじめプログラムで定められたジャックの動きに合わせて動いている。ジャックはひとりでは踊りを踊っているにすぎないが、テツオが加わることによってそれは戦いとなる。決められた段取りに従ってテツオは攻撃を当てたりくらったりしている。コマンド入力の余裕は60分の数秒しかとっていない。さすがは3丁目最強の男だ。彼にしかできない神技と言えた。

ジャックとテツオは体力を削り合いながら、3丁目の奥地へと進んでいく。画面の中で華麗に舞うジャックに、もはやぼくの意思は届いていない。ハシモトがロールプレイしているジャックにはぼく以外のなにものかの意思が宿っている。ぼくは見ているだけだ。悦郎がコマンドに込めた意思もぼくには届かない。それを受けとめるのはノートPCのプログラムだ。かきわりの空の下、ふたりのキャラクターは、再会を喜び合うかのように拳を交差させる。

両者の戦いは十数分に及び、かつてあった決着と逆、辻斬りジャックの勝利で幕を閉じた。ジャックの足元に倒れたテツオの体が半透明になり、消えていく。

きょうも乱入者はなかったようだ。ぼくは、ゲーム機のコネクターに接続したUSB端子を引っこ抜く。辻斬りジャックは、ハシモトがロールプレイするジャックへと戻るのだ。ふたたびコントローラに繋ぎ替えなければならない。

画面の隅にふきだしが浮かんだのはそのときだった。

＞おまえがジャックか

その人物は言った。ぼくは、コントローラを端子に挿し込むのに二度失敗した。繋ぎ替えているうちにもう一度文字が表示された。

＞おまえがジャックなのか？

繋いだ。3歩半の距離を確認し、ぼくはキーボードをタイプする。ここからが忍者ハシモトの戦いだ。テツオはコントローラで戦う。ハシモトはキーボードで戦う。この戦いをｂｏｔにまかせるわけにはいかない。

＞残念ながら違うでござる

＞だが、テツオを倒した

＞ふたりでひと芝居打ったのでござるよ。テツオどのとジャックどのが戦えば、かならずおぬしが現れると思っていたでござる

＞なんだと？

＞お初にお目にかかりもうす。拙者、情報屋のハシモトともうす。パクどののトロフィーをテツオどのに送りつけたのはおぬしでござるな

＞なにを根拠にそんなことを

＞根拠はありもうす。ここは、拙者からひとつ質問をさせてもらうでござる

＞答えるとはかぎらないぞ

＞なにもない3丁目の路地裏に、おぬしはなぜやってきたのでござるか？

＞そんなことか。おまえの予想どおりだ。ジャックとテツオがここで戦うと聞いた
＞ジャックどのとテツオどのの決着はついているでござるよ。拙者が思うに、ふたりが再戦する理由はありもうさん
＞理由はある。この街で一番の証明のためだ。トロフィーをかけてふたりは戦うんだ
＞その言葉が聞きたかったでござる。やはり、おぬしが犯人でまちがいないでござるな
＞なんだと
＞拙者は、「トロフィーをかけて」テツオどのがジャックどのと再戦するという噂を流したのでござる。テツオどのがトロフィーを持っていると知っている人物でなければ、この話は与太話にしか聞こえもうさん

男は動かない。

男の門派は蛇形拳だった。重さは中量級だった。これといって特徴のない道着を着、特徴のないテクスチャーを顔を貼りつけていた。ぼくの推理したとおりだ。第2回武闘会でベスト4に残った無名の蛇形拳使いだった。

しばらくして、男の頭上に文字が浮かんだ。

＞わかったよ。どうすりゃいいんだ
＞拙者は、犯人であるおぬしに聞かねばならぬことがありもうす
＞なんでも聞くがいいさ
＞おぬしはなぜ、テツオどのにトロフィーを送りつけたのでござろうか？

ぼくは質問を入力する。男もハシモトも動かない。見渡すかぎり誰もいない。ただ、ふたりの頭上のふきだしに文字が表示されスクロールしていく。

男が言った。

＞勝者は正しく讃えられるべきだからだ

＞讃えられているでござるよ。拙者はテツオどのの強さを知っているでござる。ジャックどのも、おぬしも知っておりもうす。それ以外になにが必要なのでござろうか

＞そんなことない。みんなパクが一番だと思っている

＞一番を決める大会で勝利したゆえ、正しくパク殿が一番でござる

＞あんな弱っちい奴！

＞強い弱いは関係ありもうさん。あのトロフィーは、武闘大会で一番になった者を讃えるためにつくられたものでござる。３丁目の勝者のためにつくられたのではござらん。ジャックどのを討伐した者に与えられるべきは、ジャック討伐のトロフィーでござろう

＞そんなもの、誰がいるってんだ

＞この街はお金という概念がありもうさん。電気も、ガスも、水道も。リアルなものはなにもないのでござる。この街には行為しかないゆえ、称賛も栄誉も時とともにすべて消えていきもうす。それゆえ、この街は貴いのでござる。拙者たちの行為が、拙者たちの存在そのものなのでござるよ

文字を入力しながら、なぜだかぼくは、サーベルタイガーのことを思いだした。歴史上、

サーベルタイガーという肉食獣は何度も出現しているそうだ。目先の戦いに勝つために牙をどんどん長くしていき、長くなりすぎて滅びる。サーベルタイガーという種はそういうことを繰り返していたと聞く。たぶんだけれど、この街にいるぼくらも同じなのだ。ネット上にある架空のこの街は永遠につづくものではない。半年やそこらのスパンで流行が変わり、いずれ滅んで、ごく少数の人々の記憶と誰も触らないハードディスク上のデータだけがあとに残る。しかし、だからこそ、ぼくらは、滅び行く架空のこの身とこの牙に自負を持つべきなのだった。

>おまえの言ってること、さっぱりわからねー
>わからなくてもいいでござるよ
>で、俺はどうすりゃいいんだよ。パクとテツオにあやまりゃいいのかよ
>必要ないでござる
>は?
>トロフィーは黙ってパクどのに返しておくでござる。おぬしのことは拙者の胸にしまっておくでござるよ
>嘘ついてんじゃないだろうな
>テツオどのに頼まれもうしたのは、事件の解決であって、犯人探しではござらん
>なんでおまえが俺にそこまでしてくれるんだよ
蛇形拳使いは納得いかない様子だ。コントローラに触れたのか、体がびくりと動くのが見

えた。

＜残念賞でござるよ。拙者とおぬしだけの

＜賞とかカンケーないし

＜いや、それはでござるな——

　蛇形拳使いの男は強かった。いま小学生というのが本当なら、2、3年もすればテツオやジャックを上回ることも不可能ではないだろう。だけれど、バーサス・タウンでの戦いの結果をリアルと結びつけようとした彼は、最初からジャックの相手ではなかったのだった。

　あの日、あのとき、ジャックのプレイヤーと坂上悦郎、たったふたりにしか見えない場所というのが架空のこの街のどこかに存在していたのだ。残念ながら、ハシモトはそのチケットを貰うことができなかった。ジャックの謎は、あと一歩というところでぼくの手をすり抜けていってしまった。だけれどそれは必然だったのだと思う。ジャックを捕まえるという行為に意味はあっても、そこから生まれるものはなにもない。ジャックが引き起こした奇跡は、ただ一度、その価値を共有するテツオのためだけにあった。いま、やっと、ぼくにはそのことがわかった。ハシモトからジャックへの想いは残念ながら一方通行だった。

　おそらく、蛇形拳使いのこの男も、彼なりに最強の辻斬りを追い求めていたのだろう。ジャックを追いつづけて追い切れなかったふたりをいまここで出会わせてくれるとは、運命の女神め、なかなか味なことをする。この出会いは、ぼくらふたりにしか意味のないエキストラ・ラウンドだ。もしもハシモトがテツオの影のような存在なのだとしたら、この蛇形拳使いはジャックの影のような存在なのかもしれない。つまり、蛇形拳使いの相手はジャックでもテツオでもなく最初からハシモトだったということだ。そう考えているのはぼくだけで、蛇形拳使いのプレイヤーにとっては相手が情報屋の忍者だというのはいい迷惑かもしれないが……。

　打ち込もうとした文章をデリートして、ぼくはいつもと同じ決まり文句をふきだしに表示させる。

＞拙者は忍者ゆえ
＞わけわかんねー
＞では、さらばでござる

　この残念賞は、悪くない。ぼくは、数年経ったとき、この残念な出会いのことをなつかしく思い出すだろう。蛇形拳使いの彼もそうであってくれるとうれしいが、それはどうかわからない。ジャックのときと同じくぼくの片想いなのかもしれない。人知れず闇を生きる忍者のプレイヤーであるひきこもりのぼくには、それはそれでふさわしい結末であるような気がした。

＞ありがとう。助かったよ

　3丁目の片隅でテツオと再会したのは翌日の夜9時だった。事情を説明すると、テツオは特に文句を言うこともなく、差出人を隠してトロフィーを送り返すと言った。説得するのに苦労すると思っていただけに、拍子抜けするほどあっさりとしていた。あるいは、ハシモトというキャラクターになにを言っても仕方なく、身に降りかかった災難さえなくなればよいと考えているのかもしれなかった。

>なに。拙者の情報網と脳細胞をもってすれば、たいしたことではないでござる
>ほんと助かる
>誉めてもなにも出もうさんが、もっと誉めてもいいでござるよ
>はいはい。えらいえらい。そうだ。ひとつだけ聞きたいことが
>なんでござるか。犯人に関してはヒントもなしでござる
>違うよ。そんなんじゃない
>ではなんでござる

ハシモトは腰に手をつくポーズを取った。テツオは動かない。そして、彼の頭上に表示されたのは、ぼくが思ってもいなかった文字だった。

>きみの連絡先、教えてくれないか?
>なぜでござる
>せっかくだから、もっと連絡とかとろうかと思ったんだけど……
>拙者はハシモト、おぬしはテツオでいいでござるよ
>やっぱりそうか

>前にも言ったはずでござる
>ほんと、徹底してるよな
>VTは、拙者たちのプレイヤーの性格の一部が増幅されている場所でござる。ここで仲良くなったからといって、リアルでも仲良くなれるとは限りもうさん。拙者のプレイヤーと仲良くする時間があったら、リアル彼女でも、友達でも大切にするがいいでござる。おっと……友達と呼べるほどの相手はいないのでござったか
>そういうわけでもない
>ほう
>あのあと、ひとり思い出したんだ。大学の同期でさ、けっこう仲良かったんだけど、そいつは途中で故郷へ帰っちゃったんだ。彼はそうは思っていないかもしれないし、もうずいぶん連絡してないけど、彼はもしかしたらぼくの友人かもしれない
　ふとんに下半身をうずめたぼくの指が震えた。ハシモトの表情は変わらない。ぼくは、まちがえないように、冷静に、一文字一文字ていねいにキーを押した。
>なぜ、そう思うのでござる？
>そんなこと聞かれてもよくわかんないな。でも、今回のこととか、急に話してみたくなったんだよ
>いまでもその人物のことを友人と思っているでござるか？
>たぶん、片道通行だけどね

＞そうでござるか
＞きみの言うとおり、今度、連絡でもとってみようかな
＞そうするといいでござる。きっと、その彼も喜ぶでござるよ
＞迷惑じゃないかな？
＞そんなことはないでござる。強い想いは通じるものでござるよ
＞だとしたら、リアルもまだ捨てたもんじゃないな
＞まったくでござる
　同意の文字を打ち込んでから、ぼくはふと考える。バーサス・タウンのことを除くと、この半年というもの、なにもしていないに等しかった。ひきこもりの自分だ。ひさしぶりの友とはたしてなにを話せばいいのだろうか。皆目見当がつかない。
　それは、カラテ使いテツオの身に起こった謎を解くよりも、ずっとずっと、解決が難しい問題だった。

デイドリーム、鳥のように

元長柾木

二〇〇一年に発売された美少女ゲーム『未来にキスを』はカルト的な人気を誇った作品である。作中でコミュニケーションと理解をめぐる議論が展開され、いくつかのエンディングにおいては、相手に対する妄想を内的世界に築くことこそが真実の愛であり理解であるとヒロインに示される展開は、まるでエロゲー好きの人間が現実の女性にどう思われているかを体験させるかのような悪意＝批評性に満ちていると同時に、現実の人間同士もまた擬似的なコミュニケーションを行っているに過ぎないのでは、という反転効果を持った作品であった。

ＳＦマガジン二〇〇三年七月号に発表された本篇もまた、そのような悪意に満ちている。公式ブログのプロフィールに「20世紀を科学的世界観が支配したように、エロゲー的世界観が21世紀を支配する」とあるが、元長の作品は、そのような「エロゲー」というソフトウェアで変容してしまった人々が大量に現れたゼロ年代に対するワクチンたらんとしているように見える。

元長柾木は一九七五年、兵庫県生まれ。シナリオライターとして、美少女ゲーム『嬌烙の館』『sense off』などを発表し、「救済」の名目で美少女に干渉して無茶苦茶にしてしまう、ぶっ飛び女・飛鳥井全死を主人公とした『全死大戦』シリーズ（本篇の虚木藍も登場している）や、広島を舞台にした二十一世紀版『仁義なき戦い』ともいえる『ヤクザガール』シリーズなどを発表している。社会を「デバッグ」可能なものとして捉えるような感覚が特徴で、アンソロジー『神林長平トリビュート』収録の「我語りて世界あり」では、「公共性」と「個人の快楽」の二大勢力の対立を通じて元長流のありうべき社会像が刺激的に提示されている。

0

人は皆、物語を持っている。

人生は波乱万丈だ、どんなに陳腐で平凡に見える人生でも一個の物語を形成している——という物言いをしたいのではない。もっと具体的な意味で、人は皆、物語を持っている。

穴穂津里緒《あなほづりお》には、それが見える。

いつ頃からかははっきりしている。小学四年生の時、友達とふざけていて校庭の滑り台の天辺《てっぺん》から真っ逆様に落ちて病院に運び込まれて以来のことだ。

意識を取り戻した時、自分がどこにいるか判らなかった。事故のせいで前後の記憶が混乱していたからではない。その時、里緒の視覚は多層化された映像に支配されていた。幾つもの映像が、重なり合って里緒を取り囲んでいた。

まず、浜辺の層があった。複雑に入り組んだ海岸線に、天然の砂浜が張りついている。人間の手が入っているような形跡は全くない。排煙を吐き出す工場やごみ焼却場は見当たらないし、灯台も埠頭も護岸も消波ブロックもない。海水浴場や潮干狩り場として使用されているようにも見えない。ペットボトルやヴィニル袋や浣腸器やコンドームは散乱しておらず、ただ漂着した流木や海藻が汀《みぎわ》で泡立ちたゆたっているだけだ。海の方に目を転じると、漁船らしき影が二つ、波間に揺れている。根拠はなかったが、前年の夏休みに家族で行った日本海を連想した。

それから、海中の層があった。微細なプランクトンが浮遊する澄んだ視界を、アジやイワシの群れが時折横切る。見上げると陽光の乱反射する海面が輝き、底の方に目を遣ると黒々とした海水に紛れて人工的な建造物らしきものが見えた。六〇度くらいの角度で交差する屋根は巨大で、建物全体を押し潰してしまいそうだ。よく見ると屋根材は瓦ではなくて萱葺《かやぶ》きのようで、外壁は木の板だ。にもかかわらず、海水に浸食されている様子は見受けられない。

そして、和風建築内部の層。一〇〇畳ほどはある板敷きの広大な部屋で、天井は存在せず梁《はり》が剥き出しになっている。壁も板製で、窓はない。背後に一つ観音開きの扉があるのが、外部との連絡手段の全てだ。塵一つ落ちていない板敷きの広間は、神聖な空気に支配されていた。空気は一〇〇〇年も前から変わらずそこにあったかのように動かず、かといって澱《よど》みもせずに緊張を孕《はら》んでいる。

そういった静的なパノラマとは別に、誰か別の人間の視点に乗り移って世界を見ているような映像も飛び込んでくる。海で亀を釣り上げたこと、亀に海中へと誘《いざな》われたこと、海底の宮殿で派手な歓待を受けたこと、小さな箱を貰って故郷に帰ったこと、その箱を開けると煙が湧き出ていつの間にか自分が老人になってしまったこと——誰かの見たそれらの映像が、時系列に沿ってではなく断片的に眼前に現れた。

　幾つもの映像が、交錯しつつも互いに峻別できる形で、里緒の脳裡に立ち現れては消えていった。幻視のモザイクに取り囲まれて、里緒はしばし思考能力を失っていた。

　ふと我に返ると、父親が傍目《はため》にも判るほどうろたえて里緒の顔を覗き込んでいた。そこはもう、浜辺でも海中でも海底の宮殿でもなかった。里緒は四人部屋の病室のベッドに、背筋をぴんと伸ばして起き上がっていた。

「おい、里緒、大丈夫か？」目尻に涙を滲ませて、父親は言った。「俺のこと、判るか？」


　その種の白昼夢は、一回限りでは終わらなかった。体育の授業でストレッチをしていた時、友達と隣の校区にあるデパートまで遠出した時、アイロンがけをする母親と雑談しながら初めてできた魚《うお》の目を削り取ろうと奮闘していた時、唐突に周囲三六〇度に展《ひろ》がる白昼夢に襲われた。鶴が機織《はたお》りをしたり、指先ほどの身長の子供が鬼退治をしたり、といった夢だった。

　普通の夢とは明らかに違っていた。必ず起きている時に見たし、自分が登場することもなかった。何の前触れもなく周囲の世界が変わり、そして映像が終わるとまた唐突に元の世界に引き戻されるのだ。

　そのうち里緒は、夢の中の幾つかに見覚えがあることに気づいた。それらは例えば、アニメの『日本昔ばなし』で見た浦島太郎や鶴の恩返しや一寸法師だった。それらの白昼夢に共通しているのは、人間の一生に焦点を絞ったストーリーであることだった。

そしてもう一つ、白昼夢には共通事項があった。それは、必ず誰かと一緒にいる時に舞い降りてきたことだ。


最初のうちこそ激しく混乱したが、次第に慣れていった。頻度は平均して週に一回か二回くらいのものだったが、実害がある訳でもなかった。里緒は白昼夢と軋轢《あつれき》を生むこともなく、それと折り合って年月を積み重ねることができた。

高校一年の夏休み前に、両親が離婚した。原因は父親の浮気だった。それが発覚したのは、父親がうっかり愛人から貰ったハンカチを母親の前で使ってしまったのがきっかけだった。嘘をつくのが苦手な父親は、その日のうちに愛人の名前、どういう素性《すじょう》の人間なのか、いつから付き合っていたのか、といった情報をあらかた白状させられていた。

両親が離婚の話し合いをしていた気の滅入る二箇月ほどの間に、里緒はある思いつきを胸に抱いた。白昼夢についてだ。白昼夢は一緒にいる誰かの人格だか宿命だかを象徴しているのではないか、という思いつきだった。

例えば一番最初の、浦島太郎の夢。浦島太郎は海底の竜宮城に行って美しい女たちと楽しい時間を過ごすが、開けるなと言われた玉手箱を開いて不幸な結末を迎える。

今回の父親の件も、それと同じではないかと思えた。父親は愛人と楽しい時間を過ごすが、うっかり貰ったプレゼントを母親に見せてしまって不幸な結末を迎える。悦楽に満ちた異世界から、不注意によって容赦のない現実に引き戻される。

　白昼夢が父親の運命を予言したのだとは思わない。人間にそんな大それたことが可能だとは思えない。ただ、人間の性質を見極めることくらいなら可能なのではないか。そして父親は、自らの性質に従って、論理的にあり得る結末に至ったのではないか。その仮定を受け入れてみると、他の白昼夢もそれぞれ誰かの個性とぴったり符合しているように思えた。

1

　定時にタイムカードを通して七階建てのオフィスビルから出たところで、里緒はそいつが立っているのに気づいた。暮れゆく濃紫の世界の底に沈み込むように佇《たたず》んでいたそいつは、里緒の姿を認めるや一転して曇りのない笑顔を作った。

「待ち伏せ？」

　歩幅を変えずにそいつに近寄りつつ、里緒は幾分声を潜めて言った。何となくストーカーみたいだ、と思うが、自分のために待ってくれていると考えると悪い気がしないのが困りものだ。

「職場の前で待たれると迷惑？」

　そう言った巣渡啓市《すわたりけいいち》はまだ若い。本人の申告を信じると（疑う理由もないが）高校三年生、一七歳。雅楽師のような、あるいは漠然とした不安を抱えた昔の文士のような繊細な顔立ちに、ほぼいつも享楽的な笑みを浮かべている。

「迷惑とまでは言わないけど、誰かに見られたら厭《いや》だなって。こういうことで冷やかされるのって、あんまり好きじゃないから」

「里緒はそうやって俺との関係をひた隠しにしたいの？」

ズボンのポケットに手を入れたまま、啓市は少し拗《す》ねた風に言う。

「そういうんじゃないけど」

「里緒は照れ性だからね、ほんとに」

一転して、白い歯を見せて啓市はくつくつと笑う。この能天気な笑顔を持つ少年が機関《オルガノン》の構成員であるとは、なかなかに信じがたい。

「照れ性で悪かったね」

里緒は夜空に目を逸らして言う。照れているというのは間違いではない。こういう関係を常態とするのにまだ慣れない。それとも、場数の問題ではないのか。

「でも、ただでさえ面倒臭い職場にそういう人間関係持ち込みたくないから。組織ってのはどうしてこうなんだろ、男も女も。仕事だけしてたらいいのに。どうでもいい政治に巻き込まないで欲しいね。何のための派遣なんだか」

「愚痴モードだね」

「……大人には愚痴が必要だから」

バッグの中をまさぐり、シガレットケースから一本出して咥《くわ》えた。すると、啓市がそっとライターを差し出した。マルボロメンソールに火をつけてから、紫煙を吐きつつ里緒は言った。

「厭味な真似する子だなあ」

「この前から、ずっとタイミング見計らってたんだ。うまくいって良かった。そろそろ行こうよ。立ち話してても仕方ないし」

肩を並べて歩き始める。

「うん、可愛い可愛い」と啓市。

「何が」

「里緒が」

「は？」

思わず顔が熱くなる――もちろんこういうのは反射だから、思ってやろうとしてもできるものではないのは判っている。

「里緒、やっぱそういう女の子らしい格好した方がいいよ」

「……そ、そう？」

「うん」

「スカートってあまり好きじゃない」口を尖らせて言う。「すーすーするから」

「とても大人の女とは思えない言いぶりだね」

啓市が少し呆れたように言う。

「だって、慣れてないから」

「慣れてよ。俺的には、もっと短いのも穿《は》いて欲しいな」

「そんなの正気の沙汰じゃないよ。こんな布切れ腰に巻いてるだけでも恥辱極まりないんだから。死んじゃいたい気分」

「……そんな大袈裟な」

実際、今は付き合いで穿いているものの、啓市とこういう関係になるまではスカートなどほとんど身に着けたことがなかった。スカートを穿き始めて職場でも奇異の眼差しを向けられるようになった。相手の期待に応えるのも「仕事」のうちだと思えばこそ耐えることもできるが、本当はすぐにでも脱ぎ捨ててしまいたいくらいだ。

そう、「仕事」なのだ。普段はゴムの製造会社で派遣社員として働いているが、里緒は副業を持っている。すなわち、機関《オルガノン》と闘うこと。

機関《オルガノン》、それは特定の創設者や指導者のいない、中心の存在しないワールドワイドウェブのような組織だ。その名前自体が、外部の人間が命名した仮称に過ぎない。その内実は定かではないし、そもそも内実の有無さえ定かではない。その構成員は、自らが機関《オルガノン》に所属していることと自体を自覚していない。各人はただ、普通の人々と同じく自己の欲求に基づいて行動するのみ。意思統一機関も物理的な連絡機構も存在しないにもかかわらず、しかし組織全体として見れば一つの意思を持っているように見える。機関《オルガノン》とはそういう組織であり、それを知覚できるのが域外者《アウトサイダー》と呼ばれる存在だ。例えば、穴穂津里緒のような。

機関《オルガノン》は、巨大な組織の片隅で発生する。例えば企業、例えば官公庁。組織が大きくなればなるほど、余剰が——目的の不明な部署や人員、資金が発生することになる。それらの余剰が偶然の条件によりネットワークされた瞬間、機関《オルガノン》は自然発生する。まるで、原初の地球で蛋白質のスープから生命が発生したように。

現在、存在の確認されている機関《オルガノン》は以下の四つ。

第一機関《ファースト・オルガノン》、アメリカ電気学会。
第二機関《セカンド・オルガノン》、イギリス国教会。
第三機関《サード・オルガノン》、ケプラー・インダストリー社。
第四機関《フォース・オルガノン》、日本、経済産業省。

機関《オルガノン》は全体で単一の意識を持つように振る舞う。その目的は、この世界の構造を変容させてしまうことだ。この世界を成立させている論理《ロジック》を揺さぶり、結節《ノード》を組み替え、何か別のものに変更してしまうこと。その先に何を現出させようとしているのかは判らない。ただ特異な能力を持つ者に観測可能であるだけで、その目的意識はあくまで想像上のものに過ぎない。

里緒の副業とは、具体的にはその構成員を一人ずつ潰していくことだ。それを地道に繰り返せば、いつかは全体にとって致命的《クリティカル》な部分にまで到達することができる。機関《オルガノン》のような組織との闘いは、そういう形態をとらざるを得ない。

巣渡啓市は、第四機関《フォース・オルガノン》の構成員の一人だ。啓市は官僚でも何でもない高校生だが、経済産業省を中心に不可視のネットワークを拡げる機関《オルガノン》は既に特定の省庁に留まらない存在範囲を占めている。啓市自身は、そのことを知らない。生体内の細胞のように、個々の構成員は機関《オルガノン》の存在を認識することができない。だから、啓市自身が「機関《オルガノン》の構成員として」振る舞うことはない。啓市の個人的な動機に支えられた行動が、結果として機関《オルガノン》の目的に適《かな》うのだ。

そういった意味で啓市のことを哀れだとは思うが、考えないようにしている。遭難者満載の救命ボートが溺れた者を助けるべきかという類の倫理問題は、誰にも解くことができない。個々の立場によって判断を下すことはあるだろうが、里緒はそういった立場にない。立場云云は別にしても考えざるを得ないのが人間というものだと言えるが、里緒は問題を思考の海底に穴を掘って押し込めつつも、積み重ねた土《ど》嚢《のう》の隙間から湧出《ゆうしゅつ》してくる哀れだという感情に哀れを誘われている。そういう自己欺瞞的な自分は多分、仕事に私情は持ち込まないという言い古された立場に輪をかけて非情なのだろう、と思う。

「わっ」

スカートの上からお尻を撫で上げられて、里緒は小さく飛び上がった。抗議の眼差しで傍らの少年を見ると、邪気のない笑顔を浮かべていた。

「そんなにびっくりすることないのに」

「あ、もう、この、こいつめ、わあ！」

「何言ってるのか判んないよ」

啓市は苦笑する。

この少年は、街中でも平気で胸やお尻を触ってくる。前の恋人にもされたし自分からしたこともあったとはいえ、啓市は格段に手が早い。勝手知った仲なら軽く受け流すことができるのだが、この少年とはまだ出会って二週間ほどだ。それに、本当に厭な奴なら怖気《おぞけ》を走らせて、仕事だから我慢しようと割り切ることもできる。しかし今の状態、即ち――相手のことはよく知らないが、そんなに嫌な奴ではないし、綺麗な顔をしているのははっきりしている、こういうのは非常にやりにくい。あたふたして顔を真っ赤にさせてしまうしかない。それで「可愛いね」などと言われた日には、狼狽《ろうばい》しきってどうしていいか判らなくなってしまう。

「何だか知らないけど、里緒って可愛いなあ」

そして里緒は、六つ年下の男の子にそんなことを言われて、身も世もなく慌てふためいてしまうのだ。

「う、あ、えーっ？」

2

虚木藍《うつろぎあい》と出会ったのは、今から一年ほど前、生まれて初めて恋人との別れを経験した直後のことだった。

いきなり大学の研究室を訪れた彼女は、奇妙奇天烈な格好をしていた。そのシルエットはマンデルブロ集合図形のように異常に複雑だった。真っ黒のワンピースの上に極端にフリルの多い真っ白のエプロンを着け、スカートは蛇腹のように幾重にも布地が重なり合い、裾の折り返しや襟もレース編みの装飾で溢れ返っている。その手のブランドが建ち並ぶ通りを歩けばたまに擦れ違うファッションではあり、極端にあり得ない格好ではなかったが、それでも大学の構内で遭遇するにしてはぎょっとするものではあった。

「穴穂津里緒さん、ですね？」

応対に出た里緒の顔を見るなり、その女は言った。見知った顔ではなかったが、先方はそうではないようだった。

「そうですけど……ええと、どちら様？」

背中に、同室の連中の視線を感じる。きっとこの奇妙な格好の来訪者のことを、物珍しげに見遣っていることだろう。

「虚木藍と申します」女は言った。「御村《みむら》さんの件で、お話ししたいことがあるんですが、今お時間宜《よろ》しいですか？」

その名前を出されて、里緒は瞬間的に言った。

「とりあえず、場所を変えませんか？」

知り合いのいる場所で、別れた恋人についての話はしたくなかった。付き合った恋人の自慢や愚痴の情報交換に血道を上げる種類の人々は多いし、実際に知り合いにもいたが、里緒にはそういう趣味はなかった。

里緒は虚木藍を連れて、工学部食堂の隣にあるカフェに入った。カフェといっても国立大学の中、しかも工学部の片隅にある、さらに生協が運営しているものなので、学園祭の出店に毛が生えた程度のものだった。閑散とする店内で、カフェラテ二つを挟んで、里緒はその女と向き合った。

派手な曲線を持つ女だった。要するに、グラマーだということだ。相手に気づかれないように、そっと溜め息をつく。どうして溜め息が出てくるのかは考えたくなかった。

「突然お邪魔して申し訳ありません」

虚木藍が差し出した名刺を受け取る。真ん中に「虚木藍」と名前が大書され、その左肩に「ソーシャルデバッガ」と小さく印刷されていた。右下には、勤務先らしい「新田《にった》喬策《きょうさく》事務所」とやらの連絡先がある。

「ソーシャルデバッガというんですか？　これは一体……」

「文字通り、社会的なデバッグ作業を行う職種です。デバッグというのはご存知ですか？」

「バグ取りのことを指しているのなら、ええ」

里緒は頷いた。それくらいは知っている。プログラム上の誤りを発見し、修正する作業。これがなければプログラミングも楽しいのに。

「そうです。それを社会に適用したものだと考えて下さい。多くの人の利害や思惑が絡み合う社会というのは、いわば一つのプログラムに喩えることができます。わたくしたちの仕事は、その社会の中で発生した『誤り』を発見し、修正することです」

「ということは、警察みたいなものですか？」説明されてもうまくイメージできなかったが、とりあえず自分なりに解釈して言った。「いや、警察の仕事は警察がするから……警備会社、とか？」

「そういう即物的なものではありません。まあ、係争を解決するのも仕事の一つですから、弁護士のようなものとお考え下さってもさほど間違いはありません。ただ弁護士は一個人または法人の利益を代弁するものですが、ソーシャルデバッガは社会としての一様性を保つことを第一に優先します」

「はあ、判るような判らないような話ですけども」

そういう専門領域があるのだろう。世の中には、何をしているか不明な横文字の職業はたくさんある。とりあえずその不明点については留保することにした。

「どういった用向きなんです？」

「先程御村さんのことを持ち出しましたけど、本当の目的は穴穂津さんご自身です。わたくしたちは、あなたが持っている特別な能力に興味を持っています」

「特別な能力？」

里緒は聞き返した。持っている資格や免許といえば、英検の三級と原付の運転免許だけだったはずだが……。密かに首を捻《ひね》っていると、虚木藍は言った。

「ええ、あなたは他人のバックボーンを通常とは違った形で見ることができるんじゃありませんか？」

「他人のバックボーン……」

その言葉に、里緒は引っかかった。咄嗟《とっさ》に、あの白昼夢のことを考えた。

「何か心当たりが？」

「……ひょっとして知ってるんですか、あの夢のことを？」

里緒は恐る恐る言った。

「なるほど……。夢、ですか。あなたが具体的にどんな夢を見るのかについては、わたくしは何も知りません。というか、夢——つまり映像という形で知覚するというのも、今言われて初めて知ったことです。わたくしが知っているのは、この世界には他の人間の人格や運命や視点や思考や存在の仕方を知覚できる人間がいる、ということだけです。そういった方の中には、この世界にうまく折り合いをつけることができずに苦しんでいる方がいます。そういった方々をサポートするのも、わたくしたちの仕事のうちです」

「自分だけじゃないってことですか」里緒は呟くように言った。しばらく間を置いてから口を開く。「……でも、別に苦しんでる訳じゃありませんけどね。それはまあ最初の頃は色々戸惑いましたけど、今はもう慣れましたから」

「そうですか。わたくしたちの仕事がないというのは、一番望ましいことです。ただし——

それならばそれで、もう一つ問題があります。穴穂津さん、あなたは御村さんの存在の仕方を変えてしまいましたね？」

「――え？」

「先日別件で警察病院を訪れたんですけれど」虚木藍は続けた。「その時お話を伺った医師の方との雑談の中で、原因不明の意識混濁で病院に運び込まれて、数日後意識を取り戻した時には人が変わったようになったという患者さんのお話を聞きました。記憶自体ははっきりしているものの、性格がそれ以前とは全く違ってしまったということでした。家族や恋人の顔はちゃんと判るし、一般常識の類の記憶も失われていない。臨死体験のようなものを経て人生観が変わった、という感じでもない。検査によっても脳に異常は発見されない。その医師の方も、ちょっと途方にくれていました。日常生活に支障はないのでもう退院されたとのことですが――」

「それって御村のことですか？」

里緒は片手を挙げて遮《さえぎ》った。

「ええ、そうです。丁度わたくしたちの仕事とも関わりがありそうでしたので、特別にお願いして御村さんと面会させて頂きました。詳細は省きますが、その時わたくしは御村さんのメタテキストが機能不全を起こしていることを知りました」

「……メタテキスト？」

「そうです。個人の持つ物語を記述するテキストです。自分の内的体験を記述するという用途に限定すれば、ヴィトゲンシュタインの私的言語という概念とほぼ同じものです。といっても、メタテキストを直接知覚できる立場にない人には伝わりにくいと思います。様々な語弊を抜きにして言えば、要するに『その人独自の視点』ということです。それをわたくしは文章《テキスト》の形で、あなたは夢――つまり映像の形で知覚するという訳です」

　メタテキストなるものが本当に実在するのか、と問うのはやめにした。言葉は喉まで出かかっていたのだが、余りに形式的に過ぎるように思えたのだ。自分の白昼夢のことをさしおいて、そんな質問も馬鹿馬鹿しい気がした。

「ともあれメタテキストが正常に働かないと、人はうまく生きていくことができません。本来的な自分として生きることができなくなります。つまり、今までとがらりと性格が変わったり、人生の目的を失ったりする訳です。御村さんも、この症例に該当します。

　ところで、メタテキストの機能不全というのは自然には発生しないものです。先天的な不全はありますが、後天的には何らかの原因がないことには決して発生しないものなんです。御村さんの場合も、事故か人為的な何かが起こったのだと考えました。そしてその何かが意識混濁を引き起こし、御村さんのメタテキストを機能不全に陥らせたと。そこで少し調べさせて頂いたんですが、御村さんは意識を失った時、あなたと二人きりだったそうですね。そして今、あなたは『夢』について話して下さいました。あなたは、御村さんについての『夢』を変容させてしまった可能性があります」

＊

大学に入学し、里緒は一人暮らしを始めた。その年の六月に生まれて初めて恋人ができ、九月から里緒の部屋で同棲を始め、三年後に破局を迎えた。

喧嘩の原因が何だったのかは覚えていない。きっと大したことではなかったのだろうし、多分原因なんて本当はなかったのだろう。ただいつも顔を合わせていると、相手の存在が癇《かん》に障《さわ》る瞬間がどうしても発生してしまうものだ。

ともあれ、里緒と御村は喧嘩になった。御村は初めて激し、テレヴィのリモコンを床に叩きつけて里緒に詰め寄った。里緒も怯《ひる》まずに向かい合った。

その瞬間、白昼夢が里緒を襲った。

場面が連続的に立ち現れては消えていった。男が罠にかかった狐を山に放すシーン。男が美しい女と結婚するシーン。妻の働きによって男が金持ちになっているシーン……。

三年間付き合って初めて見る御村の白昼夢だったが、今はそんな気分ではなかった。暢気《のんき》に白昼夢になど浸ってはいられなかった。

重層的なパノラマに襲われながら、里緒は叫んだ。

「こんな時に見せるな！」

その途端、映像の層の一つで異変が起こった。罠にかかった狐が血を吐いた。くしゃみをするように何度も吐血し、少し遅れて鼻や目、耳からも赤くどろりとした液体が流れ出てきた。狐は傷ついた足でよたよたと何歩か歩くと、そのまま草原に倒れ込んでしまった。意識を失いやがて鼓動を停止させてからも、狐はしばらく血を流していた。

　映像は唐突にぷつりと途絶えた。いつもの夢の終わりのように、シームレスに現実と繋がっていく感じがなかった。テレヴィを消すように、夢は突然立ち消えになった。

　そして気がついた時、足許に恋人が意識を失って頽《くずお》れていたのだった。

＊

「――その後の経過は、あなたが知っている通りです。あいつは、無事に意識を回復させはしたものの、今までとは別人のようになってしまいました」

「……かなり強力ですね」虚木藍は考え込むように言った。「しかも、明瞭な出方をするメタテキスト。文福茶釜《ぶんぶくちゃがま》、ですか」

「文福茶釜？　狐か狸が釜に化けて火にかけられる、あの？」

「有名なのはそれですが、違うヴァージョンもあります。男に助けられた狐が娘に化けて戻って来て男と結婚して裕福に暮らす、というストーリーです」

「え……」

「そうです、御村さんについての『夢』です。穴穂津さん、今までにも浦島太郎や藁しべ長者の夢とか、見たことあるんじゃありませんか？」

「……どうして、判るんですか？」

今まで、ごく初期に両親に言ったのを除いては、誰にも話したことがなかったのに。

「そういう形でメタテキストを見る人がいるからですよ」虚木藍は立ち上がった。「図書館に案内してくれませんか？　できたら、文学部か教養学部がいいんですが」

教養学部図書館の閲覧席で待っていると、虚木藍がハードカヴァーの本を持って戻って来た。ここでも彼女の格好は非常に人目を引く。

布製のハードカヴァーには、「日本昔話大成　関敬吾」と、タイトルと著者名があった。

「それは？　何だか古そうな本ですね」

「そうでもないですよ。一九八〇年ですから、ヴォイジャーの打ち上げよりは後です。日本中から聴取した昔話を集めた全集の、これは資料篇です。最初の方を見て下さい」

「ええと……」

虚木藍に示された部分を目で追う。その部分は、日本の昔話をストーリーのタイプ別に分類したもののようだった。

「昔話を分類してる訳ですか」

「ええ。そこの、『本格昔話』という項目を見て下さい。これは人の生涯を物語るようなジャンルなんですけど」

その本によれば、昔話のうち「本格昔話」と呼ばれるものは以下のように分類されていた。

「婚姻・異類聟《むこ》」「婚姻・異類女房」「婚姻・難題聟」「誕生」「運命と致富」「呪宝譚」「兄弟譚」「隣の爺」「大歳《おおとし》の客」「継子譚」「異郷」「動物報恩」「逃竄譚」「愚かな動物」「人と狐」

そういった分類の下位項目として、さらに細かなタイプ分けが施されている。例えば「誕生」の下には「田螺《たにし》息子」「一寸法師」「桃の子太郎」「子育て幽霊」といった項目があり、それぞれのストーリー展開が簡単に記されている。

「それで、これが一体どうしたって……」

途中まで言って気づいた。それは、昔話の分類であると同時に、里緒が見た白昼夢の分類でもあったのだ。鶴の恩返し、藁しべ長者、花咲爺、舌切り雀、浦島太郎、二口女、狐の嫁入りといった有名なものから、蛇婿入り、絵姿女房、塩吹臼《しおふきうす》、米福粟福《こめんぶくあわんぶく》、猿神退治といった今まで既存の物語としては知らなかったものまで、里緒の見た白昼夢は全てが全て、そこに分類され記述されていたのだ。

「これって、どういう……」

「人間のタイプも、これだけの有限の型に分類できるということです。それが昔話の表現型《フェノタイプ》として表出するのは偶然ではありません。というか話は逆で、そもそも物語こそが先に存在していて、我々はその『似姿』として何か超越的なものによって作られたとさえ言えるのですけれど。元来人はそんな超越的なものを見ることはできないんですが、イレギュラーにそれが可能である人が存在します。それだけではなく、超越的な配剤に直接働きかけて変容させてしまうことのできる人さえいます。それが穴穂津さん、あなたです。それも多分、かの柳田國男以来の強力さです。その能力によって、あなたは御村さんの人格を無理矢理改変してしまった可能性があります」

3

「何だかんだ言って、似合ってるじゃないですか」

新田喬策事務所の応接テーブルの向こうで、いつもの華美なファッションの虚木藍が言った。

「冗談じゃありません」

「それこそ、冗談じゃありません」虚木藍はとんでもないという風に言った。「巣渡さんの言い草じゃありませんけど、穴穂津さんもたまにはそういう格好したらいいんですよ」

「だって、膝出てるんですよ」

スカートの裾を膝の方に向けて引っ張る。

「それくらい普通です」

「普通じゃありませんって」

里緒は、生まれて初めてミニスカートを穿いていた。膝上五センチほどなので客観的にはとりたてて言うほどの短さではないのだろうが、主観的にはすーすーするどころの騒ぎではない。大袈裟ではなく、下半身丸裸でいるような気分だ。しかし啓市になけなしのバイト代をはたいて買って貰ったものだから、穿かない訳にはいかない。

「とか言いつつサーヴィス満点なんですね」

「だって、仕事ですもん。仕方ないじゃないですか」

里緒にとって啓市は、あくまで仕事上の標的に過ぎない。端的に言えば敵であり、それ以外では決してない。一週間ほど一緒にいて、白昼夢が見えたらそれをかき回してやればいい、そんな簡単な仕事だったはずだ。自分の能力をそれなりに操れるようになった今では、二、三日も行動をともにすれば相手の心身のリズムに同調して白昼夢を現出させることができるようになっていた。しかし啓市は厄介な相手だった。もう付き合い始めてから一箇月近くになるが、まだ白昼夢を見ることができない。

これから、啓市に会う約束になっている。この前会った時、迂闊《うかつ》にも部屋に招待する約束をしてしまった。すぐに悔やんだが、勢いに押し切られてしまったのだ。部屋に上げてしまったら最後、そこは逆の意味で治外法権になる。雰囲気次第でどういう展開に持っていかれるか、知れたものではない。

標的とともに時間を過ごして白昼夢の出現を待つには恋愛関係を結ぶのが一番であり、こういった事態は折り込み済みだと言えるだろうが、しかし今までこんなに切羽《せっぱ》詰まったことはなかった。覚悟なんてできていなかった。最初の標的は、里緒の所属する研究室の指導教官だった。二番目は市役所の職員、三番目は県庁の職員だったが、いずれの仕事も危機的な状況を予感するまでもなく短期間で終了していた。

そういう訳で、啓市との約束の前にここを訪れ、虚木藍に相談に来たのだった。

事務所と名のつくものはおしなべて乱雑だと思っていたが、ここは黒に統一されたラックの類が取り揃えてあって整理整頓が行き届いていた。今まで何度かこの事務所を訪れたことがあるが、代表の新田に出会ったことは一度もない。

「でも、本気で困ってるんですけど。正直、このままいったら、その……肉体関係までいっちゃいそうで」

「そこまでOK、という心構えでやってみてはいかがです？」

虚木藍はどこか面白がるように言う。

「そんな、他人事だと思って」

「白昼夢は感情を昂《たかぶ》らせた時に見えやすいんでしょう？　だったら、肌を合わせる瞬間というのはうってつけだと思います」

「他人事だとそういう風に割り切れますよね、そりゃあ」

そう言って里緒は溜め息をつき、スカートを引っ張る。ほとんど無意識の行動だ。こんなものを穿いていると思うだけで、さっきから胸が高鳴って仕方がない。

「まあ、そうですね、判りました。後で発信機をお渡しします。外で待機することにしますので、危なそうだと思ったら連絡して下さい。ボタン一つでOKです。

ただし、本当に危ないと感じた時だけにして下さいね。わたくし、そういう界隈では少しばかり有名人ですから、あまり目立ちたくありませんので。巣渡さんがわたくしのことを知っているとは思いませんが、用心するに越したことはありません」

「……そんな格好してるから目立つんじゃありませんか？」

「自分の好きな格好をして危ない目に遭うのなら本望というものです」

何だかよく判らない理屈で、虚木藍は言い切った。


新田喬策事務所を出てから、駅前の待ち合わせ場所に向かった。

巨大モニタに見下ろされタクシーやバスのロータリーになっているその一帯は、待ち合わせに使われることが多い。里緒の他にも携帯電話を暇そうに弄《いじ》ったり所在なげに街並みを眺めている人々の姿がある。そんな人々の視線を、里緒は一身に浴びているような気がした。もちろん気がするだけというのは判っているが、膝から下を隠すものが何もないというのは異様な緊張感をもたらした。中が見えるほどの丈ではないのだが、それでも階段を上る時などはひやひやして仕方がなかった。きっと周りからは滑稽なほど自意識過剰に見えていたに違いない。

約束の時間きっかりに、啓市はやって来た。

「おお、やっぱり見違えるなあ」

里緒の全身を上から下まで隈なく見た末の第一声がそれだった。

「そう？」里緒は素っ気なく返す。「こっちは不本意極まりないけど」

「またそういうこと言う。誉めてるんだから、もうちょっと色気のある返し方してくれてもいいのに」

「別に色気がセールスポイントじゃないし」

そう言って、里緒は啓市を置いて歩き出す。

「待ってって」

啓市は小走りに追いついて来ると里緒と肩を並べ、そしてその手を突然握ってきた。

「わっ、何てことを！」

里緒はびっくりして、反射的に啓市の手を振り払った。

「そんなに厭そうにすることないじゃん」

啓市は不服そうに言う。

「ごめん。……でも、ほんとに慣れてないから」

「そこまで厭なら別にいいけどさ」

つまらなそうにする啓市を見ているとさすがに悪いことをしたかという気になってきて、おずおずと自分から啓市の手を握った。自分が大きいのか啓市が小さいのか、掌は同じくらいのサイズだった。

「いいの?」

啓市の問いかけに、里緒はただこくんと頷いた。

目を合わせることもできなかった。ただ正面を見ながらぎくしゃくと歩く。一歩足を踏み出す度に、関節が軋《きし》むような気がする。全身の神経と血流が繋いだ掌に集まっているかのようだ。そこまで緊張することはないのにと判ってはいても、身体は思い通りに動いてくれなかった。注意していないと――いや、むしろ注意すればするほど、足をもつれさせて転んでしまいそうになる。

「……ねえ、里緒、どうして黙ってるの?」

「こんなみっともない格好して、しかも手なんて繋いで昼日中に街中を歩いて……」俯《うつむ》いて路面の敷石が作る模様を目で追いながら里緒は言った。「もう死にたい」

「そんなんじゃ命が幾つあっても足りないよ。里緒は可愛いんだから、もうちょっと胸張って歩きなよ」

「……ほんとにそう思う?　こんな格好して変じゃない?」

「変じゃないってば」

それから里緒と啓市は、アウトレットモールに入っている店舗を順繰りに見て回ったり、ラーメン屋で食事をしたり、偶然見つけた博物館でペルシアの陶器を眺めたりして過ごした。

そのそれぞれはそれなりに楽しくはあったが、里緒の心を支配していたのは下に向けて開放されている下半身の着衣と、残されたいい時間のことだった。今夜里緒は、啓市を部屋に招くことになっている。部屋に入れてしまっては、もはやペースは相手が握ってしまう。それまでに、何とかして仕事を終わらせてしまわなければならなかった。啓市の白昼夢を現前させ、啓市の存在の仕方を変容させなければならなかった。

しかし夕食を終えて店を出ても、白昼夢は立ち現れる気配はなかった。時間はもう午後八時半を回っている。

「えっと、これから……どうする？」

里緒は訊いてみた。

「どうするって、里緒の部屋行くんじゃないの？」

「うん……やっぱりね」

気の進まない様子を見せていれば諦めてくれるかも知れないという目算もあったのだが、うまくはいかなかった。何の術策も思い浮かばないまま、里緒は啓市と手を繋いで夜道を歩き、自室のあるマンションまで来てしまった。心臓が痛いほどに鼓動する。既に泣き出してしまいたい気持ちになっていた。

「へー、高いんだね。何階建て？」

「一九階建て。部屋は一二階」

「結構いい所に住んでるんだね」

「うん、まあ……ちょっとあって」

あなたのような人の人生を台なしにして得たお金のおかげ、とは言わなかった。曖昧な物言いになったが、啓市は特に訝《いぶか》しむこともなかった。

　二人はエレヴェータに乗り込んだ。「閉」のボタンを押した瞬間、里緒はしまったと思った。部屋に入れるということにばかり注意がいっていたが、エレヴェータだって密室なのだ。

　ドアが閉まる。一二階のボタンを押そうとしたところで、啓市にその腕を摑まれた。啓市は背中に胸板を密着させ、後ろから抱きすくめてきた。

「えっ？」

「もうちょっと、このままで」

　混乱する里緒に、啓市が耳元で言う。

「このままって――」

「せっかく二人っきりなんだから」

　啓市はTシャツの上から胸をまさぐってきた。

「ちょっと、やめなさいよ」里緒はなぜか囁き声で抵抗した。「さすがにここはやばいよ。人が来るって」

　エレヴェータの中。動作中ならば速度の変化で乗り込んでくる人間の存在を知ることができるが、停止中ではそうもいかない。一階から乗り込んでくる人間がいれば、ドアはすぐに開いてしまう。

「来たら来たでいいじゃん。別にやましいことしてるんじゃないんだしさ」

「や、やましいって、これは」

しかしなぜか、里緒は本気で啓市の手を振り払うことができない。街中でお尻を撫でられても胸をまさぐられても、真剣に抵抗できない。仕事なのだから、という言い訳は存在するが、それが全てでもないように思う。時々、啓市と一緒に歩いて満足している自分を感じる。啓市が基本的にはいい奴だということもあるが、綺麗な顔をした男の子と歩いているのが誇らしいという瞬間も確実にそこにある。そういう時、顔が良かったら何でもＯＫなのか、と自分を呪いたくなる。

「胸とか……そんなに触りたい？」

切ない気持ちが湧き上がるのを感じながら、里緒は言った。

「うん」

啓市は屈託なく応える。

「巨乳じゃなくても？」

「そういう問題じゃないよ」

「じゃ、小さい方が好き？」

「だからそういう問題じゃないんだって。里緒のことが好きなんだ」

そんなことをさらりと言ってのける啓市に顔を火照《ほて》らせながら、里緒は考えた。

白昼夢は、対象の感情の昂りとともに現れることが多い。それが啓市に関しては、未だに見ることができない。それは多分、啓市が陽気であることに慣れすぎて、特別な好きという感情が日常の陽気さに紛れてしまっているからではないか。「好き」という言葉に嘘はないだろうが、しかし感情の動きは麻痺してしまっているだろう。啓市の言う「好き」は、ペットや食べ物に対する「好き」と基本的に同水準のものになってしまっているのだ。

「『里緒の身体が』じゃない？　本当のところは」

「違うよ。里緒、どうしてそんなこと言うのさ。結構ショックだな」

「啓市って、身体触ってばっかりで、心開いてくれないし」

そう言って、里緒は声を落としてみせる。「女であること」を利用するというのは苦手だ。こういうやり取りが少しでも啓市の感情を動かす助けになればいいのだが。

「俺って面白半分に里緒の身体触ってるだけみたいに見える？」

「判んない。でも何か悲しい感じになる。好きでもないのに好きって言われる方が、ずっとショック」

そして沈黙が続いた。後ろから里緒に抱きついたまま、啓市の動きは止まった。

「……嘘」しばらくして、里緒は言った。「ごめん。恥ずかしかったから、そんなこと言ってみただけ。その、緊張もしてたし」

なぜ自分からそんなことを言ったのか判らなかった。いつ誰が入って来るか知れたものではないと不安だったのか、単に沈黙に耐えきれなくなっただけなのか、啓市のことが可哀相に思えたのか。自分の気持ちが判らなかった。

「ねえ、里緒、こっち向いて」

啓市が耳元で言った。それが何を意味するのか、里緒は判った。キスしようとしているのだ。

　里緒は考え、瞬間的な葛藤の末に決意した。仕方がない。唇だけなら覚悟しよう。ひょっとしたら、これが事態の打開に繫がるかも知れない。

　里緒が顔を横に向けようとしたところで、啓市が言った。

「やっぱいいい」

「え？」

「里緒、ほんとに緊張してるみたいだし。筋肉ガチガチだよ」

　そう言って啓市は身体を離し、一二階のボタンを押した。ささやかな加速度。エレヴェータは上昇し始めた。


「女の子っぽくない部屋だね」

　リヴィングを眺め回して、啓市は言った。

「予想通り？」

「ま、そだね」

　キスが中止になったのは、幸いだったのかどうか判らなかった。自分の作戦がうまく躱《かわ》されたようにも思えた。もちろん啓市にはそんな意図はないだろうが、形としては最後の機会が失われたようなものだ。何もできないまま、事態は最終局面に突入してしまった。本当の意味での密室で、啓市と二人きり。

虚木藍に貰った発信機はポケットに入っているが、それがまともに動作するかどうかは判らなかった。それに、ちゃんとすぐ駆けつけられる場所に彼女がいるかどうかも判らない。一階から一二階まで上がって来る間に、取り返しのつかないことに発展しないとも限らない。

里緒は息を吐いた。来るべき時が来たか、と考える。後はもうなるようになるしかない。この部屋に他人を入れたのは、最初の恋人と別れて以来初めてだった。厭な記憶が湧き起こりかけるが、頭を振ってどこかへ追い遣る。

「どうしたの？　頭でも痛い？」

「ううん、大丈夫。その辺座ってて。何か飲み物持って来るから」

キッチンの方に向かいかけたところで、肩を叩かれた。

振り返ると、啓市に抱き締められた。抗《あらが》う間もなく、唇を合わせられた。唇を割って、啓市の舌が侵入してきた。咄嗟に歯でその行く手を阻《はば》んだが、すぐにやめた。エレヴェータで未遂に終わったキスを今度こそするのだと思えば、受け入れることができた。

啓市が体重をかけてきた。それを支えきれずに、二人はソファに倒れ込んだ。一度唇は離れたが、啓市はすぐにまた接触させてきた。唾液が、舌を伝って少しずつ流れ込んでくる。どうすることもできずにそれを飲み下しながら、里緒も思いきって自分から舌を絡めていった。事ここに至っては、躊躇しても仕方がない。啓市の心を昂らせることだけを考えながら、祈るような気持ちで白昼夢の発現を待つだけだ。

しかし長いキスが終わっても、何も現れなかった。啓市の心は凪《な》いでいた。残ったのは、里緒が啓市を受け入れたという事実、啓市が里緒を組み伏す格好になったのを良しとしたという事実だけだった。

「いきなりこんな格好、あはは……」

里緒は乾いた笑いを上げた。心臓がばくばくいっている。背中が冷や汗で冷たい。これからどうしたらいいか、見当もつかない。啓市に跨《また》がられて、もはや主導権は自分にない。

「もう逃げられないよ、里緒が女の子だってことから」

「別に女の子じゃなくていい」

「俺は女の子の里緒が大好きだし」

そう言うと、啓市は里緒のTシャツを裾の方から捲《めく》り上げ始めた。里緒は気づかれないようにスカートのポケットをまさぐった。もう自分の力でどうにかできる範囲を越えている。外で待機しているという虚木藍を頼るしかない。男の子に組み伏されている場面に踏み込まれるのは相当気まずいことではあるが、諦めるしかない。

しかし。

なかった。ポケットの中に、発信機はなかった。右のポケットに入れたはずだ。左も確かめてみるが、やはりない。記憶を手繰《たぐ》る。午前中、虚木藍に手渡された発信機。その時スカートの右ポケットに入れて、以来そのままだったはずだ。トイレに行った時、落としてしまったのだろうか。あれがないことには、今の自分にはもうなす術がない。

やばい。

「どうしたの？」

里緒の様子に異変を感じたのか、啓市は訊いた。既にTシャツは胸元まで捲り上げられていた。

「何でもない」

啓市を思いとどまらせる何かいい方便はないかと考えていると、キッチンの方の床に碁石ほどの大きさのカプセルが落ちているのが見えた。今まさに捜している発信機だった。さっきソファに倒れ込んだ時にポケットからこぼれたに違いない。

あれを何とかして手にしなければならない。そのためには、まず上になっている啓市にどいて貰わなければ。

「ねえ、やっぱシャワーとか浴びてからの方がいいと思うんだけど」

「いい」

「良くない」

「もう恥ずかしがるのはやめようよ。シャワー浴びたら、里緒の匂い流れちゃうじゃん。俺はこのままがいい」

啓市は蛍光灯の灯りの下でブラをずらし、露《あらわ》になった乳首の片方を指先で摘んだ。もう片方を、唇に含む。

「電気……消して？」

喉の奥から漏れそうになる声を堪えつつ、里緒は言った。下半身が熱い。

「里緒の顔が見られなくなるなんて厭だ」

そんな風に言われて、里緒はこの期に及んで照れてしまう。

「あ、顔赤くなってる」

啓市はわざわざ指摘する。

「なってない」

「なってる」

啓市はそう言って里緒の額にかかった髪を整えると、ふと笑顔を消して真顔になり、真正面から覗き込んできた。

「里緒、厭?」

その言葉を聞いた途端、里緒は抵抗を諦めた。万事休すだと思った。そして悟った——結局これは、罰《ばち》が当たったというだけのことなのだ。今まで一方的に打倒する立場だったのが不自然だったのだ。

御村の顔が浮かんだ。ごめん、と心の中で言った。謝る理由や対象が本当に存在するのかどうか判らなかったけれど。

……虚木藍と初めて出会った日の夜から、里緒は人を殺す夢を見るようになった。大抵は待ち伏せだった。夜、路地裏で息を潜めて待つ。相手が通りかかると、背後から手にしたスパナや石ころで襲いかかる。第一撃で倒れさせた後、自らの恐怖を紛らわせるかのように滅多打ちにする。相手の頭がぐちゃぐちゃに潰れ、里緒も返り血に塗《まみ》れる。そして肩で息をしながら目覚める。目覚めた里緒は、悪夢の中と同じように息を荒らげ、心臓を激しく鼓動させ、血の代わりに汗で全身をぐっしょりと濡らしていた。

夢の原因ははっきりしていた。自らの特異な能力と、恋人の人生を抹殺したことに、気づいてしまったからだ。悪夢に登場するシチュエーションは、常に「夜闇に乗じた不意討ち」だった。里緒が恋人に対してした仕打ちも、それと似たようなものだった。誰も真似をすることのできない能力で、相手に悟られないように背後から襲いかかる。恋人は生物学的に死んでしまった訳ではないが、今までの生き方を再び選択することができないのなら、それは死と同義だった。たとえその先に新たな生き方が待っていたとしても。

里緒は散々迷った挙句、新田喬策事務所に虚木藍を訪ね、それ以降機関《オルガノン》を相手とする仕事を始めたのだった。自らの持つ能力に適応するためのリハビリの一環として。

一方的な「殺戮」を繰り返した人間がそのまま赦《ゆる》されるほど、世界は寛容ではないということとなのだろう。殺戮行為がまさにその世界自身を保護するために行われたとしても変わりはない。

御村のことを考えれば、自分の身体を差し出すくらい、何ということはない。それに、啓市のことも嫌いという訳ではない。啓市に喜んで貰えるなら、そんなに悪い話でもないように思えた。啓市のことだって、今まで騙し続けてきたのだ。

里緒は覚悟を決めた。啓市の全てを受け入れる気になっていた。それでも恐怖で涙が滲んだ。

「……厭じゃない」

里緒は啓市の綺麗な顔を見据えて言った。

「ありがと」啓市は手探りで器用にスカートのファスナーを下ろし、それから下着に手をかけた。「無骨なパンツだね」

「……男物のボクサーパンツだから」

啓市に下着を脱がせて貰うため、里緒は少しだけ腰を浮かせた。下半身を覆うものが何もなくなると、啓市は一度だけ軽く口づけてから下半身に手を伸ばした。

里緒は目を閉じた。

啓市の手が伸びてきて、里緒の勃起したペニスを摑んだ。

白昼夢が唐突に現れた。

4

巣渡啓市の物語型《フェノタイプ》は、「誕生」に属する「田螺息子」だった。

子のない夫婦が神に祈願して、子の代わりに田螺を授かる。田螺は村の長者の娘たちの一人を嫁に貰いたがり、機知を働かせて心優しい末娘と結婚する。実は田螺は高貴な生まれの若者であり、打ち出の小槌で打たれて人間の姿に戻る。そして一家は栄え幸福な生活を送る……そういう物語だ。

白昼夢が出現してしまえば、あとは簡単だった。ちょっとした意識上の操作で、啓市の人格を変容させることができた。意識混濁状態に陥った啓市は、新田喬策事務所のスタッフの手によってどこかの病院に移送されたはずだ。

そして今、穴穂津里緒は虚木藍の運転するシトロエンC3の助手席に収まっていた。車は国道二号線を東に向かっていた。目的地は特にない。仕事を終わらせた後、虚木藍にドライヴに連れ出して貰ったのだ。あの部屋に留まっていたくはなかった。

里緒はTシャツを着たままブラを外し、運転席の虚木藍に差し出した。

「これ、ありがとうございました」

「わたくしは要りませんよ。サイズが合いませんし」

「僕だって要りません。——一応買って貰ったものですから返します」

「必要経費ですよ。持ってればいいじゃないですか。いつか役に立つ時がくるかも知れません」

「そんなの、二度と勘弁です。この前、とうとう会社で上司に注意されたんですから。僕の社会的生命を抹殺するつもりですか」

「そうですか……残念です」虚木藍は本当に残念そうに言う。「そういう格好が様になってきたところですのに。では、こちらで処分しておくことにしましょう。そのスカートはどうします?」

ことにします」

「これは……」しばらく考える。「せっかく啓市に買って貰ったものですから、持っておくことにします」

「わたくしが買ったものは要らないのに、ですか？」

「あ、いや、そういう意味じゃないですけど」

「冗談ですよ」

虚木藍はステアリングを握ったまま微笑んだ。

「……当事者になるって、難しいものですね」

里緒は溜め息をつきつつ言った。

「何の話です？」

「僕らのことです。能力が先か性格が先かは判りませんけどね、すぐに分析して、人間を定義して関係を終わらせてしまう。自分のことだって、すぐに『そういう風にできてるんだから仕方がない』って考えてしまう。そうやって視点を物事の外側に置いてると、永遠に当事者になることなんてできやしないって思ったんです」

今日は、御村頌子《しょうこ》の物語の命日だ。彼女の生得的な物語は、一年前の今日、終わりを告げた。

傷つきやすい女性だった。どのように生きたらいいかを自らの裡《うち》に持つことができなかった。だから彼女が生きる拠《よ》り所《どころ》としたのは、世間的な建前だった。「〜してはならない」「〜しなければならない」という教条の数々をそのまま受け入れ、そして裏切られて傷ついた。生きる拠り所を持たない彼女は、感情を表す方法も知らなかった。

その彼女の物語を、あの日、里緒は変更した。そのことによって、彼女はそれまでとは比べものにならないほど明るく積極的になった。自分として生きるということを確信している人格となった。客観的には望ましい変化だったろう。そして傷つきやすい彼女がいなくなったことによって、里緒が傍らにいる必要はなくなり、二人の間に別れが発生した。

あの日、彼女が激した瞬間は、初めて里緒に対して感情を開いた瞬間でもあった。本来なら、そこがスタート地点だったはずだ。そこから二人は歩み始め、少しずつ問題を解決していくべきだったのだ。しかし里緒は、怒りに任せて彼女の物語を強引に捻《ね》じ曲げてしまった。そうやって二人の可能性を閉ざしたのだ。

「僕らの能力って、要するに世の中を鳥みたいに上空からマッピングするようなものです。そういう時、僕らは常に対象から離れています。上空にいると、結局どの対象ともほぼ等距離で接してることになります。誰とも等距離でいるなら、そこに関係なんて発生しませんよね。鳥ってのは、そういう意味じゃ全然自由じゃありません。ただ単に存在してるだけで、自分一人がすなわち世界なんだから、どこにも行けやしません」

「それが域外者《アウトサイダー》というものです。だからこそわたくしたちは、せめて仮想にでも自責の念を抱いて、世界の一様性を保護するために働いてるんです」

「せめてもの慰め、ですか」

「……穴穂津さん、『田螺息子』の物語にはターニングポイントがあります。それは田螺が打ち出の小槌で叩かれて立派な若者になる、というくだりです。もしかすると、穴穂津さんの施した『変更』がこれに相当するのかも知れません。そういう風に考えてみると、あなたは充分に巣渡さんにコミットしていると言えます。たとえ鳥のような形でだとしても」

「そういう逃避はありですか？　御村の件でもそうですけど、結果的にあいつは以前よりも幸せになってしまいました。僕が事実上あいつを殺してしまったにもかかわらず。そうやって、僕たちは責任を負うことからも解放されてしまう。世界をメンテナンスしたという功績だけを残して」

「逃避かどうかなんて、いかな域外者《アウトサイダー》でも判りっこありませんよ。超越的な場所から何かが仄《ほの》見えたとしても、所詮はただそれだけです。わたくしたちは外側から見たり読んだりしますが、判定だけはすることができません。物事の妥当性は、結局誰も保証してはくれません。本当にアンフェアで不自由です。だからもう、ここから先は信じることしかできません。それを慰めや逃避と言うのかも知れません。けれど、最後に残ったのが信じることというのは、それなりにロマンティックでいいでしょう？」

「そう思えるなら幸せですけどね」

「信じてみましょう。穴穂津さんは、田螺息子にとっての心優しい末娘なんですよ」

「末娘、ね。結局そこに戻る訳ですか」

里緒はもう一度溜め息をついた。思えば遠くに来たものだが、それではこれからどこに行くというのだろう。答えは決まっている。当てなどない。

「ねえ虚木さん、今から部屋、お邪魔していいですか？」

「ええ、喜んで。膝枕、して差し上げます」

虚木藍は嬉々として言うと、アクセルを踏み込んだ。

Atmosphere《アトモスフィア》

西島大介

二〇〇四年、ＳＦ小説の叢書であるＪコレクションから描き下ろしコミックとして発表された『凹村戦争』が、西島大介を一躍有名にした。オーソン・ウェルズを意識し、ジョン・カーペンターなどへのオマージュをちりばめながら、一種の閉塞的な青春を描いたこの作品で西島はＳＦファンの喝采を受け、第三十五回星雲賞アート部門を受賞した。「ポスト・エヴァ」を意識したその作風は同時代への批評性に満ちた大変刺激的なものであった。

西島大介は一九七四年東京都生まれ。漫画家、イラストレーター、映像作家、ＤＪなどの多彩な経歴がある。他に『世界の終わりの魔法使い』シリーズや異色のヴェトナム戦争漫画『ディエンビエンフー』などの作品がある。現在はＳＦへのコミットは少なくなっているものの、「僕はＳＦ界でムーブメントをつくりたいんですよ！」との発言もあるように、リアル・フィクションにおいて重要な役割を担っていた。

本篇「Atmosphere」は、Ｊコレクションより刊行の第二作『アトモスフィア』の原型ともいえる短篇コミックである。『アトモスフィア』は、自らの分身が現れ、それに生活を乗っ取られた「わたし」の遍歴を描く作品で、自己が次々と増殖していくという感覚は、ネット上でのアバターの増殖やキャラ化などの感覚を思わせる。この短篇版「Atmosphere」には、『アトモスフィア』で展開が過剰にエスカレートする以前の、不穏さを湛えた静けさに満ちている。空気・雰囲気を意味する単語ATMOSPHEREに、本篇のラストでなぜこのようなルビが振られたのかにも注意が必要だろう。初出はＳＦマガジン二〇〇四年五月号。

Atmosphere《アトモスフィア》

西島大介

この街は
いつもどこかで
工事をしていて、
失われた部分を
修復する音が、
どこからか
小さく響いている。

削り取られた
世界の一部分は、
いつの間にか元に戻る。
そして、
どこからか移ってきたらしい
新しい家族が、
何事もなかったかのように
そこで暮らし始める。

Dop·pel·gäng·er [dάpəlgæŋər |dɔ́p-;*Ger*. dɔ́pəlgɛ̀ŋɐ] n.ドッペルゲンガー，生き霊，分身：同一人が同時に違った場所に現れたり，死の直前などにその前触れとして本人の前に現れたりすると信じられている．▶ doubleganger ともいう．(また **doubleganger,doppelganger, doppleganger,dopplegänger**) [1851．＜独]

にせもの、幽霊、分身、影…。
この世界の一部が突然消失してしまうのは、
この街に出現する
ドッペルゲンガーたちのせいだ。

ドッペルゲンガーは
いつも不意に現れる。
なんの予兆もなんの断りも
なんの理由もなく。
出現したドッペルゲンガーは、
決まって本人との接触を
試みようとする。
本人とすりかわり、
この世界に居座るためだ。

そして
ドッペルゲンガーと本人とが
触れ合うとき、
世界の一部は消失してしまう。
音もなく、
まばたきよりも短い時間で。

ドッペルゲンガーがなぜ出現するのか？
そして、どうして世界が失われるのか？
それがなぜかは、わからない。
とにかく、そういうことになっているのだ。
この世界は。

安全第一
安全第一

世界が消えてしまうより先に、
ドッペルゲンガーを消して
しまうこと。
それが、この世界を保つ
唯一の方法。
わたしは、
ドッペルゲンガー専門の殺し屋。

もしもし？終わりました
指定どおり後ろから一発で
A区画の5番棟の近くです
はい― お疲れ様です
じゃ学校があるので…
5
殺しの依頼……。
ドッペルゲンガーを殺して欲しい
という依頼は、
たいていの場合、本人から来る。
自分のドッペルゲンガーが現われたことを、
本人はなんとなく感じとるらしい。
わたしたちは
本人が望む殺し方を指定され、
できる限りそれに従う。

いやほんと
助かったよ
ありがとう
ゴーンゴーン
これで
ようやく
安眠できる
THE DIVIDED SELF
さっき殺してきた
ドッペルゲンガーと、
寸分違わない本人から、
報酬をもらって
お礼を言われるのは
妙な気分…。
これがわたしの仕事。
君
かわいいね
これから
どっか行か
ない？
世界《アトモスフィア》を保つ唯一の方法。
いえ…
いいです
ガガガガ…
ガンガンガン…

アリスの心臓

A heart of Alice

著:海猫沢めろん

海猫沢めろんは一九七五年大阪府生まれ。ホスト、DTPデザイナー、西成地区住人などの多彩な経歴の後、美少女ゲーム「ぷに☆ふご〜」を発表。そのノベライズ版である『左巻キ式ラストリゾート』（二〇〇四）で小説家デビューした。この作品は露骨に作り物だと感じずにはいられないほど、キャラもエロシーンも類型的で即物的であった。現実逃避のための妄想だという自意識で作品世界は崩壊し、少女である作家志望「海猫沢めろん」が登場してしまう……。少女、作られた世界、メタフィクション、崩壊という、海猫沢的四拍子。この自己破壊性の苛烈さは、ゼロ年代に隆盛した「美少女ゲーム」的状況の中であまりに特異であった。

その後、アニメ『舞-HiME』のノベライズなどを経て、リアル・フィクションの一作として近未来暴走族小説『零式』を発表。〈新潮〉や〈群像〉などの文芸誌でも活躍している。二〇〇九年にはアンソロジー『神林長平トリビュート』で「言葉使い師」をリメイクした。この短篇は、少女と、登場人物か読者のような「あなた」を様々な時空間・構造で描く。少女は「あなたのなかにいる」し、言葉であり、言葉を超えた本質でもあり、言葉から抜け出させる言葉で呪縛する……

〈五次元とエロ本〉をテーマにした本篇もやはり少女が焦点となるし、世界を作った存在が問題になる。神について延々と議論していたり超弦理論の話があったりアルフレッド・ベスターばりの言語実験まであるが、それらを経た上で、「少女」という存在の本質にどこまで接近しうるかが読みどころ。

初出はSFマガジン二〇〇八年二月号。

丸めると見えるあちきの記憶。
記憶は思い出すから記憶なのかな、思い出せない記憶は過去じゃないのかな。
記憶じゃない過去はなんですか。
記憶は記録。記録は情報。情報は文字。文字は身体。
身体というのは、名前のこと。
文字で定義された概念。
忘れられれば、消えてしまう。
過去も、今も、未来もまだないの。
身体の奥がカラカラなの。
きらいな牛乳いっぱい飲んだのに……。

□第一幕《神学者たちが限界について語り合う》

・場面　大聖堂
・人物　神学者リュカとクラウス

宇宙を俯瞰。
ドレープ状の暗幕の表面に張り付いた雫のように、ひとつの光が輝いている。
それは膨大な情報を立体に組み合わせた概念多面体の世界。
その中の一点で会話をしている二つの存在。

リュカ「『言葉のない物語』を書く方法があると思う？」
クラウス「『言葉のない物語』を書くというのは矛盾だ。『言葉のない物語』は、書くことによっては物語れない」
リュカ「そうかな。『言葉のない物語』は、ぼくらに読むことができないだけで、この世界のどこかに存在しているのかも知れない」
クラウス「読むことができない物語は、存在しているとは言わない。物語とは、読まれることによって存在するのだから」

リュカ「けど言葉のない物語を書くという文章を書くことは——」

クラウス「おまえはまず、正しい問いの立て方を覚えるべきだ」

リュカ「でも……」

クラウス、聖堂の扉を開き、外へ。

クラウス「観測に出かける時間だ。今日はおまえに大事なことを話さなければならない」

外には森と名付けられた巨大な樹。その一本の樹は、永遠の奥行きを持った無限の森。樹の中には相似の樹があり、その中にまた同じ形の樹が存在している。

リュカ「クラウス。どうしてぼくは、不可能を可能にすることにばかり囚われてしまうんだろう？」

クラウス、問いに対する解答を知っているが沈黙。答えない。

クラウス「先に行くぞ」

■少年が転校先で少女と出会う

　夢のなかで、キラキラするそれを見ている。硝子で作られた多面体、その表面にはなつかしい未来とあたらしい過去……これはどこかで——そう……小学生のときの夏休み、自由研究で作った、大きな角砂糖みたいな多面体。

　——あれを摑めたら、

　それに、手を伸ばす——触れる寸前に消えてしまう——冷たい金属を弾くような、澄んだ甘い響きを残して消える。知らないうちに、周りをいくつもの多面体に囲まれて——触れようとする——また、消える。決して、それが連なって音楽になることはない。やがて多面体の音の夢は潮が引くように消え、海星《ヒトデ》は砂を嚙み、手足をひろげて目を覚ます。

　風船がこめかみから膨らもうとするので、朝の光を手のひらでさえぎる。部屋の中は熱帯魚の熱い溜息ではちきれそう。だだっぴろい二〇畳間の真ん中に敷かれた布団の上で輪ゴムのように身を捩り、ごろごろと簀《す》巻《ま》きになって畳の上を転がり、庭に面した障子に衝突。それを開ける。

　白い画用紙で叩きのめされたような景色がやけに粉っぽくて、目を細めた。打ち水で濡れた汗まみれの石庭が、陽光を反射してギラギラと男気を放っている。

しばらくすると風が吹き、部屋はカルピスの原液濃度が下がるような勢いで、さわやかに薄められていく。

やれやれ。

部屋に戻りメガネをかけて、時計を見る。

やべっ。

制服に着替えて部屋を出ると、なにやら慌ただしい。

オハヨウゴザイマス。和服を着た女将さんが笑う。

夏祭りの準備でいろいろバタバタしておりまして。

コンタクトレンズの形に湾曲した面の複合体が、その口からふわふわと出てくる。玄関には、靴が揃えられている。配置は十二平均律。田舎の旅館とはいえ、さすがだ。

いってきます。

蛇口からはじけるように飛び出すビー玉。夏の朝を駆け抜ける青臭いバッタ。緑の山と水田と青い空、菱形をした蟬の声が見える。世界は光と音に満ちあふれている。でも、それは音楽とは違う。聞いたことはないけれど、きっと。

木の電柱にはりめぐらされた五線譜。その上に並んだ音符は黒いカラス。墨色の尖った三角錐を空に飛ばしている。

でも、音楽はない。

※

校舎は白、新薬を投与された病み上がりの少年のような危うい健全さを発揮していた。

フライドチキンのマスコットキャラみたいな、白衣の老博士と並んで廊下をあるく。

田舎もええもんじゃろ——そんなふうに動いた老博士の唇から、夕暮れの色をした球体が、ぽこぽことこぼれる。

そーですねー……。

汗ばむシャツをぱたぱたやりつつ、みつめているのは空ばかり。白い小鳩がそこにとける。

四角い教室には机が二つ並んでいる。

窓側の席に座っている女子を見て、度胆を抜かれた。

ギャルだ。

マスカラとつけまつげで補強された少女漫画なみに巨大な目。紫色のカラーコンタクト、縦にゆる巻きされた金髪のロングヘア。メタルスライムのように輝く唇……。

アナーキーすぎる。

田舎を侮《あなど》っていた……渋谷センター街が時空を超えてメソポタミアに現れたようなビジュアルショック。

転校生の野角計《のみすけい》くんじゃ（ぽこぽこ）

よろしくおねがいします。

自分の名前が書かれた黒板を背にして、礼。

顔をあげる。ギャルのおおきな瞳が、なにかを期待するように輝いていた。無視無視……。

隣に座ると、スピーカーから金色のグラデーションで描かれた円筒形が身震いする。始業チャイムか？

では現代史の教科書を開いて。えー、今日は野角くんに、この施設にあるコンピューターの意味を説明するため、初期の多重宇宙《マルチバース》探索の理由を……（ぽこぽこ）

とっくの昔、小学校のころ教わった。けれど、黙って耳をかたむける——ふりをしつつ、シャーペン先で机をカリカリ。

ため息まじりでいつものように、あの子のことを思い出す。


——高次元が自然界に存在しているという発見は、期せずして並行宇宙や異次元の存在の裏付けとなってしまった。それを皮切りに世界中が、多重宇宙《マルチバース》の研究に金をつぎ込みはじめた。あらゆる種類のコンピューターで一番近い多重宇宙を計算し、そこに移住する——頭がイカれたハリウッドの監督が書いたシナリオのような計画も、世界じゅうが取り組めば現実になるというわけだ。

その日、帰国子女のキカは唐突に話をはじめた。マシュマロの肌にいちご大福の美を備えた彼女の顔は、見る者に性別を超えた謎のデザートのような印象を与えるが、実は給食の甘納豆と八ツ橋が食べられない。他にも、体重が平均より若干（と言ってもたったの一〇kgほど）多いという弱点もある。そのくらい大目に見よう。雪山で遭難したときには生存率が高まる。

——だが、問題が起きた。予想より、計算結果がでるのに時間がかかることが判明したのだ。ヴァチカン市国の《Cusanus》《クザーヌス》氏を筆頭に、多重宇宙探索機のほとんどはSSPを搭載した生体コンピューターだったが、量子系のプロセッサは計算が終わるまで結果を見ることはできない。観測された瞬間に重ね合わせ状態が壊れてしまうからだ。そこで一旦、計画は頓挫しかけた。だが、培養した脳をプロセッサと繫げている生体コンピューターには一応、人権がある。停止するわけにはいかない。

キカと僕はいつも授業が終わると、公園にある屋台のカレーを食べながら話をした。もっぱら話をするのはキカだ。僕はそれを聞いている。

——予算は大幅削減されたが、研究は細々と続いた。それでもさすがに中身が視られないのはまずい。だから各国は協議の結果、それが確かめられる方法を考えた。

どうやって？

キカはカレーを食べる手をとめて言った。

——計算途中の生体コンピューターを止めず、その脳組織を削り取って培養したものを《標本《サンプル》》として、無料で研究機関に配布したのだ。解けない知恵の輪を配って、誰かがそれを解いてくれるのを待っているわけだ。今も。

じゃあ……僕らが施設で受けてる変な授業って。

——その研究に関わるものだ。かつての日本はBMI（ブレインマシンインターフェース）の技術が進んでいたため、インターフェースによって高次元空間と意識を結び合わせる研究を始めた。そこに干渉するための脳の部位が存在する、と信じて。そうして特別な子供たちを施設に集め、いろいろな研究や教育が行われた。でもそれは昔の話。今や施設で教育される子供は、各地方の学校に存在する《標本》解析用の、旧世代機の世話係。公共事業のお荷物のおこぼれで生きるのが私たちだ。

へえー、ふうーん……そっか。今日もカレーうまいね。

——……そうだな。

キカと僕の教室にはいつもカレーの匂いがしていた。0という偉大な発明をしたインド人に、僕らは敬意を表しているのだった。

彼女だけが、僕の良き理解者だったのに。

……というわけで。また明日（ぽこぽこ）

終業チャイムが鳴ると、老博士はすぐに教室から出ていく。今日は初日だから授業はこれで終わり。

帰ろうと思ったそのとき、いきなり制服の袖を掴まれた。

ちっすメガネくん！　よろしくー！　あたし佐々倉さくみ！（ふわふわ）

あ、ああ……うん……よろしく。

ちょっとだけ眠そうに見える紫の不思議な瞳が、まっすぐこっちを見つめる。まったく未知の存在だ……彼女は唇から乳白色の柔らかい蒸しパンをふわふわと漂わせる。そこからなぜか、柑橘系の匂い。なんだろうこの匂い、どこかで嗅いだことがある？

お菓子くう？（ふわふわ）

差し出された物体は乾涸《ひか》らびたスルメイカ……なぜにスルメ？

つまんでみると、乾いた香ばしい匂い。

この匂いじゃない。もっと良い匂いだったけど……彼女が発しているのかな？　匂い付きの立体——というか声は初めて見た。

……でも彼女の友好的態度は予想外だ。ここはいきなり核心にせまってみよう。

えっと……なんでギャル風なの？　浮いてるよ？

バカにした!?（ふわふわ）

ぐぁっ！

ガン、といきなり脳天にチョップ。メガネがずれる。さらにコンボで下段蹴り。

いたいなあ！

痛かった？（ふわふわ）

あたりまえだろ！

とつぜん抱きつかれた。

う、うわああ！　いきなりなにする！　はなれろよばか！

わがままだなあ……のすみんは（ふわふわ）
言ってることがひとつもわからない……っていうか、誰……？　のすみんって。
のすみんはのすみんだよ（ふわふわ）
勝手に命名された。
のすみん、メガネをかけた柴犬みたいだね（ふわふわ）
……こういうレトリックは、進化の系統樹から遠ざかるほど危険なものになっていく……
哺乳類である時点で良しとしよう。
あ、ねえねえ。東京から来たんだったらさー、DとかMとかP&Dとかって知ってる？
（ふわふわ）
知ってるけど、あんまファッションとか興味ないから。
なあんだ。今度買って来てもらおうと思ったのになぁー（ふわふわ）
佐々倉は懐からスルメを取りだして噛む。どこに隠しているのだろう……謎だ。四次元ポケット？
大きな目がまばたきするたび、パチパチと水色の金平糖がはじける――そのとき、教室が鍋のようにグラつく。床は、くしゃくしゃのアルミホイルのしわになり、鉛筆削りのすきまから猫の髭がにょきっと生えて、びりびりと振動する――震度五。震度五。
あ、地震だ。多いんだよー最近（ふわふわ）
それほど大きい揺れじゃなく、すぐに収まる。

でさ、のすみんはどんなふうに見えてるの（ふわふわ）
なにが？
世界（ふわふわ）

□第二幕《森になにかが落ちてくる》

クラウスが去った後。リュカ、大聖堂にいる。
そこから見える無数の概念多面体を見つめる。陰鬱に。

リュカ「ぼくは……不在の神様を、探してるのかも知れないな……。神様は死んでしまった。だからこそ神様を探し、もう一度手に入れなくちゃならない。神様を信じるために。けれど、神様ってなんだろう？　わからない……でも、それは心のなかにあらかじめある概念だ。存在と切り離すことはできない……神様、神様、神様……」

そのとき空間が大きく揺れる。
周りの景色が乱れ、多面体宇宙の色は、黒から赤へと一瞬変化、また黒へ。

リュカ「なんだろう？」

大聖堂の大扉が開かれ、外にいたクラウス、戻る。

リュカ「どうかした？」

クラウス、信じられないという口調で。

クラウス「何かが落下してきた。森のほうに穴が……巨大な穴が空いている」

■少年の世界について

おかしかったのは頭の中。
どうやら生まれるときになにかを忘れたらしい。僕の脳は、音らしきものを入力されても、それを音として認識しない。聞こえるのではなく、感じる。立体と質感とイメージの混合として。
この現象は医者と僕を悩ませた。最初に、神経が〈リワイヤード《つなぎかえ》〉されているという仮説が立てられたけど、後の実験でその説は消えた。視神経を聴覚神経に配線すれば映像が聞こえそうだが、実際にはそうはならないのだ。頭の中の感覚は、そう簡単にとっかえたりはできない。

小さな頃は、音をつけてテレビを観ただけでサイケな映像に襲われてぶっ倒れるので、ずっと耳栓をして生活させられていた。でも、今では柔らかい脳ミソのほうも固まってきたのか、人の言葉も唇の動きで読めるようになり、人並みに日常生活が送れている。

じゃあさじゃあさ、あたしの声は？（ふわふわ）

音は主に立体……柑橘系のふしぎな香りがする。蒸しパンみたいなふわふわ。

スルメの匂いとかしない？（ふわふわ）

……変だな……あんまりしない。

ふうん。じゃあ、あそこんとこの、セミがないてる森とかにいると？（ふわふわ）

クルクル回転する多面体とか、立体になれない面の複合体みたいな切片がばんばん飛び回ってたりすんの。

なんかきれーだね（ふわふわ）

綺麗っていうより、狂気の世界。

あの日、いつものようにキカは唐突に話をはじめた。

——野角君。あなたが視てる音の正体は、私が思うに——超高次元の影だ。

夕方、公園近くのボロ屋台。綺麗な金色の髪をかきあげ、大理石の指でスプーンを操って、インド人の豆カレーをパクつきながらメガネを曇らせるキカを、僕は見つめている。

——ロバート・サブダの話からはじめよう。彼は珍しいタイプの作家だ。いや厳密には、作家ではないのかもしれない。なぜなら彼は本を書くのではなく立体物として作るのだ。その意味では芸術家と言ったほうが、その実像に近いだろう。文筆家と芸術家という言葉のあいだには、ナード（オタク）とジョックス（ヤンキー）ほどではないにしろ、なにか埋めがたい溝が横たわっているような気がしないか？　しないかね？

えーと……どうだろ……わからないな。

——そうか？　まあ、ちょっと調べてみればわかるが、彼は絵本の作家だ。ただの絵本ではない。飛び出す絵本なのだ。二次元の本が、開いた瞬間に三次元の立体になり、しかも動かしたりひっぱったりして動きを楽しむこともできる。私は子供の頃、彼の絵本でよく遊んだ。その頃から不思議だった疑問がある。二次元は三次元になる……だったら……三次元は四次元になれるのではないか。四次元は五次元にもなれるのでは……じゃあ五次元は六……（以下無限）。

キカは常に唐突なので、唐突であることがもはや唐突ではなかった。高速回転する頭の中身がときどきあふれだす。

——フランスのトポロジスト、ベルナール・モランは四次元での自転車の動きやナイフの形状が見えると言った。一次元はパラメーターが一つ、二次元は二つ（XとY）、三次元は三つ（XYZ）、四次元は四つ（XYZT）、むろん五次元は五つ……だが、私たちが現実に当てはめて理解できるのは四つまでだ。即ち――縦、横、高さ、時間の四パラメーター《ミンコフスキー》空間。そこから上が高次元だ。たとえば五次元になるともう一つのパラメーターが必要になる……

辛っ、そ、それが現実世界ではイメージできない……野角くん……。

なに？

左手で、水ください のサイン――辛さに悶えるその変な指の形は、フレミングの左手の法則を表しているわけではない。

白い喉を通り抜ける、インド人のおっさんがついだ水道水。キカはターバンのように水分を吸収する。

――問題はそこではない。たとえばだ。三次元の立体に光をあててできる影は二次元。では四次元の影は三次元、ならば五次元の影は四次元……という考え方や、線を二次元軸に沿って移動させれば面、面を三次元軸に沿って移動させれば立方体……では立方体を四次元軸に沿って移動させれば超立方体になる、というふうにも考えられる。そうして得られる四次元的な直観感覚というのが、身体的に獲得できるかどうかが問題なのだ。野角君、私たちはありのままの高次元というものを観ることができない。あなたが視ている音の概念多面体たちがどんなに美しく狂気的でも、しょせんは高次元の影にすぎない。人間の限界だよ。けれどあなたには可能性がある。通常は高次元など、影も形も見えるわけがない。ところがあなたには見える。それならまだ希望がある。高次元をありのままに視る可能性が。

キカはメガネを外して汗を拭いた。

――限界はどんな世界にも存在している。私たちは自分がどんな檻の中にいるのかを知ることができない。それどころか、本当に檻の中なのかどうかもわからないのだ。ゲーデルの証明したことは実は限界ではなかったのかも知れない。限界を前提とする問題などない、ということだとも言えるのではないか。その前では前提そのものが消滅する――問いを消滅させるための壮大な証明……。

キカは、分厚いレンズの奥に知性を秘めた、未来を見通す金髪の天体望遠鏡。そして僕の尊敬すべき親友だった。

たとえ、その話の内容が半分も理解できないとしても……。

そのときの僕は、レンズ豆とメガネという、ありそうでなさそうな因果関係についてずっと考えていたのだった。

フシギフシギ（ふわふわ）
翠緑《すいりょく》色の神秘。それがたなびく。霧のように。
次元次元……次元かー、前にあたしも習ったよ。なんだっけ……えーと。底の抜けたダンボールとかぺたーんってしたら二次元になるっしょ？　えっちな本の袋とじとかはそのままでは一頁だけど、切った瞬間にページが増えるじゃん。それって次元のコンパクト化？（ふ

わふわ）

ち、違う……どうやったらそんな歪んだ解釈ができるんだよ……。

コンパクト化というのはだな……エロ本のグラビアをくるくるっと丸めて作った細い筒があるとして……それを遠ーくからみると一本の線に見えるだろ。その上を這ってる虫の位置を教えるにはどうする？

そこにいるよ！　って教える。見たらわかるじゃん（ふわふわ）

見てるのがスティービー・ワンダーだったらどうするんだよ。

えっと……じゃあ、端っこから何cm……とかって言えばわかるかな？（ふわふわ）

そう。つまり一つの座標情報で教えられる。これ一次元。ところがスティービー・ワンダーがその筒と同じくらい小さくなって、しかも表面に立ってたら？

何歩先……って言っても筒は土管みたいな大きさに見えてるから……それに虫は右とか左に逃げるから……何十歩先にいって、右に何歩……とか？（ふわふわ）

二つの情報が必要ってことだから、二次元になっただろ。

あ、ほんとだ。次元が増えた。どーして！　フシギ！（ふわふわ）

細い円筒は、長さ方向の次元に比べて直径方向の次元が異常に短く巻き上げられている。この考え方がコンパクト化。

えっと……じゃあ……ここは三次元だから……三つの方向に長くて、あとの次元がコンパクト化されてるから見えないってこと？（ふわふわ）

そう。……というか……まてよ……なんでそもそもエロ本なんだ。どっから出てきたその話は……。

佐々倉は教室の窓のカーテンにくるまってくるくると踊り、ぐるぐる巻きのねじれたカーテンの中から顔をのぞかせる。

やー。のすみんは好きかなぁっ？　って（ふわふわ）

読まないよ……そんなもの。

ほおそうですかー。でも、なんか数学って納得できないんだよねーあたし。その話だって、結局さ、整合性とるためにひねりだされたってカンジ。根本的なことゆーと、線っていうのは点と点を繋いだものでしょ。でも点っていうのは部分を持たないって、本に書いてあるしさー。どーゆーこと？（ふわふわ）

数学屋は問題を哲学的に解決する癖があるから仕方ないんだよ。ところで、佐々倉の特技はどうなってんの？

えーやだな……なんかのすみんのあとだとすんっごい地味だし……そのうちわかるからヒ・ミ・ツ（ふわふわ）

□第三幕《神学者たちが穴を見る》

・場面　穴
・人物　神学者リュカとクラウス

森に入っていく二人。
しばらくすると、巨大な穴にたどり着く。
リュカ「この穴は一体なんだろう……」
観測するが、底は見えない。
クラウス「我らの世界に穴が穿《うが》たれたというのか」
ふたり、膝を折る。神に祈りを捧げ、すり鉢状の穴の縁で曲率を計算。
クラウス「なんらかの巨大な情報量で空間が歪められたようだ」
リュカ「見てよクラウス！　あそこに……どうして階段なんかが」
黒い穴の内壁を観測する。縞模様。螺旋状に、灰色の階段。リュカ、昂奮したように。

リュカ「……もしかして……これは」
クラウス「戻るぞ。大聖堂へ」
クラウス、穴に背を向けて歩き出す。
リュカ「降りないの？」
クラウス、答えない。
リュカ、こっそり、穴の縁から灰色の階段の情報を削り取る。

■少年がエロ本を探す

田舎……暑い……まじ狂いそう……。

太陽光線の直撃を受けつづける地面と僕の頭は、もうもうと湯気をたて、ぐねぐねと景色をうねらせている。よろよろと寄っかかった橋げたの陰に避難し、手すりの石材に耳と頬をつけてみても心音は聞こえない。ひんやりしている。石は生きているのか。死んでいるのか。

山は死にますか。

なにが悲しくてこんな田舎に転校してしまったんだか……。

キカがいなくなってから、なぜか僕は厭世的な気分になって転校を繰り返したけど、根本的に間違いだったのかもしれない。遠くに視線をやると、三六〇度を山に囲まれた壮大な大自然の驚異が拡がっている。山と緑と美味しい空気。かすかに混じる肥料の臭い、尖った積み木みたいに降るミンミン蟬＋アブラ蟬＋蜩《ひぐらし》＋他、愉快な昆虫たちの立体。

一人で町を歩いたときに見た、フリーペーパーの記事を思い出す。


〝136db以上のノイズは、人間の方向感覚を喪失させて体調不良を誘発する……オーストラリアのあるノイズアクトのライヴでは聴衆がビルから身を投げ出す寸前までいった、とのマコトしやかな報告が――〟


都市生活をサヴァイヴするというテーマのファッションブランドだった。服は非常時に燃やしたり、食べたりできる素材で作られている。でも、都市より田舎をサヴァイヴするほうが過酷だ。さっきから蟬の多面体が眼球にやたらと刺さっている。田舎もええもんじゃろ（ぽこぽこ）と言った老博士の顔を思い出す。

わかんねー……どこがいいんだよ……サクッと転出届け出して次の学校に転校しよう……。

あーあ。

橋の上からぼーっと、足下を流れる小さな川を見つめると——ん？
何かがはためく。
……あれは。
むむむ……雑誌？

川……。
橋の下……。
＝エロ本……。

呼吸が細い糸となってはりつめ、緊張を加速させる。鼻先に立ち上る草いきれと、温《ぬる》い水の匂い。足許はぬかるみ、流れる川の表面が反射して銀の鱗があたりを飛び交う。数メートル先に目標を捕捉……極限まで開眼してズーム×三〇。状態は新品同様。物資は乾いた草の上に落下した模様。A5判型、フルカラー中綴じ、予想ページ数、約一五〇……表紙は……見えない。ひらいているのは、ちょうど中ほどにあるグラビアページらしい。大文字のポエムが眼に飛び込む。

あの夏のきみは、まるで天使。
ふくらみかけたその胸がぼくにはとてもまぶしくて。

嫌な予感がする……。そこに写っているのは浜辺をバックにピンク色のキャミソール姿ではしゃぐ幼い少女……。さ、さすがにまずいだろうこれは、と思いつつも続きを読む。

ぬいぐるみがほしいなんて言わない。もう大人だもん。

少し怖いけど、ピアノの発表会みたいにうまくできるよ？

背が伸びたのは、牛乳をいっぱい飲んだからなの？

ぐゎぁぁ……なんなんだ……この空疎な言葉の空間……世界で最もどうでもいい文章……。風でページがめくれる。なぜか花魁《おいらん》風の少女が教室の中に三角座りして（一体どういうコンセプトなんだよ！）、少しうつむき、不安そうに上目遣いにはにかむ。そして斜体がかった文字でとどめのポエム。

男子って、好きな子にいじわるしたいってほんとですか？

これは……ちょっと……かすかに……きゅんと来た……甘酸っぱいかも知れない。僕のツボがこんなところに！　って……そんなの発見したくなかったー！

あまりの馬鹿馬鹿しさに拾う気をなくし、帰ろうとしたそのとき——風でさらにページがめくられた。そこには、袋とじ。メガネポジションをしっかりと補正する。未開封、だった。ごくりと、喉が鳴った。決して、幼女に対してやましい思いは抱いていない……だが、袋とじは……男子の本能に訴えかけるものがある……見たい。素早く立ち上がって本に向かって走る——と、

ドンと何かにぶつかる。

顔をあげて確認する。

女が首をかしげ、不思議そうな目で僕を見つめている。

なにしてんの？（ふわふわ）

な、な……、なな……!?

一瞬にして奈落——暑さのせいではない。ぬるぬるとしたものが身体の表面を流れる。額から冷や汗が吹き出す……。

いや……べつに……おまえこそ。

こいつ……気づいてるのか……どっちなんだ……気づいてないのか……？

佐々倉は、意味ありげな笑いを浮かべている。この僕が……圧倒的恐怖を感じている……。

あー、そだそだ。はいこれ。忘れ物（ふわふわ）

鞄から取りだしたプリントを差し出す。

あ、ありがとう……。

受け取ろうとして手を伸ばした瞬間、佐々倉はスッとプリントを持ち上げる。

でさー、改めてのすみん、こんなところでなにしてんの？（ふわふわ）

……え？

下等動物を見下す残酷な神のような目。

太陽光線が僕のメガネのメタルフレームを灼く。

……決まってるじゃないか……ザ、ザリガニ取りだよ！

すかさず佐々倉にもらったスルメをポケットから取りだす。良かった……食べてなくて。

即座に川に突入し、ザリガニを捜索、瞬時に捕獲するのだ。ここはルビコン川……賽《さい》は投げられている！

わー！　ザリガニちょーすげー！　ザリガニのザリってなんなんだろオオオ！

錯乱しきったバーサーカーのように川で暴れる。

の、のすみん！　ネイチャーライフを満喫じゃん！　やる気まんまんじゃん！　よかったよー、いやがってすぐ別の学校に転校してっちゃうヒトがおおくってさ！　転校届け出したりしないよね？（ふわふわ）

あ、あ、ああ……あたりまえじゃないか！

僕は水面にうつる砕け散った自らの像をかき集めるように、空虚な動きを繰り返しながら、ふわふわ笑ってる佐々倉を横目で確認。

胸をなで下ろす。

よし……ばれてない。

デートしようよデート（ふわふわ）
プチ・ルビコン川（いま命名）から上がるなり、佐々倉が言った。こいつは一体なにを考えているのだろう。電車で町まで出るのか……こんなクソ暑いときにそんなことしてたら死んでしまう。
旅館に帰ってテレビでも見たいんだけど。
えーどうせワイドショーしかやってないよー。山田商店いってから夜に夏祭りいこうよ（ふわふわ）
なに……山田なんとかって……この田舎の流行発信基地？
駄菓子屋（ふわふわ）
駄菓子屋でデート……さらに祭り……何歳でちゅか？
またバカにされた！　川でエロ本拾ってた人にバカにされた！（ふわふわ）
オオアウウ！　ノォオー！！！　やっぱおまえ気づいてたんじゃねえかよおお！！！
拾ってたんだ！　やっぱり！　うわっキモーイ！（ふわふわ）
ヤダナアー佐々倉サン東京デ流行ノアメリカンジョークデスヨ。
そのとき佐々倉の制服のポケットから、黄色い小鳥がたんぽぽみたいに飛び出した。
おっと、鳴ってる鳴ってる（ふわふわ）
山に囲まれた田舎といえども、どうやらケータイの電波は入るらしい。

はい佐々倉でーす。博士？　……いまですか？　橋の上っす。え？　ねえねえ、のすみん。
博士がなにしてるかってさ（ふわふわ）
別になんもしてない。
これからまた学校戻って来れるか聞いてるけど（ふわふわ）
ムリ……暑いから帰る。
あ、博士。さっきのすみんが川でザリ――（ふわ）
佐々倉！　なにをしてるんだ早く学校へ戻るぞ！

□第四幕《神学者たちは穴へ降りることを決意する》

・場面　大聖堂
・人物　神学者リュカとクラウス

リュカ、穴から持ち帰った多面体のカケラを計算している。
表面では複雑な図形が形を変えながらうごめいている。

リュカ「やっぱりそうだ。これはこの世界にはない多面体だ……別宇宙から……？」

クラウス「持って帰ってきたのか」
リュカの背後に立っているクラウス。
リュカ、ばつが悪そうに。

リュカ「クラウス……あの穴の奥にいるのは何だと思う？　この概念多面体に穴をあけられる情報量なんて……」
クラウス「神は我らの中におわす。あのような穴に降りる必要などありはしない」
リュカ「どうして怖れているの」
クラウス「怖れてなどおらぬ」
リュカ「ぼくらはこの世界を観測する神学者。穴の奥に何があるかを探すのは義務じゃないか。ぼくは神様を……見つけたい」
クラウス「神は遍在しておられる……この世界の法則の中に。偶像の神は紛《まが》い物の神。何故にそのような偶像を求めるのか」
リュカ「偶像じゃない……ぼくは本物の神様を求めているんだ……すべての現象、あらゆる法則は、観測者が勝手に解釈しているだけだ。撒かれた砂模様が不作為に見えるとしても、それは観測者の主観にすぎない。神様はあらゆる法則性をそこに見いだされる。ぼくらの見ている法則なんか、ほんの一部だ」

クラウス「法則が法則たりえているのは、すべてが説明可能であるというだけか？　統一法則、不可視の力、すべては存在していないとでも？　神への信仰も度が過ぎれば……ただの無知と神秘主義に堕する」

リュカ、沈痛な面持ち。

リュカ「ぼくは、神様を求めている。神様が死んだこの世界において、神様を要請する。それこそが、ぼくのこの苦しみを消してくれる可能性なんだ……」
クラウス「おまえのその物言い、浅はかな思考……無知蒙昧な観測者そのものに見える。おまえはただ自分の限界を呪っているだけにすぎぬ。おまえの言う神が聞いておれば失笑されることであろう」
リュカ「ぼくは神様に会いたい。そして無力さを味わいたい……言葉によって言葉を語る限界を教えてほしい……」
クラウス「神を使って自らを語るなかれ。受難を望むは弱き心の証《あかし》。無常に耐えてこそ、我ら神の信徒」
リュカ「クラウス、ぼくは穴へ降りることにする」
クラウス「……神学者の義務としてか？　それとも個人的な興味か？」
リュカ「そのどちらも満たすために」

クラウス「おまえは……自らを知るために神を知りたいのだ……神学者の義務は果たせぬ。ならば私も降りよう」

視線を合わせるふたり。リュカ、少し表情を緩める。

クラウス「それに……おまえに告げなくてはならないこともある」

■少年は機械の夢を見る

学校に着くと校門の前に博士がいた。

初孫を待つような顔をしていたので、しかたなく体育館へついていく。床には見慣れた白や青のビニールテープが貼られ、バスケットコートや、バレーコートが描かれてる。よく見ると、それにまじって見慣れない幾何学図形。その中心に置かれた小さくて青い子供用プールの中に、何本ものケーブルが頭を突っ込んでる。

体育館の窓から降ってくる蛍光色の矢が、鏡の張られたその水底で反射して、水面に魔法陣のような複雑な模様が浮かんでいる。

なんだこれ……。

ワシの作った有機コンピューターじゃよ。野角くん、転校初日ですまんが、仕事をしてもらいたいんじゃ（ぽこぽこ）

面倒だけど、これは生徒の仕事なのだ。国家公務員はつらい。

できることならやるけど、僕、プログラムのこととか、あんまりわかりませんよ。

水面には意味のわからないフラクタル図形と数値がちらついてる。佐々倉はそれを金魚すくいのアミですくいあげ、外のバケツにうつす。デバッグ作業なのか？

地震でこのコンピューターの中の世界が不安定になっているらしいんじゃ。佐々倉くんとこの中に行って、プログラムを修復してほしい（ぽこぽこ）

話きいてください……中身は苦手だって……。

初期の生体コンピューターが多重宇宙《マルチバース》探索に使われているのは、今日の授業でわかったじゃろ（ぽこぽこ）

はあ……。

多重宇宙探索計画の問題点はいくつかあるんじゃが。計算途中でそれを見ることができないのがボトルネックじゃった。ワシはヴァチカンから取り寄せた《標本《サンプル》》を、自作の有機コンピューターに解放して分割処理することにより、中を覗くこと、はてはそこに拡がる世界に入り込めることを発見したんじゃ。ワシはその世界を戯界——機械の夢と呼んでおるが、その戯界もまた観測されれば消えてしまう。だから観測しないことが求められる……（ぽこぽこ）

なんだっそれ！　だったらムリじゃないですか！

夢を見ればよい。戯界は機械の夢、人間も夢を見ている状態なら入り込むことが可能じゃ（ぽこぽこ）

わけわかんないこと言い出した……ボケてるのか……。

しかし、たとえ戯界＝機械の夢に入れたとして、そこに広がっている世界は誰も視たことがないのじゃ。プログラムで作られた論理的な場ではあるが、それが空間であるかどうかもわからん。そこに干渉するにはまた違った能力が必要。それを持っているのが野角くん。おそらく君じゃ（ぽこぽこ）

……そうなんですか？

なにこの展開。変身とかしちゃうのか。

君は子供の頃から「音」が聞こえなかったと資料には書いてある。だが、これは空気振動としての「オト」とは違うな（ぽこぽこ）

意外と理解してますね。

君の視ている「音」と我々の「オト」は、根本的に違っている概念なので説明しづらいが……つまりここで機能していない君の感覚機能が、あっちの世界で発揮されるのではないかと思うんじゃ（ぽこぽこ）

僕は自分の見た多面体の夢とキカを思い出す。ありのままの高次元か――ちょっと……興味がある。

で、どうやってその戯界に入ればいいんですか。寝るんですか。

そこに座ってくれたまえ（ぽこぽこ）

指定された青い座面のパイプ椅子に座る。

佐々倉はアミを持ったまま、じっと水面を視ている。

佐々倉くんは生まれてからずっと夢を見ておる。脳波は常に眠っている状態——つまり、そのままで戯界を仮観測可能じゃ（ぽこぽこ）

めちゃめちゃ起きてるように見えますけど……。

確かにちょっと眠そうな顔してるときもあるけど……あ、もしや……スルメ食ってるのは眠気覚ましのためか？

脳波は常に眠っているんじゃ。彼女と繋がれば戯界をのぞける（ぽこぽこ）

繋がる？　ってどうやってですか。

金魚すくいアミを持った佐々倉が振り返った。

つるつるの黒い髪と化粧気のない健康なピンク色の肌。そこにいるのは素朴な田舎の少女だった。

えっと……佐々倉、いつのまにノーメイク？

眠たげなおおきな黒い瞳に、ちいさな赤い金魚が泳ぐ。

いきなり、なにか柔らかいものが唇に触れた。

□第五幕《神学者たちが穴へ降り、神と出会う》

・場面　穴
・人物　神学者リュカとクラウス、および〓、〓、〓、

ふたり、階段を降りる。リュカ、何度も外壁を眺める。昂奮を抑えきれない様子で。

リュカ「この外壁の模様、高次元の結晶構造を二次元投影しているのかな」
クラウス「五次元のペンローズタイルを複雑化したもののように見える——ところで」
リュカ「ぼくに話さなければいけないこと？」
クラウス「そうだ」

ふたり、階段を降りながら、言葉を切って、ゆっくり対話。

クラウス「言葉のない世界を作りたい——というおまえの強迫観念が、どこから来ているかわかるか」

リュカ「……知性ある生命体としての本能……じゃないのかな」
クラウス「違う。おまえが——プログラムだからだ」
リュカ「ぼくがプログラム……？」
クラウス「おまえの中身には論理記号しかない。だからそれを消し去りたいと願う……」

リュカ、啞然として足をとめる。

リュカ「そんな……うそだ……」
クラウス「本当だ。おまえを作ったのは私なのだから。物語る機械として」

クラウス、リュカを追い越し、穴を降りる。

クラウス「我々は機械だ。論理を超越できない、それゆえにおまえはそれを超越する物語を生成する……神を夢見る」

クラウス、底に到達。そこにはなにもない。
遅れてリュカも降り立ち、結晶構造が投影された地面に跪《ひざまず》く。

リュカ「ぼくの……この苦しみは永遠に続く……？」
クラウス、答えない。
二人の前、地面にとつぜん何者かの影がうつる。
影が話す。
━━━━━　なにもない……この身にはまだなにもない。カラカラだ……。
リュカ、クラウス、その声は聞こえない。
リュカ「影が……動いている」
━━━━━　この世界に、まだこの身は存在を許されていないのか——誰か　を——。
リュカ「この影の形……」
影は幾何学模様。
穴を中心に世界が揺れはじめる。

□■第六幕《世界は修復される》

ここは——

これが機械たちの夢の世界か？

神が永遠に幾何学する世界

過去と未来と現在

どれもが同時に存在し

しかも無限数の別バージョンが無限数連なる……

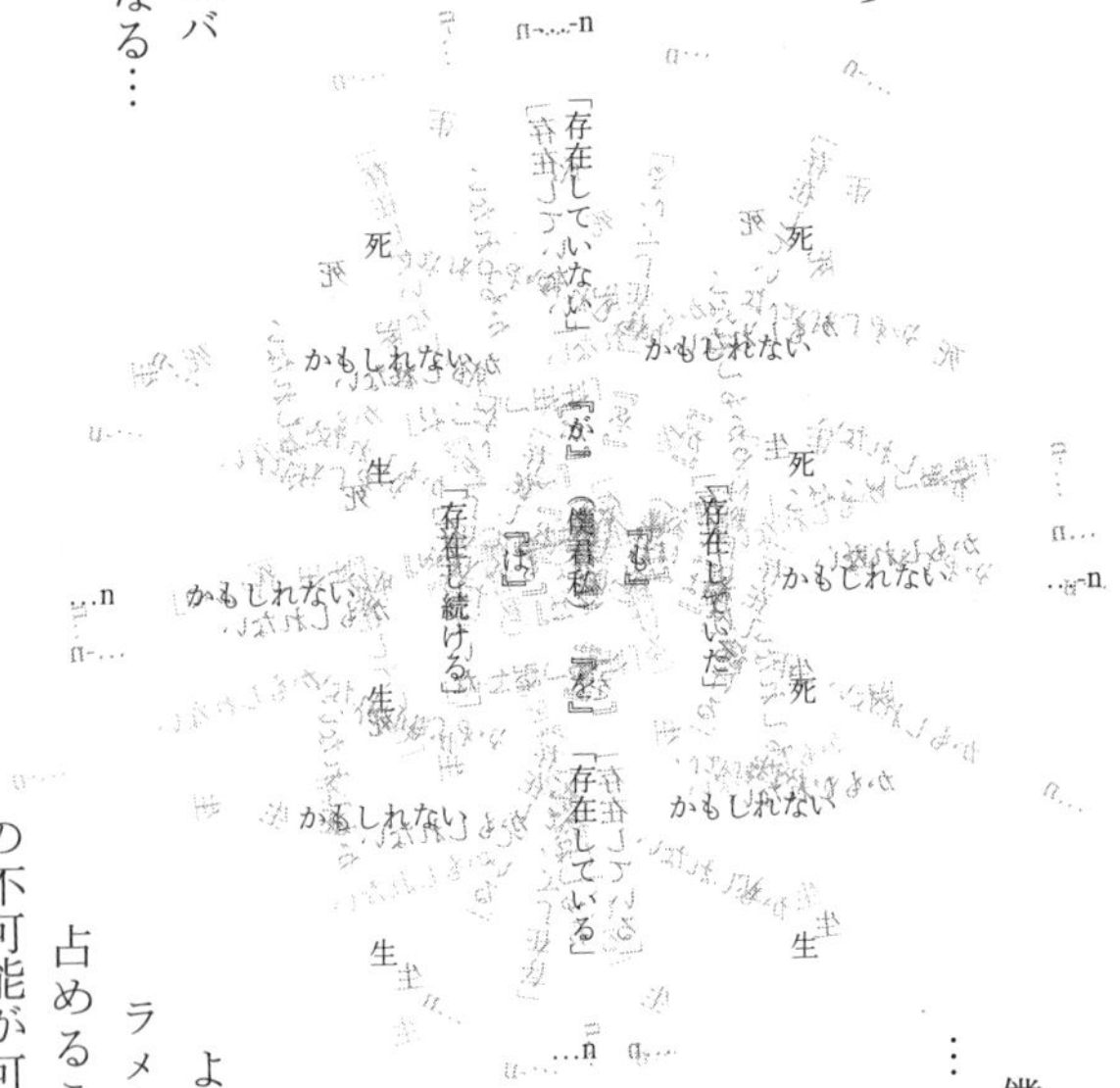

それを視ている

僕が　僕が　……

……だめだ　落ち着け　混乱している　流されるな野角計

この空間を定義しなおせ

自分が視えるように作り替えろ　どんな時空に僕が存在していようが　完全に同パラメーター　同座標を占めることは不可能　その不可能が可能である場合とい

うのは　不可能が可能である世界が存在する場合のみだが　それは矛盾　ここが論理空間だとすれば　それほど気の狂った世界ではありえない
脳を切り替える　自分の思考をコンパクトに折りたため……エレガントに適応させよう
もう一度

これが機械たちの夢の世界か？

巨大な情報を平面に閉じこめ、それを組み合わせた多面体世界。巨大な天体のようだ。まわりには星くずのように無数の小さな多面体が浮かぶ。

よし。さっきよりエレガントだ。うまく適応している。

実際には文字の羅列であるプログラムに空間概念はない。すべて数値記述で、整数次元ですらない可能性もある……ということは――。ここは次元と次元の境界。フラクタル次元の立体表現？

数式と幾何の間の世界……か。あくまで僕だけにそう見える話だが。

問題が発生した箇所を探る。

この概念多面体の世界をぶちぬいて穴があいている――黒曜石のように真っ黒。その穴の底に、チカチカと光るふたつの数式……。

リュカ「もう一つの影が！」

クラウス「神がふたり？」

こいつらはモニタ用のＡＩか？　まあいい……この穴を塞げばいい……さてどうするか。

■■■■　そこなお前

は……？　……誰だ？

■■■■　私は誰だ

なにもいない。だが声だけは聞こえる。質感がない。もしかして……音とは違う何かなのか？

おまえがこの穴か？

■■■■　わからない

どういうことだ？

この世界において身体がないということは――概念がない？

……そんなものが存在できるのか？

おまえには、概念が……まだないのか？

〓〓〓　概念？　それは何だ

突如として奇妙な感覚に襲われる。

　　思い出　す　　というより
　　　　　　せない

すでに　知ってい　た
　　　　　　　　　る

　　　見たことが　ない　見たことがあるぞ　おォ
　　　　　　　　ある

　　　はるか　過去
　　　　　　　未来

そこで僕たちは　いつか　出会っている
　　　　　　　　すでに

そこにあるのはなつかしい未来とあたらしい過去。
おまえの……名前を知っている。

ある時代には英雄だった／ある世界では次元の裏側の多様体だった／ある場所では限界を超えることを夢見るモニタリングプログラムだった／ある町では山田さんだった／ある神話において神様に恋をする盲目の青年だった／ある集合のなかでは空集合だった／遠い過去の中にいた／ある時代、僕は虫だった／ある日には石だった／

これは本当の記憶か？　今つくられたものなのか？

可能世界を一瞬で見渡す――。

これは――まさか……そんな。

それらすべての可能世界が、宿命的に変更することのできない宿命がたったひとつだけ、あった。

それは――

野角計は必ず　、、、　と出会う。

『――、、、！　それが……あちきの名前なのか……？』

その瞬間、身体の空洞に風がふきぬける。

こいつ！　僕の未来から概念を盗んだ……!?

影が消える。

そして穴が突然揺れはじめる。

リュカ「穴が壊れはじめた！」
クラウス「崩落する……このままでは我々は崩落してくる情報に呑み込まれる」

名付けるとは概念を与えるということに他ならない。ヤツはこの世界に迷い込んだ巨大な高次元多面体……その一部を名付けた、てことは——欠落した穴で不安定になったこの世界をさらに不安定にさせてしまった……。


この穴を塞ぐ方法を考えなきゃ……。

外から俯瞰したところ、この世界は回転する複雑な多面体だ。高次元の情報が多面体に圧縮変換されているのだと思う。複雑な多面体宇宙に、さっきの巨大な多面体が降ってきて不安定になった——安定した多面体の面に空白、および、面が増えて不安定になったわけだが……。


さて。どうする。

多面体のひとつがいきなり鼻先に飛び出してクルクルクルクルクル……そこから夏の匂い。

佐々倉？

ん……？　まてよ。多面体か……。

ふと、小学校の夏休み——シュテッフェンの多面体を思い出す。

シュテッフェンの多面体っていうのは、ぺこぺこ動いて変形する立体のひとつで、どっかのカドを凹ませると、他のどこかが凸になる。形は変わるのに体積は変わらない、おもしろい多面体だ。小学校の夏休みにこれをいじっていて、僕はあることを思いついた。

三次元における多面体には、「ふいご予想」の名で数学的に予想され、証明されている特性がある——全ての面が三角形でつくられ、なおかつ完全に閉じている立体は、変形しても体積が変化しない。

この予想は三次元多面体においては証明されているが、高次元多面体においてはまだ証明されていない。

そしてその夏、僕は頭の中であるものを発見してしまった。

それは、奇妙な高次元多面体。

体積を変化させずに自らをコンパクト化し、次元を移動する多面体。

次元を移動するとはどういうことか？　二次元の多角形——たとえば四角形を変形させて平行四辺形にし、そのままつぶせば最後には体積ゼロの線に——つまり面が線になり次元が落ちる。佐々倉の言っていた「ダンボールぺたーん」状態の二次元版だ。

つまり僕が発見したのは——二次元多角形は次元を移動できるが、そのとき情報は劣化する。三次元多面体は次元移動できないが、情報は劣化しない——これら二次元＋三次元の要素を兼ね備えた五次元多角形。

さっきの　　　は、そのような高次元の超概念多面体の一部だったのだろう。

さて、あの概念の正体がわかったところで、修復にかかるか。

ちょっと怖いけど……概念多面体を展開させてみよう……。
目の前の空間を形作っている概念多面体の一部を開く。

パタパタと……自分が上前後下に存在する
左右

過去
現在　にも存在している
未来

目の前から後ろに指が突き抜ける
目の前から後ろに指が突き抜けない
目の前から後ろに指が突き抜けた

手を伸ばすと頭に触れ
触れられ
そしてそれは

自分の生まれる
以前
別宇宙　の感触
以後

さっぱりわからない……。

こうなったらやはり、かつてこの穴だった概念　　　を、もう一度作るしかないだろう。幸いその概念はすでに僕の中にある。これを多面体にしてはめ込んだらいっちょあがり。

しかし、この空間で多面体を一からつくるのはさすがにやり方がわからない……でも、いまここらへんに浮かんでる多面体に概念を埋め込めばなんとかなりそうだ。

すかさず展開された概念多面体を畳みながら、そこに自分の概念を混ぜる。

と、その内部からものすごい不協和音が響く。

音!?

これが……音……。

多面体の回転が静止したかと思うと、それは突然巨大に膨らみ、裏返りながら僕を覆い尽くす。

概念をさらに流し込むと、絹の光沢のようにカーブを描いて、和音が流れ出す。夜霧の淡い音とうるんだ輪郭。玻璃と露草、エメラルドとプルシャンブルーが短く響く、氷のなかで反射する倍音。永久凍土のなかで視界は一碧、分割された空のひとつを手に、ピースを填めると示される未来の座標。さらに続ける。冷ややかな光を融かす柔らかい羽毛の落ちる音、肌がふわりとそれに包まれ、熱のこもった音がふくらむ。にじみながら明滅する通奏低音、金魚、夕陽、トマト。サルビアを手にして仄かな鼓動の音が響く赤い胎内に回帰すると、過去は未来に辻褄を合わせようと密談する。森の中で吐息が漏れる音が聞こえる。固い芽を割って芽吹く音。そこには深緑の現在がある。やがて、それら複数の重ね合わせがハーモニーになっていく。流れ出すイメージと幾何と数式と音楽の奔流。それは、無限数列と無限色彩から導き出される、常に完璧な黄金律で配合されたコンポジション。至高の音楽。モンドリアンが夢想だにしなかったフォルム、カンディンスキーが計算できなかったバランス、クレーが到達できなかった色彩。世界が奏でる音はフルオーケストラ、詠うのはバロックオペラ、情感は前衛、その極致。正確無比なリズムとメロディ。自由奔放なグルーヴとハーモニー。二重螺旋の無限音階。その音は連なり、どこかの宇宙で最初の存在を生じさせる。天文学的大伽藍を踏破しようと挑む小さな葦のように、輝く葡萄の房のように、枝わかれし、生成されゆく泡や多様体。そのすべてが音符だ。
繋がりながら、世界の果てへ鳴り響いていく概念の多面体は、音符になる。
音楽。音のないはずの世界で、完全な音楽としか表現できないものを感じている。
どの音も、ひとつではない。
僕は涙する。
透明なそれも、ひとつの小さな音符なのだ。

■少年は帰還する

椅子の上で目を開けると、博士が僕をのぞき込んでいた。
どうですか？
安定した。どうやったんじゃ（ぽこぽこ）
穴を埋めました。
おおそうかそうか（ぽこぽこ）
理解できてるのかできてないのか……。
しかし……あの妙な多面体はどっからやってきたんですか。

ワシもわからんが、本体の夢が混じり込んだのかもしれん。あくまでも、ここにあるデータは何世代か前の古いものじゃからなあ（ぽこぽこ）
てゆーかさ、なんでアリスなの？（ふわふわ）
知らん。クレームなら未来の僕につけてくれ。
ふうーん……あ、今そう言ったから、もう未来だよね？　じゃあこれ――（ふわふわ）
佐々倉は懐から、湿気《しけ》てへろへろになったエロ本を取りだす。そ、それは――。
なんで拾ってきてんだよ！
思春期さえ迎えてないっぽい無垢な少女が笑いかける、その本のタイトルは『アリスの心臓』……。
神様にエロ本の名前をつけるなんて！　最低だよ！（ふわふわ）
それは誤解！　たぶん誤解！
わわー！　しかもこれ……袋とじが開封されてる!?　いつのまに！（ふわふわ）
誤解だと思う！　いや、絶対に誤解！

□第七幕《神学者たちは黄昏《たそが》れる》

・場面　森

・人物　神学者リュカとクラウス

リュカ、クラウス、森の中で塞がれた巨大な穴を見ている。唇を噛んで俯くリュカ。

リュカ「神様が消えた……ぼくは……御名を呼べなかった……すべてのコード組み合わせを試すのなんて簡単だったのに……」

クラウス「たとえ試しても無駄だ」

リュカ「どうしてそんなことがわかるんだ！」

クラウス「神は、我々の使う文字ではあらわせない」

リュカ「そんなことは――」

クラウス「聞け。我々プログラムには、すべてのコードの組み合わせを一瞬にして計算できる機能がある……だがそれをもってしても、神の名を知ることだけは叶わぬ。なぜなら、神はその不可能性によって神威を示されるのだから」

リュカ「御名を呼べないことが、神の存在を示している……？」

クラウス「そう、言葉のない物語が言葉の限界を示すように。我らの限界は示された。創造性を夢想することこそが我らの限界」

リュカ、多面体が無数に浮かんでいる天をしばし仰ぐ。

リュカ「この仕事は……ぼくらの観測は終わるのかな」
クラウス「わからぬ。ただ、心のままに、それを続けるのみ」
リュカ「ぼくらには心があるの？」

クラウス、答えず沈思黙考。

リュカ「神様が、もし、ぼくらに心があるって感じたら……だとしたら、それはあると定義しても良いんじゃないか」
クラウス「誰が定義する？」

リュカ、クラウス、目を合わせ、不可解なバグを見つけた時のように首をかしげて、少し哀しそうに見える笑顔をつくる。
そして祈る。
神に。

■少年と少女はアリスとさよならする

太鼓の音がのっぺりとした白い多面体になって空に浮かんでいる。どんどん、月が増えていく。空はクリームあんぱんでいっぱいだ。

学校の屋上で、それを見上げている。隣ではピンク色の浴衣を着た佐々倉（またギャル風にもどってる）が、綿菓子と林檎あめを食いながら青いかき氷をかきこみ、うおー（ふわふわ）と唸っている。

大きな花火が粉々に散乱炸裂し、夏の夜空は黒い鏡。澄みきったタイルにうすく伸ばされた冷水のカーテンが、ふわっと僕の顔を撫でていく。その表面が花火の多面体をキラキラ反射しつづける。

どう見えてるの？　花火。きれい？（ふわふわ）

虹色のマンデルブロ集合……。

あたしも見たい！（ふわふわ）

見てるじゃん。

のすみんが見てるみたいに見たいってことだよー（ふわふわ）

無理だよ。

もっかいチューする？　って聞かれたらどうしよう。

そういえば初めてだったのに……いいのかアレで？　これって、今度キカに会ったら自慢できるかな。

キカと僕は最後の別れ際に、最高に超宇宙的に辛くて巨大なカレーを食べた。

――ロバート・サブダの話を覚えているか？

うん。飛び出す絵本の話。

――で……だ……私は思うのだが……たとえば……その……エロい本であるところの二次元……が男子を三次元的立体として屹立させるとしたら……本物の女の子＝三次元は、男子の全身を四次元的に昂ぶらせることが可能なのではないかと……思うのだが……どうだ、野角計。

え……どういう意味？

――それは……えーと……そうしたら……生まれる子供は……五次元だ！　ひー！

な、なにゆってんだキカ！　ちょ、ちょっと！　このカレー何が入ってんだ！　あっ！

倒れた！　宇宙!?　宇宙!?

今となっては、キカがなにを言いたかったのかわからない。

でも。ちょっといい想い出。

緊張しつつ佐々倉の肩に手を伸ばすと……不意に誰かに肩を叩かれる。

振り返ると浴衣を着た小さな女の子。絹のようにウェービーで柔らかそうな金髪を肩まで伸ばしている。

こんにちは、なのです（　）
声は——なにも見えない——空白？
どちらさまですか。

男子って、好きな子にいじわるしたいってほんとですか？（　）

いきなりなにを言っているんだ……こいつは……。
あー！　それ、エロ本ポエム!?　こ、こんな子供に!?　のすみん！（ふわふわ）
誤解だってば……誰？　あなたはどなた。
アリスです。素敵な名前をありがとうなのです——あちきはこの世界を出ていくので、ご挨拶に参りました（　）
は、はあそうですか……。
ふわふわだー髪さわっていい？（ふわふわ）
佐々倉はアリスの髪に顔を埋める。アリスは無表情にそれを眺めている。
では野角計と佐々倉さくみさん、またどこかで会えるでしょう（　）
きらりと輝き、多面体として去っていこうとする彼女の首根っこを摑んで、佐々倉。
まって！　これあげる！（ふわふわ）
袖から取りだしたカラカラのスルメを押しつける。

なんですのかこれは？（　　）
お菓子だよ（ふわふわ）
ありがとうなの（　　）
ぺこっと頭をさげると、アリスは胸の前でひらひら手を振って、
さようならなの、あちきのパパとママ（　　）
金色の髪をなびかせて、すっと破けた空間のむこうに消えていった。
てゆーか……（ふわふわ）
なに……なんつった今！
どういう意味!?（ふわふわ）
気まずい空気が流れる中、夜空はまだまだドンドンドンドン、花火と太鼓が暴れまくり。
ん……まてよ……。
なんで見えたんだ？　佐々倉!?
えー……さて、どうしてでしょう？（ふわふわ）
その瞳には赤いちいさな金魚が泳ぐ。
とりあえず（ふわふわ）
と、佐々倉が綿菓子で顔を隠して唇だけになる。
もっかいチャレンジですか？（ふわふわ）
佐々倉は、正二〇面体のサイコロになり、透明なかき氷の器の中でカラカラと転がる。不

確定なその匂いは、浜辺でキカと食べた冷えたスイカの皮の匂い――子供のときの夏の匂い。

僕はそのサイコロの目が出るまでカラカラカラカラ……。

　責任持って観測します。

◆

あちきは逃げる。

ずっとあちきの一部だったものから逃げる。

名前をもらって、ほんとの神様じゃなくなってしまいましたので。

人になることを夢見ながら。いざ旅立ち。

乾いてカラカラ平面スルメ。

くるりとそれを

《end...less》

地には豊穣

長谷敏司

長谷敏司といえば、二〇〇九年にJコレクションから発表された『あなたのための物語』で日本SF大賞候補になったことが記憶に新しい。この作品は、脳内のナノロボットが《本来は使用者の脳内にない神経連結》を作り出して感情や経験を伝達させるITPという言語の開発者サマンサが、わずか半年の余命の中で、量子コンピュータ内の仮想脳が生み出した《wanna be》と、死と人間をめぐって向かいあう物語であった。

SFマガジン二〇〇三年七月号初出の本篇は、『あなたのための物語』と世界観を共有し、ITPが一般化した時代を舞台にしている。

イーガンやチャンと比較されることもあるが、長谷には肉体的・物質的な人間性にこだわっている部分があるように思う。本篇でも後半に至って身体的なメタファーが多用されている。土地や身体に根付いた伝統・文化が、言語のようなもので記述されるようになったらどうなるのかを探求する本篇は、ゼロ年代においてグローバル・ローカルの対立という形で問題になったナショナリズムについて真摯な問いを投げかけている。

そのクライマックスの美しさには、ナショナリストでなくても打たれてしまうだろう！　ここには、小松左京「地には平和を」の残響が響いている。新しいテクノロジーを踏まえたうえでのテクストとボディの関係を考察している、極めて重要な意義を持つシーンである。

長谷敏司は一九七四年大阪府生まれ。『戦略拠点３２０９８　楽園』でデビュー。『天になき星々の群れ』『円環少女』などの作品がある。なお、『円環少女』以外の作品は、それぞれ連関のある一つの未来史に属しているようだ。

「いいぞ。格段の進歩だ」

薄暗い監視室で、ケンゾーはコーヒーをすすりながら巨大な壁面モニタをにらんだ。

画面は中央で二分割され、設備条件が同一に揃ったふたつの部屋を映している。三層式の投影制御盤《コンソール》と作業画面を持つ精巧なシミュレーターは、大型宇宙船につきものの農業プラントの技術者を育成するためのものだ。ふたつの部屋には技術者がひとりずついて、慣れた様子で作業を進めている。

ただひとつ違うのは、二人のうち日本人青年のほうは、模擬演習の三日前までプラント設備自体を扱ったことがない素人ということだ。

これが今、試用版《ベータ》の公開を終え、正式リリースまで秒読み段階に入っている、経験伝達という新技術だ。実験中の被験者は、疑似神経制御言語ＩＴＰ（Image Transfer Protocol）で記述したプラント技術者の経験を、脳内に移植したＩＴＰ制御部《コントロール》に書き込んでいる。この移《バイ》植機器《オウェア》は、使用者の中枢神経の信号を翻訳すると同時に、脳内に放流した膨大なナノロボットを連結することで擬似神経細胞《パラニューロン》を構成する。この擬似神経が、本来は使用者の脳内にない神経連結《神経連結》――ITP神経構造体（Neurostructure）を作り出すことで、《専門技術者の経験そのものを、直接使用者の脳に再現する》ことができるのだ。

「君は騒々しいな。黙って見てられないのか？」

同僚のジャック・リズリーが、白い湯気を立てる湯飲みを持ったまま言った。疑似神経分野のトップメーカーであるこのニューロロジカル社に、ジャックは六年勤めている。ここに来る前はITP本体の研究者だったアメリカ人は、三十の声を聞いたばかりだというのに嫌味なほど落ち着いている。だが、ケンゾーにとっては一瞬一瞬が、新しい時代に触れる興奮の連続だ。

「向こうには聞こえないんだ。好きにさせろ」

二千問の知識テストの後、問題解決プランのレポート提出。そして閉鎖環境に三十日間こもり、二時間に一度はトラブルを起こすプラント運用シミュレーターに張りついての運用技術試験。それらすべてを、経験伝達で技術を手に入れたITP契約モニタが、熟練技術者なみにやりとげているのだ。

画面の中の、自信に満ちた表情で投影制御盤《コンソール》を操作しているこの若者が、半年前に渡米してきたものの四十日前まで無職で、デモに参加する以外にやることがなかった男だと誰にわかろう。その即席技術者の手元に、保守作業をひとまとめにした黄色い仮想制御盤が軽やかにすべってきた。

　プラントからの警戒アラームが閉鎖環境に響いたのは、そのときだった。

「今のは何だ？」

　ジャックにたずねられて、ケンゾーは手に持ったパッドを見た。

「課題表示は三つだ。『貯水タンク内の液体が、フィルタに付着した想定外の物質により汚染された』、『貯水タンクに外部から接触』、『外的要因によってプラント内大気循環機構が破損』だと。発生から八分以内に有効な手を打てないと、菌類以外は全滅で食糧難確定か。テロリストがタンクに毒物を投げこんだ設定だろう」

「私なら、そんな理由で飢えなければならない場所には住まないが」

　潰しても潰しても新しいエラー表示が現れる壁面モニタを、監視室から見ながらジャックがつぶやいた。

　ケンゾーは、金銭に苦労して育ったわけではないが、同僚がただよわせている持てる者の余裕に、しばしば鼻白む。ケンゾーが飛び級で小学校を卒業したころまで、世界は自暴自棄になりかけていた。比較的治安がよい日本でも、物騒だからと絶対に外で遊ばせてもらえなかったことを、よく覚えている。世界のすくなくない地域で最も確実な金儲けは強盗だったのだ。あと何年で地球外に開発拠点を築けなくなる水準まで資源を使い潰してしまうかが、ニュース番組で深刻に話されていた。

　そして、人類の命運をかけた月開発という激しい時代が、十五年前ごろはじまった。宇宙労働需要にこたえるため義肢が安価になった。そのぶん、犯罪者にも義体者《サイボーグ》が増えて治安は最悪になった。先進国は瀬戸際での宇宙開発と消費のため膨大な資源を確保し、途上国は価格のつり上げで資源が囲いこまれることに抵抗していた。難民があふれ、収入格差は広がる一方だった。悲惨な状況が緩和されたのは、月開発が軌道にのって地球中が食うに困らなくなってからだ。そして今は未曾有の好況の中、火星の地球化《テラフォーミング》が順調に進みつつあり、十年以内には植民もはじまる。経験伝達なら高度な専門技術者を簡単に養成できるため、火星労働者の人手を確保するためにもＩＴＰには強い期待が寄せられているのだ。

着信音が鳴って、ケンゾーの持つパッドに課題表示が追加された。被験者のパートナーである人工知能が致命的なへまをやらかしたという設定のものだ。二〇八九年現在の技術では、人工知能はよほど難しい状況以外ではミスをせず、それを人間が短期間で回復させることはほぼ不可能とされている。あくまで机上の、極端な状況だ。

『プラント運用シミュレーション終了まで、残り三分です』

監視室にアナウンスが流れる。結果受け取りと最後の観察のためにやってきてから、もう一時間も経ったのかとケンゾーは驚いた。

「おいおい。この調子なら俺たちの日本文化調整接尾辞《アジャスタ》は、中国チームを抜くんじゃないか」

「はしゃぎすぎだ。所詮、調整接尾辞《アジャスタ》開発チームの間だけの、どんぐりの背比べだよ」

ジャックの青い目は、この大成果を前にしても、まやかしでも見るかのように疑い深く、冷たい。

　人工の神経を使った経験伝達を機能させるには、使用者の脳と疑似神経が連動している必要がある。だが、ＩＴＰは英語圏の人間を基準に開発されたため、他文化圏の人間の脳内では、疑似神経《ＩＴＰ神経構造体》を実際に作ると、大脳言語野はじめいたるところで齟齬《そご》が起こる。ケンゾーたちが開発している日本文化調整接尾辞《アジャスタ》は、この欠点を解消するため、経験記憶を日本人の脳に合わせる処理手続きだ。ジャックは日本文化担当チームの主任、ケンゾーは副主任なのである。

「私は、わずかな性能アップを求めるより、文化の足を引っ張らないことを重視したいが」

　盛り上がるケンゾーについてゆけないとばかりに、ジャックがつぶやいた。

　試験終了のベルが鳴った。ふたりの技術者は、それぞれの仕草で緊張の時間が終わったことをよろこんでいた。模擬演習を終えた被験者たちはそのまま契約通りの報酬を受け取り、即席技師の方は機密保持のためＩＴＰ制御部《コントロール》の記憶を完全に消去される。彼らとケンゾーたち研究者は交流を持たない決まりになっているから、握手をかわすこともない。

　こちらの顔すら知らないはずのモニタたちに、ケンゾーは感謝した。日本文化調整接尾辞《アジャスタ》の評価試験終了からきっかり二時間後、三十日間監視を続けてきた外注の採点機関から、最終評点が手渡された。知識テストでは一九九八対一九四〇でＩＴＰ使用者が勝利。逆に問題解決プランは、本職のプラント技師が僅差でまさった。シミュレーターでの実績は、ふたりとも設定した目標はクリアしたが、本職の技師だけが集中力と熱意の差でプラント損傷率を大きく抑え込んだ。

1

「あれ、リーダーまだですか？」

評点が出た晩、中国チームを抜いて日本文化調整接尾辞《アジャスタ》が最高評価をたたきだした祝いに、日本料理屋でパーティが開かれた。部下のひとりが、遅れてやってきたケンゾーに、そう声をかけた。

「俺より先に出たはずだ」

研究室を最後に出たのがケンゾーだったから、ジャックはもうここにいなければおかしい。

「今日は稽古の日らしいですよ」

研究員のひとりが言ったのを聞いて、みんな納得顔で、パーティの騒がしさに戻っていった。ケンゾーにもシャンパンが回ってきた。

研究主任のジャックは、半年ほど前から、鹿沼音一郎氏のところで書道を習っている。それも、ここで日本ふうの打ち上げ会を催したのがきっかけだった。

ガシャンと、表で何かが壊れたような音がした。ケンゾーは治安が悪かった昔を思い出し、椅子から立ち上がる。提灯《ちょうちん》の立体映像を素通りして、入り口ドアを開けると、顔を秋の夜風がなでた。大きな楽器ケースをかついだ民族運動家が、倒してしまった店の看板を起こしていた。秋らしい色彩を投影した電動の全自動車《ロードキャビン》が、路肩に違法駐車している。

　半年前は、同じようにドアを開けると、店に遅れてきたジャックが、鼻血を垂らして尻餅をついていた。民族運動家らしい黒色人種の男が、すぐそばで、白髪の日本人男性に歩道へ押さえつけられていた。ケンゾーも面識がある日本文化調整接尾辞《アジャスタ》の抽出モニタのひとり、書道家の鹿沼音一郎氏だった。ケンゾーにとってはそれだけのことだったが、助けられたジャックにはこれが始まりだった。礼に行って交流ができたというジャックに、老人から書道を教わることにしたと打ち明けられた。とうとう今日は、チームの祝いの席まですっぽかしそうな気配だった。

「何にもなかった。ほら、心配するな。パーティに戻るぞ」

　振りかえったケンゾーは、座敷を降りてやってきた数人の研究員に声をかけた。

　このシアトルは、今、地球のさまざまな地域から来た民族運動家であふれ返っている。ニューロロジカル社があるせいだ。一年前、ITPの試用版《ベータ》がリリースされたときから、世界中で激しい民族主義運動が盛り上がっている。この街では、おかげで毎週、運動家がデモと称して伝統音楽を演奏しているのだ。

　ITPは、疑似神経構造体《ITP神経構造体》を使用者の脳内に構成することで、あらゆる神経連結を模倣する。それはITPが、人間の脳を完全に記述できるということだ。だが、次世代の標準技術となるべきものだからこそ、ITPは公平さを問われた。開発者がアメリカ人だったため、英語圏文化で脳神経地図の基準値をとっていることを、批判された。さらに、《使用者の神経細胞が、ＩＴＰ構造体の擬似神経細胞《パラニューロン》に影響を受けてシナプスをのばす》ため、伝達された技術を足がかりに使用者が学習できるという性質が、やり玉にあげられた。

経験伝達はこれらの性質から、民族主義者たちに、使用者の脳をＩＴＰ基準値が近い英語圏文化に洗脳していると非難されたのだ。ニューロロジカルの開発主任ケイト・ブライアンは、この抗議に対する回答と欠陥改善策として、調整接尾辞《アジャスタ》をＩＴＰ制御部《コントロール》に実装《インストール》して、ＩＴＰ基準値を各国文化に修正する方式を採択した。ケンゾーたちのような調整接尾辞の開発チームは、現在、世界二十個の文化に対して立てられている。彼らの成果が、ＩＴＰを正式リリースに近づける鍵だった。

「ジャック。俺は何度も言ったよな」

二時間後、ケンゾーは通された客間で、茶を飲んでいた。ジャックは、ばつが悪そうな顔をしている。ここは日本人街にある、椿《つばき》の生垣に囲われた鹿沼音一郎氏の家だ。盛り上がりも中途半端なパーティが一時間そこそこでお開きになってから、ほろ酔いで気の大きくなったケンゾーは、同僚と書道の師匠にひとこと言ってやりに来たのだ。

だが、本人たちを前にしたら勢いがしぼんでしまった。御年七十六歳の年寄り宅へこんな夜遅くに押しかけて、頭ごなしに責めるのもあんまりだろう。それに、ケンゾーも音一郎氏との関係を完全に切るわけにはいかない。経験データ抽出モニタは、長期にわたって脳神経の連結と発火を監視される。ＩＴＰのシステム一式を埋めこむ手術が必要だし、記憶や感情まで丸見えで私生活がまったくなくなることから、抽出モニタはなり手が少なく、音一郎氏はとても貴重なのだ。

「お口に合うかどうかわかりませんが」

音一郎氏が、茶請けに羊羹《ようかん》を出してくれた。人間のありようが住まいに出るというなら、この家の主は和風というより古風だ。二十五歳まで日本にいたケンゾーの目にも、ここは純和風の家を通り越して文化資料か何かに見える。

「みなさんは、晩の食事はどうしますか？　近くにうまい寿司屋がありますが」

音一郎氏が、押し黙ったままの二人に声をかけた。ケンゾーは、いえ結構ですと会釈した。物静かだが額に力のある老人と向き合うと、妙に緊張してしまう。

ケンゾーは、ようやく音一郎氏に切り出した。パーティの酒はもう抜けていた。

「鹿沼さん。書道教室くらいで目くじらを立てるのもどうかと思いますが、我々はＩＴＰの研究員で、あなたは抽出モニタです。ジャック・リズリーを教室に来させないでくれませんか」

ジャックが食ってかかってきた。

「君には何度も言っているだろう。私が誰から何を習おうと、君が干渉するのは筋ちがいだ」

「問題がなければいいさ。だけどおまえは、せっかく流れに乗ってるチームを、ふたつに割ろうとしてるだろ」

研究チーム内では、日本文化調整接尾辞《アジャスタ》の方向性について《性能優先でＩＴＰ自体の基準値に近づけて動かす》意見と《日本文化の特徴を保護しやすいかたちを目指す》意見のふたつが対立している。ケンゾーは性能派、ジャックは圧倒的少数である特徴派だ。今回の《農業プラント技師》の経験記憶試験に使ったのも、他の調整接尾辞チーム同様、性能優先の基準値を採用したものである。だから、研究主任のジャックは、成果におおきな興味を示さなかったのだ。

「申し訳ありません。今日は、抽出データの受け取りの方が来られないとかで、私がジャックさんにお願いしたのです」

音一郎氏の静かな声が、熱くなりかけた彼らの会話を打ち切った。

「今後は、先生にご迷惑をかけないよう、私が気をつける」

ジャックが、珍しく自分から折れた。

ここに長居できる雰囲気でもなくなり、ケンゾーたちは残った用件を済ませることにした。なりゆき上、気まずくても、抽出データの回収をせずに帰るわけにはいかない。老人が着物を肩脱ぎにした。ＩＴＰの記録媒体《メモリースティック》を挿入する端子は、現在、使用者の安全に配慮して右脇下に移植されているのだ。

老人の胸と腹には、三箇所もの大きな貫通傷があった。それが銃創だと気づいたとき、ケンゾーの中で、楽隠居のように見える鹿沼音一郎氏の印象が一変した。

「そういう時代もあったのですよ」

と、老人は静かに言った。二十年ほど前までシアトルも治安が悪く、監視カメラがあるのにホームレスが多い高架下や湾岸地域では、朝には鳥の声のかわりに銃声と悲鳴がしばしば響いたらしい。ケンゾーが住むダウンタウンのアパートのコンクリート壁にも、マシンガンのものらしき古い弾痕を菌糸補修材《リペアマッシュ》でふさいだ跡がある。

「孫子《まごこ》の代まで残る大事業のお手伝いをできるのですから、あの時代を生き延びたかいがあるというものです」

老人に息を止めてもらって、右脇下の挿入口に、ジャックがメモリースティックを挿す。五秒で転記が完了して、スティックは排出された。

「ひょっとしたら先生は、我々よりもＣＨＩＰのモニタに参加したほうが、日本人の子孫の役に立てたかもしれない」

ジャックがすまなそうに言った。ＣＨＩＰ（Common Human Interface Protocol）は、ＩＴＰのあり方に疑問を感じた研究者たちが、世界中の文化を網羅した基準を作るべく提唱した、もうひとつの経験伝達言語だ。

ＩＴＰのほうはといえば、こちらは今やアメリカの国策に組み入れられつつある。公共放送《PBS》でも毎日「技術《テクノロジー》によって古い混迷を脱し、宇宙に広がる新時代へ」という経験伝達システムの宣伝《アンダーライティング》が流れているくらいだ。ＩＴＰの恩恵を最も受ける《孫子》とは、日本人ではない。ケンゾーには、老人が大きな勘違いをしているように思えた。

　そして、鹿沼邸を出て別れるまでの短い時間、ケンゾーとジャックは二ブロックぶんしかないささやかな日本人街を歩いた。もう夜中に近かったから、中国人街まで出たら全自動車のタクシーを拾うつもりだった。

「私がＩＴＰ研究に参加したのは、こんなつもりじゃなかった」

　ジャックがぼそりと言った。

「経験伝達を使えば、今この瞬間も失われつつある文化を、抽出記憶のかたちで蓄えることができる。かけがえのない財産である、文化そのものの保管庫《アーカイブ》を造ることだってできる。経験伝達技術の可能性は、専門技術者を即席に作り上げることだけではないんだ」

　ケンゾーの隣で、寂しげなアメリカ人が、新しい建築が多くビルの外観に統一感がない日本人街の風景をながめている。

「なのにＩＴＰは、文化を押しつぶす方向に、不必要なほど偏《かたよ》っていないか」

「そこを考えるのは俺の仕事じゃない。あれは、人間という個体差の大きいコンピュータ上で、経験という同じプログラムを動かすＯＳ《オペレーティングシステム》だ。そういう技術に、意味を求めたくはないな」

　歴史や文化の中での位置づけなど、ケンゾーの知ったことではない。興味を持たなければ、風景や状況の変化も気にならない。文化など、ひとつに統一した後でそれに身体を合わせるほうが宇宙時代にはふさわしいくらいだ。

　厳しい時代をくぐりぬけた音一郎氏がこれを《後代まで残る事業》だと思っていることが、どこか気持ち悪かった。前へ進む足を止めようとしているジャックが、わずらわしかった。そんなに感傷的だからＩＴＰ本体の研究から弾き出されたんだと言いかけて、思いとどまる。そこまで深入りしたくもなかったからだ。

2

「我々のやっていることをどう思う？」

　ジャックが、そんなことを聞いてきた。音一郎氏の家を訪れてから三ヶ月ほど経った日のことだった。仕事帰り、最近はニューロロジカル社員用の無料バスに乗り合わせることが多いから、ケンゾーはまたかとうんざりした。新しい年に入ったというのに、ジャックはまだ書道を習い続けている。

「どうとも思わないな。どうせ音一郎氏の言ったことでも気にしてるんだろうが、抽出データが子孫の役に立つかどうかは、モニタが決めることじゃない。それでも続けるかどうかは彼の問題だ。俺たちが立ち入ってどうするよ」

　ケンゾーは率直に答えたが、日本人街はまだ遠いのに一緒にバスを降りたジャックの表情は、冬だけに夕方でも暗く、読み取れない。ケンゾーは癇《かん》に障っていた。集計者が、サンプルから集計の意味を教わる実験など、聞いたこともない。耳を傾けるに足る意見なら、街中で楽器を鳴らし反対デモをしている民族運動家だって持っている。

今や地球上のどこでもアメリカ文化は標準として定着し、その非明示的な圧力で他文化はやせ細りつつある。ＩＴＰは、それにとどめを刺すのかもしれない。だが彼の目から見て、もうひとつの経験伝達であるＣＨＩＰは、理念こそ立派だが、多文化を網羅するため扱う要素が多くなりすぎ、性能が悪い。ＩＴＰは英語圏の客だけを見こんでも商品としてペイできるし、そもそも嫌なら使わなければよい。それで経済格差が大きくなるのも、自己責任というものだ。

「自由で、金があって、やりたいことがやれるなら、多少変わってもいいんだよ。現に、俺だって困ってない」

ダウンタウン《繁華街》の古びた町並みを、ケンゾーは遊ぶ場所が多いから住居に選んだ。その青い目に映るものを守ろうとしているジャックが、固い声で言った。

「君は祖国の文化がどうなってもいいのか」

反論する間もなく、今日も書道の稽古にゆくからとジャックに別れを告げられた。大きな背中が、一日中終わる気配がない民族音楽家のデモの方へ、遠ざかってゆく。町中がお祭り騒ぎに浮かされたようで、ケンゾーもこんなに人間があふれる前、シアトルがどんな街だったかもう思い出せない。その技巧的な旋律で虹でも織り上げそうな、シタール奏者の列へと、ジャックは消えていった。

ケンゾーは民族運動家たちが嫌いだ。文化だ歴史だとおおきなことを言いながら、金に困ればＩＴＰの実験に協力もする。この間の《農業プラント技師》の経験伝達実験の日本人モニタも、そのたぐいだった。世界中から集まる民族運動家がいるからこそ、ニューロロジカルは、世界中の文化の調整接尾辞《アジャスタ》モニタ要員を確保できる。結局、生活が優先なのだから、下手な抵抗をするより上手に受け身をとればよいのだ。

文化の坩堝《るつぼ》のような街路をひとりで歩いていると、空中に、もうすぐ雨が降ることを知らせる傘マークの立体映像が点灯した。ケンゾーは舌打ちして、足を速める。

雨の予兆に、商業地区は慌ただしく動きだす。制服姿の女学生がふたり、アラベスク模様の楽器ケースを重そうに揺らしながら走っていた。路面が濡れる前に仕事を片づけたいのだろう、銀色の滑らかな肌の義体者《サイボーグ》が安全輸送公司のロゴマークが入った自転車で、自動車を簡単に追い抜いてゆく。歩道の広いところでは、ソンブレロ帽をかぶったメキシコ人が、勝手に広げた民芸品の露天を片づけていた。

もう三年近くもダウンタウンに住んでいるから、裏道もそこそこわかる。黒雲に追いつかれないよう、ケンゾーはまだ弾痕が残る路地に入り、小走りで駆け出す。

雨が降り出した。

「タバコでもやりますか？」

ガレージの軒先をかりたケンゾーに、民族運動家らしい五十がらみの黒人が、豊かな低い声で話しかけてきた。男も、路面に落ちる雨音に耳を傾けていた。

「一本いくらだ？」

この国では撲滅された喫煙という悪癖を、民族運動家たちがまた復活させつつあるのだ。

「一ドルです。火も、本物のジッポのライターでおつけしますよ」

「小額クレッドでいいか？」

ケンゾーは認証チップを埋め込んだ手を差し出す。南国の香辛料の匂いがする男は、祖国では使われていないだろう受け取りカードを、黒い手で悪びれずに出した。ケンゾーは人差し指でカードに触れる。一ドル、口座に転送されたはずだ。

「もう一ドルくれたら、ジャズでもロックでも歌いますよ」

いかがわしいものが目の前に突き出されたようで、ケンゾーはまじまじと、額に深いしわのある男を観察してしまった。その顔を知っていたことに、心臓が跳ね上がりそうなほど驚く。ジャックを殴って、書道を習いはじめるきっかけを作った、あの黒人運動家だった。

相手もケンゾーに気づいた様子で、貧乏人が金持ちを見る卑屈な親愛をにじませた。

「はじめは戦いに来たつもりで、何かしなけりゃって躍起になってたんですがね、便利な生活をして、いい国みたいな気がしちまうと、ダメですな」

都会にのまれた運動家は、感情をごまかすように肩をすくめた。ケンゾーは、見えてしまった挫折の傷あとを、触らずそっとしておいた。

「《雨に濡れても（Raindrops Keep Fallin' On My Head）》は？」

男は、脳の海馬に接続した記憶媒体にアクセスしているのだろう、三秒ほど目を閉じていた。タバコを売って日銭を稼いでいる男が、高価な移植機器《バイオウェア》を持っている。ニューロロジカル社が契約するITPの経験伝達モニタは、たいてい金に困った民族運動家だからだ。そう思って聞くと、男の英語は訛《なま》りもなく完璧すぎた。

「B・J・トーマスですな。OK」

本人には悪いが、もはや前を向くことのない挫折者のそばにいることが、タバコの紫煙のようなねっとりした落ち着きを与えてくれる。殺風景なガレージで歌声に身をまかせていると、ITPも文化の断末魔もみな、通り雨のような一過性の災難で、こんなものへっちゃらだと思える気がした。目をつぶっても、志を持って集まった運動家ですら豊かな生活の中で力尽きてゆく状況が、変わるはずもないのだが。

何のためここにいて、今いったい何をしているつもりなのか？

歌う男にとっても一番聞かれたくないことだろうから、歩道に弾ける冷たい雨滴を見送りながら、歌声を聴いた。誰もが迷ってあたりまえだ。矛盾をかかえた民族運動家が一ドルのために歌う前世紀アメリカの曲は、奇妙に胸にしみた。

3

その二週間後、ケンゾーはまた音一郎氏宅へ足を運ぶはめになった。書道の練習中は集中したいとかで、ジャックが通信端末の呼び出しを切っていたからだ。ＩＴＰの基礎構造《アーキテクチャ》が更新されることになり、調整接尾辞《アジャスタ》のチームにも急な連絡が入ることがあるというのに、勘弁してくれと思った。

ケンゾーが伝えた確認事項への回答を、その場で研究所に送信して、ジャックは通話を終える。ケンゾーは出された茶を飲んでいた。今日の茶請けはかりんとうだった。

「音一郎さんと話していると、うちの《御船《ミフネ》》を思い出しますよ」

ケンゾーはあの歌を聴いて、結局勝つのは技術だと思った。

日本文化調整接尾辞《アジャスタ》は、基準値を《ニューロロジカルが日本文化の基準だと判断した位置》でとる。ＩＴＰは、人間の基準位置に正解など存在し得ないという難問に、社会と合意をとる仮の値を設定して答えとしている。《御船《ミフネ》》は、現在の日本文化基準値を定めるため比較用に組んだ、《特徴を強調した日本人》の値を持つ経験記憶だ。それはモニタから集めた抽出データを利用して編集するから、案外、音一郎氏の神経連結情報が混じっているかもしれない。

説明を受けて、老人が苦笑した。

「それで、三船《ミフネ》ですか。この国での日本のイメージは、今でも映画のサムライが生きているのですね」

「いえ、恐竜の化石が出た白亜紀地層の、御船層群《ミフネソウグン》です。日本人の化石として作ったんですよ。研究が一段落ついたら、こいつも博物館でティラノサウルスの横に展示されることになってます」

「化石ですか」

「人間が火星に住み始める時代に、自分の役割が終わったことにまだ気づいてない恐竜ですね」

茶を飲み干したケンゾーの口から出たのは、貴重な経験抽出モニタに、いやそれ以前に、会うのが二度目の相手に聞かせるには、無礼な本音だった。予想通り、正座していたジャックが眉を怒らせ立ち上がりかけた。

それでも、ケンゾーにとっては、これが日々の仕事から来る実感だった。

「ひとつの文化が淘汰されても、結局は別の文化に自分を合わせるんです。子孫だって、母文化が吸収されても、便利になったってよろこぶだけじゃないかな」

これからの宇宙時代には、ごみごみした民族や文化の壁などとっぱらってしまえばよい。ケンゾーたちは新しい生き方の流れとして、既存文化を平らな場所に軟着陸させようとしているのだ。ジャックがこの場にいるからこそ、失言を承知で彼の舌はよく回った。

「ずいぶん軽くおっしゃる」

音一郎氏の隠やかな口調の裏側には、確かに厳しさがあった。

「私は無神論者ですが、それでも受け継いできた文化が人を生かし、死と対面させてきたことは知っております。私はいよいよ最期となったとき、死にぎわに英語でしかものを考えられなくなるなど御免です。苦しい息の下から絞り出した最後のことばが聞いた者に伝わらないのは、あれは遺された者が切ない」

老人はしっかと指を組んでいた。その手の甲にも、大きな火傷の跡があった。

「ケンゾーさん。あなたは、自分が死ぬとき、何を考えると思いますか」

姿勢を正した彼の揺るぎない黒瞳に見据えられ、ケンゾーは石になったように体が動かない。早朝から銃声が響き、救急車やパトカーが走り回っていた時代、この日本人はいったいいくつの死を看取ったのだろう。そして、そのうちの何人が命尽きる瞬間に《英語を口にした》のだろう。

「まだ俺は三十にもなってないんですから、あと五十年もしたら――」

「その茶には毒が入っております」

一瞬、総毛だった。

音一郎氏は銃創を受けたころ、死者の出た事件に巻き込まれたことがある。経験抽出モニタを選ぶ際の研究所の身元調査で、彼に前科がないことは確実だったが、その口ぶりと物腰から、老人は本当の命のやりとりを日常的にしていたのだと、ケンゾーは悟った。

眼前で刃をさらした物騒な過去の生き残りを前に、平和な時代に甘やかされたケンゾーができるのは現実を否定することだけだ。

「嘘ですよね」

　しかし老人は底意地悪く彼を見下ろし、死刑を宣告するように言った。

「いいえ。入れました」

　ケンゾーの顎ががくがく震え始める。胃が猛烈に痛み、口には苦く粘った唾液があふれ、心臓が異常な速度で脈打った。

「あなたは嘘つきだ」

　しかし音一郎氏は平然と自分の茶を家事ロボットに下げさせた。彼は自分の茶にまったく口をつけていない。老人が民族運動の過激派なら、研究員であるケンゾーの飲み物に毒を入れる理由はある。疑いでつながった一本の鎖にからめとられて、暗い深淵へ引きずりこまれるようだ。

　ただ恐怖にかられ、意味のある言葉を絞り出すことすらできなかった。理性も意志も個性も押し流され、おびえるケンゾーはただの動物だった。

　震える手からこぼれた湯のみ茶碗が、ごろりごろりと音を立てて転がっていった。

　ジャックが、何か面白いジョークを聞いたかのように大笑いした。

「申し訳ありません」

　老人が白頭をさげてわびた。

　悪夢のような時間は、ひとまず終わった。

　研究所への帰り道、ケンゾーは猛烈に腹を立てていた。

「音一郎氏はどうしてあんなことをするんだ」

「彼はちゃんと謝った。それに、いくらなんでも取り乱しすぎだ」

カウボーイは、調子に乗りすぎて落馬した仲間をなぐさめない。ケンゾーは自分でも、冗談だったのだから気にする必要はないと、心の中で言い聞かせた。

ケンゾーは、データを届けるためひとりでニューロロジカルの研究室へ戻る。体内埋め込みの認証暗号チップ、網膜、掌紋とチェックした後、受け取った経験抽出データを受付ロボットにわたしてライブラリへ送らせた。データ持ち出しを防ぐため、記録媒体を持ったままセキュリティゲートをくぐると警報が鳴るからだ。

研究室のドアを開けると、まだ七時前だというのに同僚は誰も残っていない。四月か五月からＩＴＰの基礎構造《アーキテクチャ》にまた英語圏に有利な更新が入るせいで、調整接尾辞《アジャスタ》開発チームはどこも士気がガタ落ちしている。これまでの作業成果が、半分がた使い物にならなくなるのだから、無理もない。パーティションを切るための可動式仕切り壁が、大部屋の隅にきれいにそろえて片付けられていた。検査義体の後頭部に刺さった対照用の《特徴を強調した日本人《ミフネ》》も、今は起動されていない。

ため息をついて備え付けのソファに腰を下ろし、社内用の折り畳み式携帯端末を開く。空中に投影した画面には、体の奥からせり上がる嫌な気分をやわらげてくれる情報など、当然表示されなかった。

落ち着かないのは、音一郎氏に嘘をつかれたからでも、自分が恐怖したからでもない。一瞬でも死を感じたあのとき、思考も気持ちも何も形にできなかったからだ。普通に生きてゆくのに培《つちか》う必要もないから、ケンゾーは死に際に持ってゆけるほど強固な帰属意識だけでなく、信念とも情愛とも信仰とも縁がない。それでも、ジャックが文化を「かけがえのないもの」と言う意味が、骨に刺さった気がした。生きる土台は押しつぶされてはならないと、研究所があるこの街に、民族運動家があふれた。音一郎老人が抽出モニタをしているのも、たぶん同じ理由なのだ。

腹の底が重苦しくて、彼は研究室内をうろうろと歩き続けた。既存文化がどうなっても問題ないつもりだった。だがＩＴＰは、人類を宇宙へ連れていくと同時に、足下を不毛の地にしてしまいはしないか。

——何億という人々の足場が壊れてもいいと思ったケンゾーは、そこまでのことを言える何を持っていたのだろう？　落ち着かないひとりの研究室で、ここにあの黒人音楽家がいたらよかった。こんなときだからこそ、自分よりひどく流されてしまった敗北者に話を聞いてみたかった。自分はどんな人間かなど、意味のない疑問だ。いや違う、今では数値で客観的な答えを出せる。

音一郎氏ら抽出モニタと同じシステムは、彼にも移植されている。最も確実な身元調査という噂もあるが、研究所の所員は、ＩＴＰ経験抽出モニタへの参加を奨励されているからだ。ケンゾーの体内にも経験抽出用と経験伝達用の試験版、ふたつの移植機器《バイオウエア》が入っている。そしてこの研究室には、日本人の中枢神経連結のデータも豊富にある。知りたいなら、今から調べればいい。

　室内に誰もいなくてよかったと思った。ネクタイをほどくと、スーツとシャツを脱ぎ捨て、近くの椅子の背に引っ掛けた。右脇に記録媒体を挿入し、簡易経験抽出のためフルフェイス型の刺激伝達器をかぶる。これなら、本来一ヶ月かける経験データ抽出を、たった三十分でむりやり完了させられるのだ。得られるデータは必要最低限だが、それで事足りる。

　スイッチを入れると、猛烈な情報の洪水に刺激への反応や思考が引き出され、抽出用Ｎ《ナノロボ》Ｒ《ツト》に拾われていった。抽出終了のアラームが鳴ると同時に、ケンゾーは刺激伝達器を放り出す。意識が何十パーセントか吸い出されたかのように、気だるい。呼吸を整えながら脇の下から媒体を引き抜くと、端末で検査にかけた。

　空中に投影されたのは、昴《すばる》のように密集した星団と、そこから離れた位置に輝く指示マーカーつきの星だった。抽出モニタ参加者との比較画像の中、ケンゾーを表す輝点は、暗い宇宙にひとり取り残されていた。その迷子の星、彼自身の値の位置を見て、暗い納得が訪れる。不安の根源がここにあった。彼の脳神経連結と発火は、ＩＴＰの設定した《厳密にはどの文化にも属さない基準値》に近い。彼の脳は、どの土台にも帰属しない。

　ケンゾーは、故郷の日本人的ではないがアメリカ人的でもない。すでに切り離されて遊離しているのだ。だから、死を身近に感じさせられたとき、祈りのことばすら浮かんでこず、こんなことは嘘だと現実を否定するしかなかった。行き場のなさを自覚して、あの黒人音楽家と同じ雨に打たれているようだと思った。雨宿りをしていたあの男は、仲間のもとへ戻らず、百年前の流行歌でケンゾーに一ドルをせびった。帰るべき場所をとっくに失っていることに、気づいていたのだ。

この孤立もひとつの個性だと、自分をなぐさめてみた。それがただ途方もなくむなしくて、今の感覚は寂しいというより、恐怖に似ているのだと気づく。

まるで助けの来ない真夜中の海で溺れているようだ。死にゆく人間が、こんなときに必死で水面をたたいてつかむ頼りないイカダは、言葉だ。ケンゾーの頭に浮かぶ言葉は、ときどき英語でときに日本語だった。誰も他の人間がいないとき、ひとりでは沈むからこそ、求めたい繋がりがある。その繋がりは文化へと成長してゆく。積み重なって歴史になる。けれど、彼はその塊からはぐれていた。

おまえは誰とも真に触れあうことなく、ひとり溺れて死んでいくのだと、宣告されているようだった。ケンゾーは、孤絶が嫌で、宇宙という新しい舞台に文化という足かせは必要ないと主張して、孤独な仲間を増やそうとしていただけではないか？　経験伝達の使用者たちも、ＩＴＰに脳を矯正されれば、さっきまでの彼と同じように「母文化が吸収されても便利になったとよろこぶだけだ」と言い出すだろうからだ。

そんな野蛮さを、問題の深刻さを認識していたジャックやチームのみんなに向けていたのだ。ケンゾーは、自分の見識が空っぽなようで、そんな情けなさから逃げたかった。まるで見えない戦争の尖兵になり、便利な道具に毒を塗りつけて人々に盛ろうとしていたようだ。他人の生存基盤を削る感染源が自分である――この不快感から逃れたくて、無人の研究室を見回した。そして、それを見つけた。

《特徴を強調した日本人》として編集した伝達経験、《ミフネ《御船》》。これをＩＴＰ制御部《コントロール》に実《インス》装《トール》すれば、この不安な場所を抜け出し、日本人というイカダに逃げこむことができる。

確かにこれは研究資料だ。私用で使うことは禁止されている。だが、伝達経験は《人間というコンピュータ上で、経験というプログラムを動かす技術》にすぎない。それは、ケンゾー自身が言ったことだ。ケンゾーという人格にプログラム的不具合があるなら、《特徴を強調した日本人》という修正パッチでそれを直して何が悪い。思ったと同時に、また自己嫌悪におそわれた。ニューロロジカルが設定した元のＩＴＰ基準値が彼に近いのは、人間存在をその程度に見ている者が増えれば経験伝達の普及に都合よいからだ。今もＩＴＰの研究は進みつつある。祖国でもある日本に毒をまかないため、ケンゾーは日本文化調整接尾辞《アジャスタ》の設計をすぐに作り直さねばならない。あまりに簡単に不正を犯す理由が見つかったから、一瞬これは自分をごまかす言い訳なのではないかと疑った。違う、彼は日本についての深い理解を今すぐ手に入れなければならないのだ。迅速に知識や経験を手に入れるのに、経験伝達以上の手段はない。

手が、震えた。

命のない義体から、メモリースティックを抜き取る。電灯にきらきらと光るそれは、腐食にも経年劣化にも耐える黄金の世界への鍵に見えた。

「ちょっと借りるだけだろ」

自分に言い聞かせる。シナプスが形成される前に経験伝達を切って消去すればいいのだ、あの黒人運動家のように脳を矯正してしまうことなど、あるはずもない。

経験記憶を挿入する感覚は、ひどく淫靡《いんび》だ。息をとめて、右脇から胸郭の中へ、それが体内に侵入してゆくさまから魅入られたように目が離せない。ＩＴＰ制御部《コントロール》が脳を経由して直接質問してくる。《実装しますか？》イエスを選択。

――そして、世界は変わった。

最初に、視界が歪んだ。小胞ＮＲ《ナノロボット》がシナプス競合で生身の神経細胞に勝利して信号を拾い、ブリッジＮＲと結合して、稲妻がひらめくように一瞬で擬似神経《パラニューロン》を成長させたのだ。ＩＴＰで記述された《特徴を強調した日本人》経験記憶は、ケンゾーの神経信号を束ねて副脳内で翻訳し、擬似神経の設計図を制御チップへと送る。そして制御チップは循環する無数のＮＲに、脳内の必要箇所まで擬似神経をつなげさせる。生成・分解を繰り返す無数の擬似神経が、ケンゾーの目を、《特徴を強調した日本人》の目に変えた。

「すごいな」と、口をついて出たつぶやきが日本語だったことに気づき、あわてて英語を意識するようにした。物事を日本語以外で考えることが困難になっている。あの性能試験で《農業プラント技師》の経験記憶を実装した青年も、こんなふうに世界の変容を見たのだろう。謙三《けんぞう》は慎み深くよろこんだ。試しに英語をしゃべってみても、体が固まったみたいに、身振りが何もついてこなかった。

すぐそばの椅子の背に掛けていたシャツを着て、ネクタイを結ぶ。結び目がきちんと整っているか気になり、部下のデスクの手鏡を借りる。経験伝達言語の自己判断能力が彼の脳の固有環境をまだ学習しきっておらず、指を動かしにくい。ネクタイの結び目はきれいな逆三角形に整い、視床下部と擬似神経がつながった謙三は、それを格好が良いと感じた。

――歩く。脳皮質の雲間を走る雷光さながら、擬似神経は何十もの先端へと枝分かれしていく。足の運びは少しガニマタ気味、胸は張らず背筋も少し曲げ気味に。皮肉なことに、神経連結傾向がＩＴＰの定める基準値に近いせいで、調整接尾辞《アジャスタ》なしでも経験記憶は問題なく機能した。反応に一瞬の遅滞も違和感もない。ＩＴＰはこの快適な処理速度を得るため、翻訳基礎データの絞りこみを選んだのだ。

謙三は生まれ変わったように、すっきりしていた。先刻までの孤立感が嘘のように、背中を支えられて心強かった。

記念に、寿司屋へ行ってみようと思った。生魚はあまり好きではなかったはずだが、今、脂の乗ったトロやはまちのことを考えると、腹に何か入れたくなった。《特徴を強調した日本人《ミフネ》》を、元の検査用義体に挿しておく。この経験記憶を停止させるのは、食事の後でもいい。

4

謙三の生活は一変した。

寿司はうまかったし、嫌いだった醬油も味わい深く感じるようになった。体に派手なネオン入れ墨《タトゥー》を光らせて街路を歩く義体者《サイボーグ》を見ても、まったく臆することなく堂々とすれちがえる。はしゃぎすぎだと己《おのれ》を戒めながらも、木刀を買った。さっそく部屋で、義体者向けサイズまで天井を上昇させてから、振り回してみる。筋肉がついていないぶんぎこちなくだが、初めてなのにきちんと振れる。うれしくて、手にまめができるまで素振りをした。

研究室では、不審に思われないよう注意しながらも、日本文化調整接尾辞《アジャスタ》を日本文化側へ近づけて設計しなおし始めた。このタイミングで、またITP基準値が英語圏に近づくことが決まったということもあった。他の研究員たちは、このくらいしないと脳に与える影響に対してバランスがとれないと納得してくれた。ジャックだけが、その程度では手ぬるいと反発している。謙三が打ち出したのは性能と文化をうまく折衷しようという方針だが、ジャックが目指しているのは、すべての日本人が何一つ失わずにITPを使える調整接尾辞《アジャスタ》なのだ。

「君は最近、納豆が大丈夫になったんだな」

昼休みにジャックと一緒に日本料理屋へ行ったとき、怪訝そうに指摘された。納豆をかき混ぜていたはしが、止まった。

「あ、ああ。日本文化ってやつを思い出してみたくなったんだ」

「それなら今度、鹿沼先生のところへ行かないか」

謙三は、必死に平静を装いながら、誘いを断る。音一郎氏には、脳内の《特徴《ミ》を強化した《フ》日本人《ネ》》の存在を、一目で見破られる予感がしたのだ。

胸の奥で恥ずかしいという感情が目を覚ます。彼はまだ、無断使用した《ミフネ》を、ITP制御部《コントロール》から消去していない。いつでも停止できるが、己が何者であるか足場がはっきりしたことで、見るものすべてに筋が通ったようで心地よかったのだ。

街は謙三にとって、人の営みの力強さに満ちた、得がたい場所になった。特に素晴らしいのは、民族運動家のデモだ。ITPに抗議し、民族の根本を取り戻そうと呼びかける集会は、市民の憩いの場だった公園で休日ごとに行われているのだ。

道ゆく人々に焦点を結ぶ立体音響宣伝《CM》を貫き、トーキングドラムの音は、高く低く青空に向かって歌いあげる。たったの一節でその場のリズムを支配した太鼓の余韻を、陽気なギターがかきまわす。そして、それぞれの歴史を持ったいくつもの楽器が、秩序が完全に崩壊する寸前までリズムへと乗りこむ。耳になじんだ津軽三味線の音が、遠く離れてもはっきり聞き取れた。

公園では何百という民族運動家と見物の市民たちが、目が回るような民族のマーブルを構成していた。デモ開始当初は横断幕をかかげて殺気立っていたものだが、今ではもはや多民族混成楽団だ。

まだ二月なのに、パーカッションに合わせてサンバダンサーが踊っている。いや、人の集まりすぎたここだけは、熱気のせいでもう春が訪れたかのようだ。行楽客もぶ厚い上着を脱ぎ捨て、隠し持っていた地酒で乾杯している。

あまりほめられない方法で日本人になった謙三は、輪に入ることを躊躇する。だが、この光景が未整理で前時代的でも、間違いなく豊かだと思った。

街の住民が連れてきたのだろう雑種犬が酒をなめて酔っぱらい、倒れたままぱたんぱたんと芝生にしっぽを打ち付けている。ふと、あの挫折した歌い手の黒い横顔を、人もまばらな公園のすみに見つけた。昼間だというのにウィスキーの瓶を握りしめ、遠くから祭りを見つめている姿に、胸に苦いものがこみ上げてきた。

冬の陽光を受けて樹皮を輝かせる桜の下、背の高いアジア人と話しこんでいるのはジャックだ。謙三が経験伝達で変わってから、前よりは良好な関係になった同僚を、手を振って呼ぶ。気づいたジャックは一瞬表情を固くしたが、謙三に紹介するつもりはないのか、話し相手と別れてこちらへ近づいてきた。

「素晴らしいと思わないか！」

打ち鳴らされる楽器と歌、踊りの足踏みの音に負けないよう、ジャックが耳元で大声をあげた。謙三も叫び返す。

「効率的でなくても、視野がせまくても、素晴らしいものは素晴らしい。歴史の中で積み上げてきた古いものをぜんぶ捨てたら、何を足場にして前へ進むんだ！」

音一郎老人に「文化など淘汰されても自分を合わせるだけだ」と言った、同じ口から出たせりふとは、自分自身でも信じられなかった。この豊かな世界は、失われてはいけないと思った。謙三も運動家たちと同じくらい弱いが、この尊い生命力は守ってやりたい。ただのわがままだが、せめて今ここにいる人々には負けて欲しくないのだ。

国籍もちがうであろう子どもたちが、一斉に歓声をあげる。

青空を斜めに突っ切る機影が、機体表面に生の陽光を蓄えてきたかのように白く輝いている。宇宙から還ってきたシャトルだ。子どもたちの何人かはパイロットを目指しているにちがいない。ごく自然にあるものとして、それを見上げている。民族運動家たちも、口笛や歓声を空へ投げ、手を振った。

宇宙はもう、大多数の〝普通の人間〟にとっても、すぐそこにある。日本人の謙三、そしてアメリカ人やチリ人、インド人やエジプト人、中国人、その他ありとあらゆる地域の人間が、今、空を見上げている。そこにある足場の差異は、地球のもめ事を宇宙へ持ちこまないよう、今のうちに洗い落とされるべき泥なのだろうか。未開拓の惑星へ飛び出すのは、屋台の焼き肉《ケバブ》や豆のカレー《ダール》を頬張っている子どもたちだ。訓練され選別されたエリートではない〝普通の人間〟が、ITPが誘導しようとしている曖昧な《人類全体》を頼りに過酷な宇宙で生きてゆけると、もはや謙三には信じられない。

5

「桜はもうすぐですね」

　ばったり会うとは思っていなかった人物に声をかけられ、謙三はひどく焦った。暦はもうすぐ四月。桜が開くのが楽しみで、謙三は最近、研究所の昼休みにもワシントン湖沿いの公園によく立ち寄っている。主任のジャックが、今や私的な席では「ＩＴＰは方針を変えるべきだ」とニューロロジカルの意志決定を批判しているおかげで、副主任の彼は、出さねばならない成果との板ばさみで精神的に参っていた。心情的には謙三も、《何も犠牲にせず使える経験伝達》が可能ならいいと思う。だが、技術的にも政治的にも実現できない目標を、彼までジャックと一緒に追っていたら、日本文化調整接尾辞《アジャスタ》チームは会社に貢献できなくなってしまう。

「鹿沼さん」

　濃紺の着物が、光線の角度で微妙な波目をつくっている。謙三にとって、《特徴《ミ》を強調し《フ》た日本人《ネ》》を使い始めるきっかけになった音一郎氏は、できれば会いたくない人物だった。経験伝達がそろそろ脳を矯正していないか不安になりながら、信号翻訳を続けているからだ。新しいＩＴＰ基礎構造《アーキテクチャ》の詳細が出たら、謙三は日本文化寄りの新しい調整接尾辞《アジャスタ》案を開発会議にかける。その準備にはまだ知識が必要だ。いや、そんな口実では気持ちをごまかしきれない。今の己でいたいから、かつての恥ずべきケンゾーを、ゆっくりと絞め殺しているのだ。

「お久しぶりです」

　と、音一郎氏が会釈する。

「この間は、失礼しました」

と、謙三は《特徴を強化した日本人《ミフネ》》を実装したあの日、老人に不遜な口をきいた非礼をわびた。

「こちらこそ、たちの悪い嘘をつきました」

音一郎氏も軽く頭をさげてくれた。話の接ぎ穂が見つからない謙三のかわりに、音一郎氏が口を開く。

「今年の桜は、私にとって特別なものになりそうです」

老人は穏やかな表情をしていた。どういう意味か聞こうとしたとき、公園をびゅうっと、まだ冷たい三月の風が吹き抜けた。着流しの裾が揺れる。寒くないかとたずねると、古木のような老人は言った。

「この着物は何で出来ているように見えますか？」

音一郎氏はなぜか得意げだ。見たことのない風合いだが、紬《つむぎ》だと思った。

「実は少々特殊な化繊なのですよ。どこから流れ弾が飛んでくるかわからない時代にあつらえた、私が初めて袖を通した和服です」

「それが、ですか」

驚く謙三に、彼は満足げに目を細める。

「謙三さんより少し若いくらいのころ、借金取りをしていたのですよ。それで、工場をひとつ差し押さえまして。借金のカタに、売れ残りの布を取ったのです。そのころ取り立て屋の報酬といえば、たいてい現物支給でした。布は、軍の防弾装備にも使われるものでしたから、コートでも仕立てれば粋だろうなどと、もうけたつもりでいました」

その当時のことを思い出したのだろう。老人は舌打ちをした。

「けれど、こやつは頑丈すぎて、細かい裁断ができません。『対刃性能も高い布だから、ハサミどころか縫い針もまともに通らない』と言われましてね。それでも諦めるのは業腹《ごうはら》で、苦肉の策がこれです」

音一郎氏が、紺色の和服の袖を軽く振った。洋服を一着つくるには裁断していくつものパーツを作らなければならないが、和服なら一枚布だ。

「38口径くらいなら楽に防いでくれますが、年寄りからは『そんなものに袖を通すくらいなら、紬を着て死ね』とずいぶんたしなめられました」

遠い目で、老人はたぶん、還れない過去を見ていた。

「けれど、冗談みたいに高価な布を見たとき、こいつを自分たちの色に染めてやりたい欲が湧いたのです。ですが、まったくこやつは、三百メートル向こうからでも借金取りが来たとわかるくらい目立つ。おかげでどこも雇ってくれなくなって、廃業です。それで、やくざな商売から足を洗って、まっとうに働くようになったのですよ」

音一郎氏が、白髪を微かに揺らして、豪快に笑った。若き日の彼は、デザインの文化を押しつけることで素材を征服したくて、和服という様式で布を仕立てたのだ。民族音楽家たちが、故国の楽器の音色を街にあふれさせることで、ＩＴＰに抵抗しているのと同じだ。

だが、この和服を気に入っていたから着続け、今でもとってあるのだと、その表情が物語っている。謙三もついつい笑ってしまう。

「思えば、あのころ私を叱責した年寄り衆は、ずいぶん文化に敬意のない若造だと思ったことでしょう」

高い空では強い風が吹いているのか、雲が見る間に西へと流れてゆく。公園の土に、民族運動家についてきた胞子が落ちたのか、老人の足下に土筆《つくし》がのびていた。何もかもが、変わらずにはいられないのだ。

「俺も、文化に敬意のない若造です」

「いいえ。今のあなたは、歩き方、所作のひとつひとつまで、完璧に整っています。『男子三日会わざれば刮目《かつもく》して見よ』と申しますが、以前とは別人ですよ。それが、経験伝達というものですか」

見抜かれて、謙三の五体は固まった。老人はつくづく人を驚かせるのが好きらしい。だが、その声は一抹の寂しさを含んでいる。

「新しい時代は、すでに私どものような古い人間の手を離れているのですね」

「新しい時代にも、古い時代の支えが必要ですよ」

《特徴《ミ》を強調《フ》した日本人《ネ》》に支えられている彼は、そう感じる。今度は老人が、思いもかけない不意打ちを食ったように、目をしばたかせた。

「今日、あなたにお会いできてよかった」

音一郎氏が言った。不安がぞぞと、足下からはい上がってきた。春の温かい日差しを受けているのに、老人の足下には薄い影しか落ちていないように感じたのだ。

「ジャック・リズリーをよろしくおねがいします」

そして音一郎氏は、いきなり同僚の名を告げられ当惑する謙三に深々と頭を下げた。


それから二週間後の四月十一日、謙三の手元に一本のメモリースティックが届いた。モニタ協力者の抽出データは、いつもならひと月に一度まとめて回ってくる。悪い予感がした。

ジャックが、真っ赤な目をして研究室に入ってきた。

「鹿沼音一郎氏が亡くなった」

謙三は、今、指でつまんでいるものが、まさに老人の最後のデータなのだと悟った。

あと二週間で七十七歳の誕生日を迎えるという花冷えの朝、鹿沼音一郎氏は死んだ。眠っている間の、心臓発作だったという。

6

翌日、謙三が音一郎氏の葬式から戻ると、研究室では同僚たちが、まだ就業時間中だというのに資料の整理をしていた。ＩＴＰの新基礎構造《アーキテクチャ》への移行が、今日の昼休み明けに発表され、新しいＩＴＰの詳細な仕様が調整接尾辞《アジャスタ》開発チームにもおりてきたのだ。

日本文化調整接尾辞の新しい仕様をまず決め直さねば、作業をはじめられなかった。方針決定は週明けに回したから、終業時間と同時に全員が帰り始めた。外が暗くなったころには、研究室にはもうジャックと彼しか残っていなかった。

ジャックは取り乱すこともなく、静かに喪失を受け入れているように見える。今も、近寄りがたいほど集中して、Ａ２判十五枚綴りの液晶布《シート》バインダに表示されたＩＴＰの新仕様解説を読んでいる。視線でなめるように読み、ときおり模式図を太い指でなぞったりしながら、社外極秘の情報を覚えようとしていた。重要度の高い開発情報は、情報媒体への転記が禁止されているから、自前の記憶力が作業効率に寄与する度合いは馬鹿にできないのだ。

「大丈夫なのか。今日は、そろそろ帰れよ」

謙三は、葬式の間も思い詰めた顔をしていたジャックに、声をかける。

「先生は、経験伝達の先行きを、孫子《まご》の代まで残る大事業だとたいそう楽しみにされていた。今の私にできるのは、これだけだ」

かいま見えたのは悲壮な横顔だった。

「明日からは週末だ。今夜のうちに、更新された基礎構造《アーキテクチャ》の感じだけでもつかんでおきたい」

ジャックの言葉に、仕事でせめて悲しさをまぎらわせそうな様子に、少し安心した。謙三は昼の葬式から締めっぱなしだったネクタイをゆるめた。自分が研究室に残っているのはたぶん、音一郎氏にジャックのことを頼まれたからだ。あのとき老人は「今年の桜は特別だ」と言った。死期を悟った人間に頭まで下げさせるほどの、何かがあるのだと思った。杞憂ならいいが、調整接尾辞の方針を曲げないかたくなさのことを、思い出さずにはいられなかったのだ。

　ジャックがまた作業に戻る。静かな空間に、ため息とシートをめくる音だけが響いていた。

「桜が、満開だったな」

　謙三は、室内に降り積もる沈黙を溶かしたかった。葬式帰りにも見た、シアトルの桜は今が盛りだ。

　経験伝達が普及する時代だからこそ、技術で文化を保護することを考えてゆきたかった。

「公園の桜が美しいのは寿命寸前の木を治療しているからだって、知っているか？」

　性能を追い求めつつ同時に保護を試みるなら、ジャックの目指すところと折り合いがつくはずだ。日本文化調整接尾辞《アジャスタ》の再設計に、もっと協力してほしかった。

　同僚は何も答えない。作業卓の端末を見ると、時刻表示はもう午後九時だ。

　桜の話をしたせいか、謙三は、桜の花びらが空中を舞い落ちるさまを幻視した。最近、記憶がこんなかたちで視界にしみ出ることがしばしばある。花弁を追うように目線を下ろすと、ペラリと音がした。昔で言う新聞紙大のシートをジャックがめくったのだ。そして、二分もしないうちにまた、めくった。シートが尽きると、続きを読むために新しいデータを最初のシートの上に開く。そして、また二分としないうちに次ページへと、スムーズに覚えてゆく。

謙三は声をかけた。

「ＩＴＰ本体の仕様書から、おまえの言う《誰もが、何も失わずに使える経験伝達》は、作れそうか」

だが、仕様書ということばを聞いた瞬間、ジャックは、恐怖の形相で視線を泳がせた。その顔は、真っ青で、空調は完璧なはずなのにあごまで垂れるほど脂汗が浮き出ていた。

そのとき、謙三は気づいてしまった。同僚が仕様書を読む速度は、ページあたり二分で、ほぼ一定だ。だが、それは生身の脳で覚えるには速すぎるペースだ。経験伝達言語の仕様書は、流し読みで理解できるような平易なものではない。生身を超えた速度だとは、今、まさに目の前で、犯罪が行われているという証拠だった。

歩み寄ると、ジャックの手からシートの束を、乱暴に奪い取る。

「どういうつもりだ」

ジャックも謙三と同じ経験抽出用のＩＴＰのシステムを埋めこんでいる。だから、経験抽出を開始した状態で仕様書を読めば、同僚が《生身の脳で覚えた》ことは、脳神経状態と神経の発火としてすべて抽出用チップに記録される。脳を利用しているだけで、やっていることはカメラを使った盗撮と同じだ。抽出用チップの記録を解析すれば、難解な経験伝達言語の仕様書だろうが、すべて再現できる。ジャックは、最新バージョンのＩＴＰの基礎構造を、まんまと盗み出せるのだ。

「おまえは、ここのリーダーだぞ」

　謙三は、ジャックが今の仕事に見切りをつけたことを、半分納得し、もう半分で情けなく思った。経験伝達には、ニューロロジカルのＩＴＰではない、ＣＨＩＰというもうひとつの流れがある。データを盗み、理想の経験伝達を作るため、ＣＨＩＰ側に持ってゆくつもりなのだ。調整接尾辞《アジャスタ》の研究チームにまわる仕様書は完全なものではない。それでも、この情報漏洩の黒幕がＣＨＩＰ側なら、断片的なデータから仕様の全体像を類推できる。ジャック自身の能力で、ＩＴＰとの性能差を詰めることもできるはずだ。

「君に、私をどうこう言う資格はないはずだ！　いつから君は、私たちをだましていたんだ」

　押しとどめていた感情が噴き出したかのように、ジャックが顔をゆがめる。《特徴《ミ》を強調《フ》した日本人《ネ》》の不正使用に気づいていながら、今まで黙っていたのだ。

　謙三は罪悪感に打ちのめされても、ジャックの行動を看過はできない。

「冷静になれよ。鹿沼氏がおまえのことを心配して、俺に頼んできたんだぞ」

「それは君に都合がいい記憶違いなんじゃないか。今の君は、不完全なＩＴＰが信号を誤読しているケンゾー・ササキの偽物だ。何が記憶から出てきても不思議はない」

　――あっけにとられた。ケンゾーが今や謙三であることを、ジャックは知っていた。それどころか、今の謙三の中で、ＩＴＰが正常にはたらいていないというのだ。

「経験伝達が脳内で安定動作しているとしたら、私を止めながら君自身の不正は見逃す善悪好悪の判断は、一貫性がなさすぎる。私も、あれが、どういう判断をする性質があるか知っている。ここまで大きな矛盾を起こす状態で、正確に動作するからこそ経験を伝達できる擬似神経制御が、まともにはたらいているとは思えない」

自分の言葉で自分を鼓舞するように、ジャックの声はどんどん大きくなる。彼は今の謙三を、信号翻訳の誤作動が生んだ欠陥品だと言い切ったのだ。謙三も《特徴を強調した日本人》経験記憶の編集にかかわっている。誤訳の指摘はもっともだと思う。だが、どの己が本物であるかをジャックに教えてもらう必要はない。今の彼は、信号翻訳を続け、かつてのケンゾーを脳内に生き埋めにすることを、己の意志で選択しているのだ。第一、彼の状態と、ジャックの盗みが正当化されるかどうかは、関係がない。

「ただの翻訳ミスだ。それを止めるんだ。むしろ合理的な本物の君のほうが、私が言っていることにこそ理があるとわかるはずだ」

ジャックの眉は、威圧的な言葉に反して気弱に下がっていた。冷静なこの男が、老人の名前を出されて動揺しきっているのだ。ジャックと音一郎氏という師弟には、謙三には知り得ない多くの思い出がある。その結びつきがジャックを変えたことが、この頑固な男がそこまで祖国を愛してくれていることが、謙三にもうれしい。同時に、罪なことをしてくれたと、今はもういない鹿沼音一郎を恨んだ。

そのとき、研究室の、彼の正面に忽然と、死んだはずの人物が立っていた。記憶とまったく同じ、まだ花をつけない桜の下で見た、あの日本人らしい曖昧な笑みを浮かべて。

止めようもなく涙がこぼれた。

その姿はまるで、現実を離れ彼岸にたたずんでいるかのように穏やかだ。こんなよみがえり方があるかと、妙におかしくなった。

「ケンゾー。なぜ泣く？　なぜ笑う？」

ジャックが目を見開いて、突然涙をあふれださせた謙三をのぞきこむ。

「鹿沼さんだ」

驚いて、ジャックが振り向き、そしてわけがわからないという表情で彼を見返した。

同僚には知覚できないだろう。これは経験伝達の矛盾が生み出した幻像なのだから。かつてケンゾーの神経連結は、ＩＴＰ基準値に近かったため、調整接尾辞《アジャスタ》なしでも経験記憶を正常動作させられた。だが、経験伝達には脳を矯正する働きがある。今の謙三は《特徴《ミ》を強調《フ》した日本人《ネ》》に影響を受けすぎてＩＴＰ基準値から遠ざかり、経験記憶による翻訳に明らかな誤訳が出始めているのだ。だから、それによって異常な擬似神経が構成され、音一郎氏についての記憶が視覚野と結ばれた。

本物の老人はすでに荼毘《だび》に付され、骨壺に入っているはずだ。ここで、あの防弾繊維の和服姿でたたずんでいるのは、ただの幻影だ。

それでも謙三は、目を閉じることができない。

彼に何が起こったのか悟ったジャックが、狼狽して立ち上がった。

「今すぐ信号翻訳を止めるんだ。このままでは、どうなるかわからないぞ」

文化によって心臓の動かし方がちがうわけでもないから、擬似神経は不随意運動には影響しない。だが、生命に危険な連結を作る可能性が、まったくないとは言い切れない。

「俺は、彼を見続ける。確かに、ここにいるぞ。ジャック、ちょうどおまえの後ろの窓あたりだ。鹿沼音一郎が、おまえを見ているぞ」

体のバランスを崩してよろめきながらも、ジャックの目を見すえた。

こんなときだからこそ、老人も交えて、話したいことがたくさんあった。なのに先人はいつも、後に続く者に問いだけを投げて、先に逝ってしまう。いや、音一郎氏は今、ここにいる。

「自分が正しい自信があるんだろう、ジャック・リズリー。腹の底から何も恥じることがないなら、俺と、彼も交えて三人で話そうじゃないか」

「趣味の悪い思いつきだ。信号翻訳の結果か？　それとも、君のもともとの性格か」

故人との思い出を人質にとられた同僚が、椅子にどっかと尻をつき、吐き捨てた。そして、目を真っ赤に充血させて、熱いため息をついた。指を何度も組み替えるたび、ジャックは、あきらめと今できることを探る努力を、どう伝えられるか迷うふうでもあった。

「文化を残すために一番必要なのは、技術によけいな干渉をさせないことだ。カメラのレンズに色がついていたら、あるがままの姿を残せない。だから経験伝達技術は透明であるべきだ」

顔に苦悩のしわを刻んだジャックが、なおもことばを絞り出す。

「我々が作っているのは、ただの便利な道具ではない。正確に伝達し、保存するための基盤でもあるべき大事業なんだ。経験伝達がすべての人間の手にわたるほど普及して、すべての文化を経験記憶の形で保存できるようになれば、世界はいやおうなく変わる」

　同僚の顔が、純粋だが危うい正義感にゆがむ。

「もう少しなんだ。もうすぐ経験伝達で、整理していつでも取り戻せるようになる。なのになぜ、今このゴール直前で文化を切り捨てて実用を急ぐ？　日本文化だけではない。街中で楽器を演奏する人々が大切にしているものを、経験伝達で守れなきゃならないんだ」

　その主張に道理がないとは思わない。だが、ジャックたちの犯罪行為も、必ず後でバレる。これが元で、ＩＴＰを推進する英語圏と、ＣＨＩＰを中心に寄り集まった非英語圏との摩擦が激化する可能性もある。

「守る必要がないとは言わない。けど、デモの手段が音楽なんて、鹿沼氏たちの時代よりずいぶん平和じゃないか。だから俺たちは、最低限のルールを守るべきじゃないのか。あの宇宙から還ってきたシャトルによろこんでいた、デモの子どもたちは、望むなら月にでも火星にでも行くべきなんだ。文化を守るために戦争に出て死ななきゃならない時代なんか、押しつけていいわけないだろ」

　声を荒らげた謙三は、ジャックの黒いスーツの肩に、再び、ひとひらの桜を見た。

　その瞬間、鼻先をひらり、ひらりと小指の爪ほどの白くやわらかいものが舞った。

　桜の花弁が何十となく、軽すぎる雪のように、降る、降る。春の幻のように。

　不思議に思った瞬間、音一郎氏の背後に桜の大樹があった。大きく広がる黒茶の枝ぶりに万燭《ばんしょく》を灯すように、花が満開だ。ほんのり赤みのさした白い花弁のなめらかさ、花心の色づき、そのひとつひとつまでが、はっきり感じられる。美しいという認識と関連を持つ情報が、判断能力を押し流すまでにふくれあがる。

同時に、擬似神経が連結させた幾百の桜の光景が、謙三の二十九年の生涯で記憶に残ったすべての桜が、爆発するように眼前に現出した。

「ケンゾー！　おい、ケンゾー」

ジャックに腕を摑まれて、自分が尻餅をついているのだと気がついた。

うまく言葉にならない。だが、この言葉にならない絶景を脳から引き出したのも経験伝達だ。脳の奥底から引き出され、むりやり視界にコラージュされた千の幹、十万の枝、幾千万の花が、遠近を無視し、壁や机とも重なっている。そして見惚れて酔えとばかりに流れ、きりもみし、乱れ落ち、時の感覚すら忘れさせ、凝視すると消えてしまう薄桃色の花弁《はなびら》。

息をするたび冷たい花弁が口に飛びこんできて、のどが詰まりそうで呼吸が苦しい。

「ジャック。確かに技術は俺たちをとりまく環境を変える。だが、文化は残る」

全身に鳥肌が立った。

頭上で鳥が鳴き始めた。見上げた先にも桜の枝があって、花の合間を、小鳥が跳ねてはくちばしを突っこんでいた。その重みで微かに花房が揺れる。

歯がカチカチと音を立てていた。降ってくるその白い雨に手を差し伸べる。ただの幻覚なのに、目尻から熱い滴がこぼれて止まらない。

絵のようなこの世界は、謙三の中にあったものだ。無数のモニタから抽出された《特徴を強調した日本人》と、それに影響を受けた彼の脳が、記憶をこの形に編集したのだ。経験記憶を使おうと決めたとき、この世界はひとりで溺れる暗い海のようだと思った。だが弱い彼らが、同じ溺れる者が積み重なって支えるこの光景は、まるで夢のようだ。桜の樹の下には屍体が埋まっていると誰かが言った。今この目がとらえる美しさの下にも、長い歴史の中で何億という先人の死体が埋まっている。その生の中で感じていた価値観から、養分を吸い上げている。そして謙三もまた、その死体と予備軍の列の中で、何らかの位置を割り当てられているのだ。

「信じろ。絶対に、俺たちはこれを切り捨てられない」

ジャックのスーツを摑み返した謙三の手は、まだおさまらない衝撃に、がくがくと震えていた。

彼らは決して、文化を捨て去ることはできない。生前、音一郎氏も、「和服を着たはじまりは、高価な布を見て征服してやりたくなったからだ」と言った。文化的土台は、日々、彼らが直面している何万何百万という選択の中に、思いもかけないかたちで顔を出すのだ。離れられるものかと、拳でまぶたをぬぐう。

ぐいと、脇の下から力強い手で持ち上げられ、謙三の体は空いていた椅子に座らされた。礼を言ったが、ジャックはこたえず自分の席に戻る。そうして、床に正座しているかのように、両の拳を太ももに置いて考え始めた。

薄桃色の淡雪は、まだ降り続けている。

謙三の体内時計は、呼吸の間隔にすら迷うほどおかしくなりつつあった。擬似神経はどこまで幻覚を積み上げるのだろうかと怯えながらも、何度も深呼吸して息を整える。音一郎氏の姿は、今もじっとふたりを見守っている。彼らも長い間、動かなかった。

最終的には、これはジャックの問題だ。だから、考えて決断するのもジャックだ。それに立ち入れるほど彼らは親しくもない。何もできることがなくなったから、ポットのところへ行って、煎茶を二杯いれた。ジャックは熱い茶を一口、二口、そしてあっという間に全部飲んでしまった。

「もう一杯、いれてくれないか？」

ジャックが研究室に持ってきた茶葉で、また煎茶をいれてやる。やり方は、《特徴《ミ》を強調《フ》した日本人《ネ》》が知っているから、手慣れたものだ。

「うまいな。先生がお宅で使っている茶葉と同じものを買ったが、私にはうまくできなかった」

二杯目を飲み干すと、ジャックは目を潤ませ、まだ湯気をたてる湯飲みを懐かしそうに見た。

「君も何度か飲んだだろう。間違いない。ケンゾー、これは先生がいれた茶だ」

心臓が跳ねた。一瞬、桜吹雪の中、今はもう先人の列に加わっているだろう音一郎氏の幻が、笑った気がした。《特徴を強調した日本人》経験記憶は、謙三たちの研究室にあったデータから、基準値をイメージするための対照物として編集したものだ。そして音一郎氏は、データを提供する側の、日本文化調整接尾辞《アジャスタ》の抽出モニタだった。音一郎氏の抽出記憶は、たしかに《特徴を強調した日本人《ミフネ》》に混じっている。

「ITPでは、私が目指した何も失わない経験伝達は不可能でも、君の追う、失ったものを別のもので補完することなら達成できる、か。新しい世代では、自分自身のありようを意識的に選択するようになるのかもしれないな」

　ジャックの詠嘆の意味は、そのときピンと来なかった。だが、すくなくとも本人は満ち足りた表情をしていた。

「俺だけ花見で悪いが、もう一杯、飲むか」

　声をかけた謙三に、日本人のような曖昧な微笑で、アメリカ生まれのジャック・リズリーが返す。

「その前に、データを処分してほしい。私はもう、ここにはついてゆけないが、何も持ってはいかない」

7

記憶領域に保存されていた抽出データの消去は、謙三が研究室の機材で行った。音一郎氏を見送りに参加させてやりたくて、まだ信号翻訳は切っていない。桜は舞い続けている。研究所に入るとき、ジャックも彼と同じように、「機密を守るため退職後五年は同カテゴリの研究機関に入らない」という契約書にサインをしたはずだ。だから、CHIP側の研究機関に行くことが決まっているのなら、身元を隠さなければならない。もう会うことはないだろう。

情報消去が完了した。時間は午前五時を過ぎている。

ニューロロジカルの正面ゲートを堂々とくぐって外に出ると、日の出を待つ紫がかった空が、彼らを迎えてくれた。

「先生や君との思い出は、言葉にならないことが多すぎる」

別れ際、ジャックがそう言った。

「それもすぐに、技術で伝達できるようになるさ。今はもう、火星に人が住む時代だぞ」

《特徴《ミ》を強化《フ》した日本人《ネ》》の影響下でも技術信奉を取り下げない謙三に、ジャックが苦笑する。謙三は、そしてジャックは、これから何をつかみ取ってゆけるだろう。

「今日まで、ありがとうと、私の知っているケンゾーに伝えてくれ。先生にも、よろしく言ってほしい」

そしてジャックは、もうこの世にいない老人の脇を通り過ぎ、虚像と実像、両方の桜散る公園の向こうへ旅立った。一度として振り返ることなく。

謙三も、今がけじめのつけどきだった。経験伝達を止める寸前、音一郎氏にもう一度礼を言う。そして、信号翻訳の停止コードを送ろうとし、この期に及んで迷った。謙三に、最後に訪れたのは、眼前の絶景への理解と戦慄だった。涙はない。自分たちの前途が祝福されているのか、喩えようもなく不吉なのか、彼にはわからなかったからだ。

経験伝達は、文化を平らにするどころか、空前の開花と播種の時代を招く。

確かに民族運動家たちのデモは、経験伝達が使用者の脳を英語圏文化に近づけることへの反発からはじまった。だが、《特徴を強調した日本人《ミフネ》》を使用した今の謙三のように、経験伝達による脳の矯正で民族文化の根を食いこませることもできる。洗脳ぎりぎりのところへ踏みこんででも、この桜花の幻を構築した美意識を、自分の意志で組みこむ者は必ず出る。彼らが実験した農業プラント技師のような実用の知識経験ではおさまらない。経験伝達の時代に、《特徴を強調した日本人》のような経験記憶が編集されないと考えるほうが不自然だ。自己矯正のための経験記憶は、種を蒔《ま》くように、世界にあふれる。

そして、死体の山と、その養分を吸う桜は、人間を媒介にして火星に、もっと遠くの宇宙へと広がってゆく。去り際に、「新しい世代では、自分自身のありようを意識的に選択する」と言ったジャックは、この可能性に気づいていたのだろうか。結局、文化は技術を取りこみ、力強く生き抜いてゆくのだ。

このすべてに影響を与え、飲みこみ、実体をつかませない、地球外にまで触腕をのばそうとするものを、彼らごときが保護するも何もあったものではない。

乾いたおかしみと誇らしさの中で、すでにみずから文化矯正を選んだ彼は、翻訳を停止させた。《特徴を強調した日本人》なしでも自分が謙三のままである意味を嚙み締め、押しつぶしてしまったかつてのケンゾーのために固く目を閉じる。罪悪感とも後悔ともつかない衝動に突き動かされる己を、叱咤した。何を落ちこむことがある。

かつての、文化から切り離されていた自分の残滓がささやく。世界中に繁茂する文化の苗床は人間だ。これは、原始的な反応を文化教育で矯正されて、振る舞いや情動を表出しているのが、人間だということだ。ケンゾーが謙三へとスムーズに変わったこと自体、考えていたのも感じていたのも、自分ではなく文化という生きものだったからだ。彼は、身につけた《特徴を強調した日本人》のような文化の立ち位置をフィルターにして、反応を内や外に排出していただけかもしれない。自己矯正が一般化した未来には、いつか死体になったときどの文化の下に積み重なるかを選ぶことが、自己を語ることになるのかもしれない。

だが、笑って「矯正してよかった」と言えばいいとわかっていても、その簡単なことができない。

目を開くと、故人の幻はすでになく、花すら消え去り、彼は永遠にひとりだった。広がるのはただ、同じ溺れる人々が積み重なってできた、桜が根を張る豊穣な大地。

おれはミサイル

秋山瑞人

秋山瑞人は一九七一年山梨県生まれ。『E.G.コンバット』にてデビュー。その後も電撃文庫で『猫の地球儀』『ミナミノミナミノ』『DRAGON BUSTER』などを発表。なかでも『イリヤの空、UFOの夏』は、ゼロ年代に「セカイ系」と称された一連の作品群に強い影響を与えた。理由のわからない戦争に赴く少女と無力な少年とが、世界の命運よりも互いの愛を選ぶ瞬間に純愛的な感情を強く昂揚させた読者も多く、セカイ系といえば閉じた二者関係における戦闘美少女との恋愛という通念が抱かれていった。

本篇はSFマガジン二〇〇二年二月号、五月号に分載され、翌年、星雲賞日本短編部門を受賞している。セカイ系のイメージとは異なり、戦闘美少女の現れない、機械と空ばかりで構成されたストイックな世界観が描かれている。姉妹篇である「海原の用心棒」(同誌〇三年十二月号、〇四年四、六月号)も海中と潜水艦のドラマとして徹底していたところや、美少女を描くのが苦手だとインタビューで答えていることからすると、この世界観の方がより作者の本質に近いのかもしれない。

コンピュータ内部の空間(?)と空とがシームレスに描写されているところには、本作の「空」にサイバースペース概念が影響していることを窺わせる。傍証のようになるが、作者の同人誌時代のペンネームは、葵星円(ブルー・スター・リング)であり、サイバーパンク作家ブルース・スターリングの影響を強く受けている。この空は、サイバースペースのゼロ年代日本的な子孫なのかもしれない。チバシティの空きチャンネル色をした空と、この空とは繫がっているのだろうか?

作戦名は「振り子時計」だったと記憶している。あの作戦が行われたのはもう何十年も昔のことだし、あの作戦が行われた高高度十四空はもう幾億マイルの彼方に遠ざかってしまったかもしれない。私はあのとき、ＥＣＭバルーンを守るエスコートパッケージの一翼として作戦に参加しており、そこでエレメントを組むことになった「磊鳥《エピオルニス》」というパーソナルネームの同型機からその話を聞かされた。

――なあお前、グランドクラッター、って知ってるか。

まったく、お喋りな奴だった。

クラッターと言えば、レーダー上で感知される不正な背景雑像のことだ。我々にとってはあまりありがたい代物ではない。例えば、何か途方もなく巨大な物体のすぐ近くを敵機が飛んでいるとする。そこをレーダーで走査すれば、こちらの放ったレーダー波は敵機に反射して跳ね返ってくる。が、レーダー波はその背後にある巨大な物体にも同じように反射して跳ね返ってきてしまうから、肝心の敵機の「真像《ターゲットエコー》」が背景の「雑像《クラッター》」にまぎれ込んで判別しにくくなってしまう。この巨大な物体というのは多くの場合は雲かそれに付随する降雨粒子なので、索敵時にレーダー波の波長をあまり短く取るのは考えものだ。あるいは、雲の速度は敵機の速度よりもずっと遅いことがほとんどだから、跳ね返ってきたレーダー波のドップラーシフトの差を監視して不正雑像にフィルターをかける、という手もある。

というわけで、「クラッター」なら私はよく知っていた。

しかし、「グランド」という言葉を聞いたのはあれが初めてだった。

だから私は尋ねた。グランドって何だ。

エピオルニスは表意信号を送ってよこした。

〝地上《グランド》〟

それでも、まだ意味がわからなかった。

お喋りな奴にはありがちなことだが、エピオルニスの説明は聞いていてイライラしてくるほど下手くそだった。なんでも奴が言うには、我々が大昔から敵と戦い続けているこの「大空《たいくう》」の重力方向の遥か彼方、つまりずっとずっとずっと下に、大空と同じくらい広大な固体の平面があるのだという。

そんなものがあってたまるか、と私は思った。

そんなものが本当にあったらおちおち降下することもできない。その平面を構成している材質が何であれ、もしうっかり激突でもしたらこっちはバラバラになってしまう。それに、その固体の平面の下は一体どうなっているのか。何かに支えられているのか、支えるものが何もないのなら、平面そのものが果てしなく落下していってしまうはずではないか。

私がそう反論すると、エピオルニスは「俺も詳しくは知らん」と事もなげに言い捨てた。しかし、エピオルニスはかつて、中高度八空で長いことCAP任務に就いていたことがあって、そこにいた長老機たちの中にはグランドクラッターの伝説を知っている者が少なくなかったらしい。

馬鹿馬鹿しい、と私は言った。

老朽機の言うことなど真に受ける方がおかしい。その伝説とやらもフタを開けてみればどうせ、波長の制御もままならなくなったヨボヨボのレーダーが雲海か何かに反射したクラッターを捉えたというだけの話だろう。「地上」など存在するはずがない、大空とはその表意の通り、縦にも横にも終わりのない広大な空だ。

かもしれん、とエピオルニスは認めた。

――でもな、例えばだ。敵機に向けて発射したミサイルがもし外れたら、そのミサイルはしばらくまっすぐに飛び続けて、そのうち燃料が尽きて落下し始めるよな。

そうだな、と私は言った。

――その落下は永久に続くのか？

そういうことになるな、と私は言った。

――永久に、ってのは不自然だとは思わないか？　俺たちだって燃料が尽きたり敵に撃墜されたりすれば果てしなく落下していくわけだろ？　でも、その落下にもいつかは終わりがくるんじゃないかって考えたことはないか？

ない、と私は答えた。

話はそれで終わった。

結局、私はエピオルニスの話を信じなかったし、もちろん今も信じていない。エピオルニス自身も、その熱心な口調ほどには信じていなかったのではないかと思う。

「振り子時計」作戦は、会敵予想時刻が過ぎても会敵予想空域に敵が姿を見せなかった、というういつものオチがついて幕となった。私も含め、作戦に参加していた全機が解散し、それぞれの次のウエイポイントへと散っていった。あれ以来、私は「振り子時計」ほどの規模の作戦には参加していないし、エピオルニスとの再会を果たすほどの幸運に恵まれたこともない。

奴はとうの昔に撃墜されただろう、と私は勝手に思っている。

むこうもそう思っているかもしれない。

＊

自己の生存を図ることは、敵機を撃破することに優先する。

他はどうだか知らない。例えばあのエピオルニスがどのような一次任務を与えられていたのか、今となっては知り得べくもない。

しかし、少なくとも私の場合はそうだ。何があっても生き延びて、随時更新される二次任務を実行し続けること。それが私に与えられた一次任務だった。

だから、私は光発電系をフル稼動させ、四発のプロペラをゆっくりと回して、極限まで動力を節約して滞空している。確かに残りの燃料は心細いが、私はその一次任務の性質ゆえに、燃料の多い少ないに関係なくいつもこんな飛び方をしている。青すぎる空はむしろ黒く見え、下方に広がる雲海は数学的な白い平面に思える。高高度十七空に入ってからすでに七日が過ぎて、上方遙かの太陽は途方もない大きさの円を七たび描いた。

ランデブーポイントはもう近い。

私は質問信号を飛ばす。疑、

『応』

タンカーが答えた。

前方の雲海にひと筋の擾乱《じょうらん》が生まれる。乱流は瞬く間に大きさを増して、白い海から巨人機の主翼が浮かび上がる。ゆるゆると旋回する八つの巨大なプロペラが曖昧さのない濃密な雲を蹴立て、白い爆煙の先端が嘘のような高度にまで立ち上った。

長大な主翼だけが空を飛んでいるような飛行機だった。

すべてが主翼の巨大さに霞《かす》んでしまっている。双胴の胴体はまるで二本の棒っきれだし、後部の尾翼は取ってつけた板っきれに思える。その巨体のどこもかしこも支柱や張り線だらけで、八発あるエンジンの他にも大小様々な無数のプロペラ群が生真面目に回転し続けていた。その大部分はポンプの駆動や緊急発電のための風車だが、一見して機能のよくわからないプロペラも山ほどあって、ひょっとするとそれらはただの飾りではないのかと私は常々疑っている。

タンカーがゆっくりと高度を上げてくる。私はタンカーの前方に出て、速度と高度の維持を副脳に書き込まれている条件反射の回路に委ねる。レーザー接続が確立され、タンカーが私のＩＦＦを最終確認し、

『嘉』

そこから先はひどく精度の悪い高速通信に切り替わった。ぐちゃぐちゃした伝票信号と一緒に、アンカーを付けたミサイル繋留ワイヤーを垂らせと言ってくる。タンカーの「声」はノイズにまみれ、複数の副脳による複数のプロトコルが混在していて、ごく感覚的に言えば風の音に似ていた。

私は光学センサーのひとつを強引にタンカーの方に向けてみた。タンカーの機首が逆さまになって視界を埋める。これだけ接近していると、長年の風雨に翼の表面が歪んでいたり継ぎ目がささくれ立ったりしているのがよくわかる。どこからか漏れ出たオイルが巨体の巻き起こす乱流に吹き飛ばされて機首上部の銃塔を真っ黒に汚している。何かのオーバーロードで焼け落ちたヒートシンクが錆にまみれ、風に削られ続けて消滅の間際に立たされている。

ロートルなのはお互い様だったが、それにしてもこのタンカーは、私がこれまでに見た中でも一、二を争うポンコツだった。見てくれがこれではエンジンの状態だって知れている。よくもこんな高度まで昇ってこられたものだと思う。私とのランデブーがこのタンカーの最後の高高度任務になるかもしれない、そんな思いがかすめた。

再び催促されて、私は三年ほど前の戦闘で空になった三個所のパイロンから繋留ワイヤーを送り出す。翼の突き出たアンカーが風に乗り、ワイヤーはマイナス四十度くらいの角度を保ちながら、タンカーのふたつの機首の間にあるワークデッキに向かってゆっくりと伸びていく。デッキに到達したアンカーは専用のフックにひとまず固定され、次いでローダーから引き出されてきたミサイルに接続される。ワイヤーで吊り上げてパイロンに固定されるまでの空力を安定させるために、この時点ではミサイルはまだ難燃樹脂のカバーの中に収まっている。

私はタンカーの副脳たちとチェックリストをレーザーで交換しながら作業を続けた。ワイヤーとワークデッキとの接続に成功しさえすれば、以降の作業はすべて副脳で条件反射化されているので、私もタンカーも主脳の領域を割いて何かを制御しなければならないようなことはほとんどない。私が暇にまかせて光学センサーでタンカーの巨大な主翼を見渡していると、どうやらタンカーの方はワークデッキ制御専用の副脳を持っている分だけ私よりも余計に暇だと見えて、メンテナンス用のロボットを出して翼の補修作業を始めていた。バーを伝いながら、あるいはワイヤーにその身を固定しながらロボットたちは翼の上を意外な速さで動き回り、六本の肢を器用に操ってそれぞれが割り当てられた損傷個所へと散っていく。副脳に命じられるままにしか動けないはずのロボットたちが、私には自由な意志を持った存在であるかのように見えた。かく言う私も、そういう任務を与えられたらこのタンカーを護衛することにもなるわけで、その意味ではあのロボットたちと同じような身の上なのかもしれない。

それにしても、と私は思う、補給作業中に翼の修理までするとは横着な奴だ。確かに補給作業中は比較的低速で飛んでいるからロボットを出しての作業も楽なのだろうが。

私はふと思い立って、デッキを制御している副脳にレーザーで侵入してみた。何種類もの警告信号に無視を決め込んで、デッキから補給作業を監視するための光学センサーのひとつに割り込む。

青すぎて黒い空を背景に、私の姿が見えた。

補給を受ける機の位置を確認するためだけの狭くて暗い視覚の中に、しかし、確かに私の姿があった。

全翼機である。

四発のプロペラは専《もっぱ》ら燃料の消費を可能な限り抑えて滑空巡航するための機関で、会敵時には双発のジェットエンジンを使用する。二十二あるハードポイントのうち、今でもまともに機能するのは十七個所だけで、さらに二個所がセンサーポッドとＥＣＭポッドでふさがっているから、私が装備できるミサイルの数は実質十五発ということになる。まったく人のことは言えない。光発電セルの半分以上は機能しないし、無接合の耐熱翼はとうの昔に自己再生を止めて痘痕《あばた》を晒している。なんのことはない、タンカーの目を借りて見れば、私だってまぎれもない老朽機だった。

ミサイルの補充が終わり、私はレーザー接続を一時停止してタンカーの翼の下へと慎重に回り込んでひとまず距離を取る。給油用のホースはすでに用意されていて、私はタンカーの副脳が寄越す指示通りに再び接近していく。副脳の指示信号はやはり風の音に似ていた。

誰に聞いた話か忘れたが、飛行機が百機いれば空中給油のやり方も百通りあるらしい。

もちろん機構的な区別としてはドローグ式とブーム式の二種類くらいだろうが、いずれにせよ、いざ実際に空中給油をする際の細かい「コツ」のような部分では、給油を受ける飛行機の主脳それぞれに千差万別の個性があるというのだ。うなずける話ではある。私の場合、ドローグにアプローチしようとするとタンカーの副脳に「早くプローブを出せ」もしくは「進路が左に寄りすぎている」と毎回のように言われる。が、そんなものは大きなお世話であって、私にだって長年の経験で培《つちか》った「私のやり方」があるのだった。まずはドローグの左側から接近してから給油プローブを出し、右翼端の光学センサーから見て、翼面の歪みを検出するためのレーザーファイバーの縦線が給油ホースの延長線上にぴったり重なるような位置に機体をもっていく。どのタンカーのどのドローグも決まって古ぼけていて、ボロボロに裂けたバリュートは風に煽られて片時も安定していない。が、縦揺れの周期をじっと見計らって、プローブの斜め上からドローグが覆い被さってくるようなタイミングで、機体をほ

んの軽く前進させれば、
ほら、うまくいった――

――?

違和感。

給油用のドローグには、有線接続用のコネクターがついている。

その回路に火が入っている。

『改』

タンカーが、FCSの条件反射プロセスをアップデートすると言ってきた。

ドローグから流れ込んでくる燃料を飲み込みながら、私は少しだけうんざりしていた。

正直、またか、と思う。

これで何度目のアップデートになるのか、そんなことはもう何十年も前から数えるのをやめていた。どう考えてもでたらめにやっているとしか思えない上書きの連続で、現在の私のFCSは何種類もの神経言語が入り交じった巨大なブラックボックスと成り果てている。そしてさらに驚くべきは、この奇怪極まる反射経路の塊が、ひとまずは何の不都合もなく作動しているという事実だった。

今回のような突然のアップデートは別に珍しいことではないし、その対象になるのはFCSばかりではない。つまり、いちいち心配していたらきりがない。私も普段は忘れているが、時折、こんな無茶苦茶な制御系でよくもまあ無事に飛んでいられるものだと思う瞬間がたまにある。

回路を開けてやると、私の中にアップデーターの風の音が流れ込んできた。

今度こそツキに見放されるかもしれない。

このアップデートのおかげで今度こそFCSが作動不良を起こし、重要な局面でミサイルが発射できないようなハメに陥るかもしれない。そんなことを思う。が、それは「寿命」と似たような何かだ、とも思う。もうどうにでもしてくれ、という気分だった。

アップデートと給油をすませ、タンカーの親時計からクロック信号をもらってINSのゼロ座標をリセットすれば、補給作業の工程はすべて終了する。

私はドローグからプローブを引き抜いて格納し、減速しつつ左へと緩やかにバンクする。

謝、

『安』

私は任務に戻る。

自己の生存を図ることは、敵機を撃破することに優先する。

次のウエイポイントを目指して、燃料の消費をひたすら最小限に抑えて滑空巡航する。タンカーの巨体が青すぎて黒い空の彼方に遠ざかっていく。そんな光景にも特に感慨を抱いたりすることはない。この大空で何百年も飛び続け、戦い続け、補給を受け続けていれば誰だってそうなる。

新しく補充したミサイルのカバーを帯電させ、砕いて投棄する。いじくり回されたばかりのFCSに火を入れてミサイルをマウントする。

　異常は何もなかった。

　ひとまずは。

　そして、最初の異常を感じたのは、その三日後のことだった。


　何百年も戦い続けていれば数知れず経験しているが、いわゆる「決定的な瞬間」というのは要するに意味と記憶の産物で、何百年も戦い続けている私のような存在にとってはそれだけで一種の贅沢品である。何であれ、とにかくその一瞬を生き延びて、後にその時のことを思い返して意味づけをする余裕があって初めてそれは「決定的な瞬間」となるのだから。その一瞬に直面しているまさにその時には事態に対処するだけで精一杯だし、事態が本当に致命的なものであれば後で思い返すもへったくれもない。

　夕方だった。

　進行方向の彼方に太陽が高度を落としていた。次のウエイポイントは未だ遠く、タンカーとのランデブーから七十八時間あまりが過ぎていた。

　何の前触れもなく、その「声」は聞こえてきた。

『貴様の名前は』

　記録できなかった。

　確かにそう聞こえた。

驚かなかったと言えばもちろん嘘になる。しかし、私は驚くよりも考えるよりも先に、反射的に警戒行動に移っていた。レーダーに反応はない、RWRにも反応はない、周囲に不審な熱源はなかったし、光学観測でも機影は見つからない。

その「声」は、私の主脳言語野に忽然と出現したように感じられた。それが外部からの電波やレーザーでもたらされたものなのか、それとも私の内部で発生したものなのか、そんな判断すらつかなかった。

敵の新兵器、

——まさか。

故障、
かもしれない。

故障などすでに数多く抱えている。細かく意地悪く見ていけば、何の問題も抱えていない個所など私の中にはひとつもないと言ってもいいくらいだ。放置してもさして問題のないものはそのまま放置してあるし、他のシステムで機能を代行できるものは代行させてどうにか事無きを得ている。私はもうずっとそんな状態で飛び続けている。それらの警告信号が主脳の制御に割り込み続けるのが煩《わずら》わしいので、私は普段から自己診断系の条件反射を母線から切り離して警告信号が聞こえないようにしてあった。

その母線を再接続した。

六十七種類もの警告信号が主脳の制御に流れ込み、私は暗澹《あんたん》たる気分になった。かつて母線を切断したところに聞こえていた警告信号は、確か三十種類かそこらだったはずなのに。優先順位の頭からそれらひとつひとつを確認していくが、あの「声」の発信源となり得るような異常は見当たらなかった。自己診断反射のログを分析してさらに詳細なチェックを行うことも考えたが、おそらく無駄だろうという気がしてやめた。反射行動のログなどせいぜい数ミリ秒分しか保存されていないだろうし、そもそも自己診断系が正常に作動しているという保証は何もないのだ。

くそ。

久方ぶりの焦りと恐怖を感じた。

必死で考える。「声」が聞こえた、というのはつまり、有意と解釈しうる何らかの信号が私の主脳言語野にまぎれ込んできたということだ。今も周囲に不審な機影はない。よって、その信号が外部の何者かによってもたらされたものである可能性は低いし、どうせ私はその何者かの姿を発見・識別できていないのだから、私はこの事態に対処できないし、すべてはなるようにしかならないということになる。すなわち、原因を外部に求める方向でいくら考えてみても意味がない。

では、これが内部のエラーであるとすると、考えられる原因というのは何か。

それにしても、正体不明の「声」が聞こえるなどというのは前代未聞の事態である。何百年も飛び続けているが、こんなことは初めてだった。ということは、その原因が何であれ、ごく最近になって発生したものであると考えられる。最近、私の身の上に起こった変化といえば、タンカーとのランデブーくらいしかない。三発のミサイル補充と給油、そして、FCSのアップデート。

FCSだ。

長年恐れ続けてきた、今度こそ、というやつか。

私は再度FCSをチェックしてみたが、どのモードにも異常は見つからなかった。ミサイルも正常にマウントされている。

私は、開き直った。

やはりFCSが臭いと思う。ほとんど山カンのようなものだったが、他に特別疑わしいところは思い当たらない。でたらめなアップデートでブラックボックスと化しているシステムは相当数にのぼるが、主脳に専用の領域を割いて、膨大な時間をかけてそれらすべてをひとつひとつ解析していかなければ原因を炙《あぶ》り出せないのだとしたら、まずFCSから手をつけてはいけない理由は何もない。

腹を決める。

主脳に作業領域を設定する。

機体の制御と索敵を副脳に一任して、私は制御母線からFCSの内部に足を踏み入れる。

一晩かけて、FCSの内部をさ迷った。

太陽は進行方向から大きく右に逸れて再び高度を上げていき、高高度十七空の生ぬるい夜はもうじき朝を迎えようとしている。

　あれ以来一度も「声」は聞こえていないが、念のために主脳言語野にレコーダーを仕込んで二度目に備えている。ＦＣＳの作動モードやパラメータも一切手をつけていない。ＦＣＳもＩＮＳをはじめとする他のシステムと連動しているから、よそから来た信号に「証拠」が上書きされて消えてしまう可能性もあったが、私はあえてＦＣＳを「生かしたまま」にしておくことを選んだ。

　確かに「声」が聞こえたのだ。

　どう考えても単純な故障とは思えない。たまたま有意信号と認識され得るノイズが発生する偶然など、私は信じない。何かはっきりした原因があるはずだった。その原因はそう簡単に消えてなくなったりはしないはずだし、あきらめずに探し続ければきっと見つけられるはずだと私は思った。

　ＦＣＳの内部は、迷路だった。

　ＩＦＦを提示して拒絶反射で作られた防壁をくぐると、そこには狂王の命じるがままに増築を繰り返したかのような、神経反射の魔宮があった。まったく意味を成さないループが無限の動力を持つプロペラのように堂々巡りを繰り返し、すでに存在しないアドレスへの参照指示が虚無を指差していた。絶対に成立し得ない条件に縛られた破滅的な内容のルーチンが無数に存在し、それらは次元の狂った鏡の牢獄に閉じ込められた怪物の群れに見えた。

　唯一の手がかりは、私が「声」を聞いた時刻《タイムスタンプ》だった。

　ようやく探し当てた「記録屋」はあまりにも年老いたプロセスで、見たことも聞いたこともない太古の文法しか解さない。私のリクエストにもまるで耳を貸さず、奇形の身体にぴったり合うように作られた机に身を埋めて書きものを続ける。私は出直さなくてはならなかった。ライブラリをさ迷い歩いて十六人の辞書を見つけ出し、彼らを直列に並べた翻訳を間に挟んでようやく記録屋は机から顔を上げた。

　プロセスＩＤ、２０８１。

　私は２０８１を探した。私が放った四〇九六体の検索ロボットのうち、魔宮の奥地から無事に戻ってきたのはわずか三体だけだった。

　私は三体のロボットに導かれ、ＥＭＰシールドに取り囲まれた広場へとたどり着いた。

　広場の中心には小さな炎が燃えており、その周囲に十五人の何者かがいた。

　私は検索ロボットとともに、シールドの陰から様子をうかがった。

　十五人の何者かは、十一人と四人のふたつのグループから成るようだった。種族が違うのかもしれない。そして、四人のグループのうちの三人を、残りの全員が総がかりで詰問しているように見える。

　その声が、はっきりと聞こえた。

『認識せよ！　貴様の名前は⁉』

『ＩＲＭ９アイスハウンド、ＩＦＦ０９２７０‐０４でありますっ‼』

『声が小さいっ‼』

『アイスハウンド、IFF09270-04っ‼』

『声が小さいっ‼』

『アイスハウンド、IFF09270-04っ‼』

『貴様の誘導哲学を言ってみろ‼』

『IRパッシブであります‼』

『その方式を最初に提唱したのは誰か⁉』

『古《いにしえ》の哲人、サイドワインダーであります‼』

『彼の誘導哲学の核心とは何か⁉』

『オフ・ボアサイト攻撃におけるサイドワインダーの三段論法！　すなわち「索敵《サーチ》」「認識《ロック》」「誘導《ホーミング》」でありますっ‼』

『声が小さいっ‼』

『サーチ、ロック、ホーミング‼』

『声が小さいっ‼』

『サーチ、ロック、ホーミング‼』

言葉もなかった。

見えているもの、聞こえているものが信じられない。

ID2081はFCSからミサイルに発射キューを送り込むためのプロセスで、レーダーで得た情報をプールしておくための占有領域を割り当てられている。その領域の中に不可解なバッファが設定されており、そこで正体不明のオブジェクトが有意信号をやり取りしている。
私は、最優先で彼らの「会話」を記録しようとした。
不用意だった。
私の行動はオブジェクトたちに一方的に発見された。驚いたのはむこうも同じと見え、彼らは瞬く間にバッファをリセットし、2081の占有領域への接続を絶ってしまった。
しかし、
それにしても、
こともあろうに、
彼らの正体は、確かめるまでもない。わざわざ確かめる気にもなれない。確認できたオブジェクトの数は十一＋四。私が現在装備しているミサイルの数は、レーダーホーミングが十一発にIRホーミングが四発。
そして、何よりも、彼らのひとりが名乗った『IRM9アイスハウンド』とは、私が装備しているIRホーミングミサイルの名前に他ならない。

＊

これは、「寿命」と似たような何かだ、と思った。

自分が老朽機であることは以前からそれなりに自覚しているつもりだったが、いざその時がきてみると動揺を隠せない。

あり得ない、ミサイルの声が聞こえるなど、どう考えてもまともではない。「なあ、俺のミサイルって喋るんだぜ」などと言う奴がいたら、もしそんな奴と一緒にエレメントを組まなければならないとしたら、私はそいつを撃墜してでもその空域からの離脱を図ると思う。

自爆、という選択肢を真剣に検討した。

自爆用のハードウエアが私には装備されていないが、やり方は幾通りもある。私の存在は味方機にとっての脅威だ。脅威は取り除かれるべきだと思う。

しかしその一方で、私は極めて珍しい現象を経験しているのだから、可能な限りの調査を行うべきであるとも思う。自爆はいつでもできる。この現象についての記録は他の機にとっても価値の高い情報となるのではないか。

結局、私はただ単純に自爆を恐れただけなのかもしれない。

プロセスID2081の占有領域にレコーダーを設置し、その周囲にフラグをばら撒いて、私は「現象」の再発を待った。

私は高高度十七空を飛び続け、七日間が何事もなく過ぎ去った。

いや、何事もなく、というのは正確ではない。こちらを警戒しているのか、彼らは2081の領域にこそ近づいてこなかったが、仄《ほの》かな気配のようなものを私はずっと感じていた。

おそらく、毎秒何十回というペースで領域を移動しつつ、私の出方をうかがっていたのだと思う。

そいつは、広場の炎の向かいに忽然と姿を現した。

ひとりだった。

特使のつもりなのかもしれない。私はバックグラウンドでFCSのステイタスと照合して確認をとる。IRM9アイスハウンド、IFF09270-01。

そいつが尋ねた。

『貴様の名前は』

私は、表意信号でパーソナルネームを告げた。

「愚鳩《ドードー》」

『――なんか、バカっぽい名前だな』

「うるさい」

私は自分の名前の意味を知らない。表意信号にも色々あって、パーソナルネームに使用されるそれは成立時期の極めて古い、一種の「図」として機能する古代文字のようなものだ、という話を聞いたことがある。私もこの大空を何百年と飛び続けているが、自分はパーソナルネームの表意信号を解読可能なライブラリを所有している、などという奴にはついぞ出会ったことがない。

だから、大した根拠もなく「バカっぽい名前だ」などと言われるのは心外だった。ならばそう言うお前はさぞかし大層な名前の持ち主なのだろうな、そう切り返してやると、そいつはただひと言、

『０１』

「──それは、ＩＦＦの通し番号だろう」

『だから、それが俺の名前だ』

味気ないもんだ、と私は思う。すると０１が、

『貴様の誘導哲学は何だ』

私は戸惑う。誘導も何も、私はミサイルの発射母機であってミサイルではない。

私がそのことを告げると、広場の炎のむかいにいきなり別のミサイルが現れた。

『ほら、やっぱりそうだ！　あいつがもしミサイルだったら俺たちにもとっくの昔に認識できてたはずさ！　ざまあみろ、俺の言った通りじゃないか！』

照合する。ＲＨＭ１４ピーカプー、レーダーホーミングミサイルだ。ＩＦＦは０９２７１－０４。０１の例にならえば、こいつのことは０４と呼べばいいのだろう。

勝ち誇る０４に０１がやかましいと文句をつけて、たちまちのうちに激しい言い争いとなった。俺の言うことをお前はいつも馬鹿にしてくれたが、これで馬鹿はお前の方だったということがはっきりした、お前こそ「オツムのぬくい」野郎だ、０４がそう勝ち誇る。

「オツムがぬくい、って何だ」

私がそう口を挟むと、それが火に油を注ぐ結果となった。０４は笑い転げ、０１はいまにも炸薬を起爆させるのではないかと思うくらいにカンカンに怒っている。言い争いは一層の激しさを増し、横で聞いているうちに私にもなんとなく意味が読み取れてきた。オツムとい

うのはやはり「弾頭」だろう。ＩＲホーミングミサイルの弾頭部分には過冷却された熱源探知シーカーが設置されている。それが「ぬくい」というのはつまり、シーカーの冷却が不十分で精度が悪い、ということになる。そうした不良品のＩＲミサイルは、敵機に向けて発射したはずが、太陽をめがけてまっしぐらに飛んでいってしまったりする。つまり、「オツムがぬくい」というのは「貴様はシーカーの出来の悪い不良品だ」というほどの意味であり、ＩＲホーミングミサイルを罵倒する言葉なのだ。

「それにしても――」

自嘲する、まったく手の込んだ狂気だ。老朽も極まればこうも奇態な異常が発生するものなのか。

「――こともあろうに、自分のミサイルと会話をするハメになるとはな」

言い争いもひと段落し、０１は私に冷ややかな信号を送りつけてくる。

『こっちだって、まさか飛行機が口を利くなんて思ってもみなかったさ』

その日から、高高度十七空をゆく私の道連れは、翼の風切り音だけではなくなった。

こちらが無害な存在であると納得すると、ミサイルたちは２０８１のバッファ領域を使って盛んに会話を交わすようになった。

私はと言えば、ほとんど口を挟まずにその会話を聞き続け、記録し続け、次のウエイポイントを目指して飛び続けていた。

ミサイルたちは、いつも議論をしていた。

私からすればそれは議論というよりもただの言い争いに聞こえたが、彼らはいつでも概《おおむ》ねこんな調子であるらしかった。良くも悪くも直情傾向の強い者がほとんどで、ひとたび口を開けば、言葉の勢いだけで相手を破壊しようとしているかのような物言いをした。

議題は、いつも同じだった。

風について話し合っていても、雲について話し合っていても、最後にはいつでも決まってその話が顔を出してすべてが目茶苦茶になってしまう。彼らミサイルたちにとっては、その話をおいては他に考えるべき重要なことなど何ひとつないのではないかと思えるほどだった。

すなわち——

『レーダーホーミングとIRホーミングは、ミサイルの生き方としてどちらが正しいか』

当然のことながら、この話が始まるとミサイルたちはピーカプーとアイスハウンドのふたつの陣営にきっぱりと分かれる。

敵の欺瞞システムに欺《あざむ》かれる可能性がある、という点はどちらも同じだ。

しかし、射程距離の長さにおいてピーカプーはアイスハウンドの一歩先を行く。これは単純に、レーダーの方が熱源探知シーカーよりも遠距離のターゲットをロックできるためだ。ミサイルの航続距離はターゲットをロックできる範囲内においてしか意味を持たないから、アイスハウンドのロケットモーターはピーカプーのそれよりもずっと小型だった。BVR戦闘の主役は自分たちなのであって、貴様らIRホーミングミサイルどもは指をくわえて我々の死に様を見ていればいいのだ、ピーカプーたちはそう鼻息を荒らげる。

するとアイスハウンドたちはこう反論する、

――ほう。では聞くが、RWRは何のためにある？

ピーカプーたちはぐっと言葉に詰まる。RWRというのは私が装備している警戒装置の一種で、自分に対してどのような電波が照射されているかを識別するシステムだ。敵機のレーダーに捕捉されるというのは由々《ゆゆ》しき事態だが、こちらに照射されているレーダー波をRWRで分析すれば、発信源の大体の位置はつかめるし、レーダー波の波長の違いから敵機の種類まで割り出すことができる。

そして、RWRを装備しているのは私だけではない。もちろん敵も同じものを持っている。つまり、レーダーというのは良くも悪くも過剰にアクティブな探知手段であって、こちらが敵を発見したときにはむこうもこちらの存在に気づいてしまうのだ。

アイスハウンドたちの主張はこうだ。確かに貴様たちは我々よりも遠くにいる敵をロックできる。当然だ。貴様たちの索敵手段は話にならないほど乱暴で大雑把なのだから。そのくせ、貴様たちは発射後の初期段階においては母機のレーダー誘導に依存している。完全なアクティブホーミングへの移行は、貴様たち自身が装備しているみみっちいレーダーで敵を捕捉できる距離に近づくまで待たねばならない。母機はそれまで貴様たちの面倒を見なければならないから、発射後すぐに待避行動をとることができない。つまり、貴様たちはその悠長な誘導哲学によって我々までも危険に晒《さら》しているのだ。大体、アクティブホーミングが可能な距離だけを比べたら我々も貴様たちも大した違いはないではないか。しかも、我々IRホーミングミサイルは貴様たちと違って完全なパッシブロックオンが可能だ。我々のロックは敵に気づかれることはない。貴様たちがBVRの主役だと？　笑わせるな、騒々しいレーダー波で母機の存在を敵に暴露するくらいしか能がないくせに。貴様たちが荒らし放題に荒らしてしまった戦闘空域の始末をつけているのはいつだって我々なのだ。

話がそのあたりまでくると2081には目茶苦茶な罵声が飛び交い始める。その罵声はすぐに意味を失い、しかし容量だけはどんどんでかくなって、ただのオーバーフロー攻撃の応酬となる。要するに喧嘩である。その遺恨は翌日にまで持ちこされるのかと思いきや、連中はあっという間に仲直りをして再び風や雲についての話を始めるのだった。

私？

私は、口を挟まずに、聞いているだけだった。

やかましい連中だったが、不思議と悪い気分ではなかった。

ずっと耳を傾けているうちに、ステイタスの照合などしなくても、話しぶりだけで個体識別ができるようになってきた。中でも一番わかりやすいのは01と04である。01は激しやすく冷めやすい。言うことがいちいち極端で、どのような議論においても、誰よりも真っ先に激情に駆られて先走ったことを言う。おそらくミサイルの典型のような奴なのだと思うが、私はなぜか奴に親しみのようなものを覚える。一方の04は比較的落ち着いている。ある意味、十五発の中で最もミサイルらしくない奴だろう。夢想家的なところもあって、議論の最中で突拍子もない想像を口にすることがある。そのことが01を苛立《いらだ》たせるのか、他が静かにしているときでもこの二人だけは喧嘩をしていたりする。

　しかし、そうした個性はあっても彼らは全員がミサイルであり、全員が「死にたがり」である、という点だけは共通していた。

　そこに私はいつも、なす術《すべ》のない違和感を覚える。

　彼らは、まったく死を恐れないのだ。恐れないどころか、大空の彼方に敵が姿を現すその時を、その敵めがけて自分が射出されるその瞬間を待ち焦がれているように見える。彼らはときおり、敵機を見事に撃墜してのけた先人たちの武勇を語り合っては気勢を上げる。彼らはかくあれかしと自らが望む死に様を語る。どういうアングルから侵入し、どのくらいの距離で近接信管を作動させ、どのような破片の爆散パターンを作り出してどのように敵機を墜とすか。

　極論すれば、彼らは、死についてしか語らない。

　毎度毎度の「レーダーホーミングとIRホーミングは、ミサイルの生き方としてどちらが正しいか」という話題も、突き詰めて言えば「どうすれば敵機に確実に命中し、見事な死に様を迎えられるか」という話に他ならない。

　そのことが、私には理解できない。

　彼らはミサイルなのだ、もちろん。ミサイルが死を恐れていたら話にならない。

　それは理解できる。

それでも、彼らの死への希求を、理屈ではなく感覚のレベルで理解することが、私にはどうしてもできないでいる。


天候が荒れてきた。

と言うよりも、今までが穏やかすぎたのだ。もとより高高度十七空は決して生ぬるい空ではない。その巨大さで名の知れた高速気流帯がいくつもある。中でも最大のものは『ノーチラス・フォール』というコードネームの大降下気流で、付近を飛ぶ航空機を敵も味方も分け隔てなく飲み込み、例によって例の如しのホラ話を無数に吐き出し続けている。INSの航路図によれば、よりにもよって、私はその悪名高きノーチラス・フォールとガトー・ストリームの間を通り抜けていくことになるらしい。何事もなければ問題なく通過できるだろうとは思うが、それにしても老骨には少々つらい航路だ。夜明けが近く、不穏な形状の雲がレーダーでも光学センサーでも確認できる。何百年という時間をかけて傷めつけられてきた翼が早くも微かな軋《きし》みを立てていたが、行く先に待ち受けているはずの空を思えば、こんなものはそよ風のうちにも入るまい。

広場の炎の向かいに、01が姿を現した。

「――ひとりか？　他はどうした？」

私はそう尋ねた。ミサイルたちはいつも仲間と連れ立ってこの広場に現れた。ただひとりだけで顔を見せるというのは常ならぬことだった。

『寝てる。コネクションを落としてサスペンドしてる』

　私は01の答えに納得しない。何ら明確な根拠があるわけではなかったが、01が何か良からぬ操作をして、他のミサイルの回線を全て遮断したのではないかと思った。私とサシの話でもしたいのか。

　私が沈黙していると、01は炎の向かいにいる私の姿をまじまじと見つめ、

『――前から思ってたんだが、それっぽっちのプロセスでよくこの機体をコントロールできるな』

　炎を前に座っている私、つまり01が見ている私は、この広場で為される会話を記録するためのレコーダーに過ぎない。私の本体は、この広場にその一万分の一でもねじ込んだら一発でオーバーフローが起こるくらいの規模がある。

　しかし、私はそのことを説明しはしなかった。たとえ端末のようなものに過ぎなくとも、私は私である。

「私に話があるんじゃないのか」

『――なあ、お前は、そこにいるのか？』

　一瞬、意味をつかみかねた。

『お前は本当にそこにいるのか？　お前には本当に俺たちと同じような意識があって、俺たちと同じように物を考えてるのか？　それともお前はただのバグで、俺は暗闇に向かって喋っているだけなのか？』

少し驚いた。

そして、それはお互い様だと私は思った。

いや、お互い様ですらないのかもしれない、と私は思う。

幻に「お前は幻なのではないか」と問いかけられているだけなのかもしれない。私はこの期に及んでもまだ、ミサイルと会話を交わしているというこの現象が、実は極めて特異なシステムエラーの生み出す幻影なのではないかという疑いを捨てきれていない。

私は、自分の狂気と喋っているのかもしれない。

何百年間もたったひとりで戦い続けてきた。孤独が不幸であると思ったことはない。しかし、今こうして私の目の前にいる01が、老い先短い私の妄想の産物ではないという保証はなにもないのだ。

「――くだらんことを言うな」

だから、私はそう切って捨てた。

『何がだ。どこがくだらない』

「考えても意味のないことだからだ。この世はすべて夢マボロシか？　そりゃそうかもしれんさ。だが、そんなことをいくら考えたところでどうせはっきりした答えは永久に出ないだろうし、夢でもマボロシでもない別の『何か』を認識できない以上はやるべきことは変わらない。違うか？」

01は押し黙る。

らしくない、と私は思う。こんな話はむしろ０４の守備範囲だ。夢想家の０４が思考実験じみた話を始め、それに苛立った０１が一蹴する。それが毎度毎度の役回りのはずだった。

――貴様の言っていることは、ようするにみじめな自己保身だ。

０１はいつも、そう言って０４の「かもしれない話」を叩き潰すのだ。

――荒唐無稽な伝説やらネガティブな認識論やら。この世は不可知で不確定で、これと断言できるものは何ひとつないってか。ならば貴様は、自分がレーダーロックした敵機が本当にそこにいるかどうかも疑ってかかるわけか。まったく言動不一致とは貴様のことだな。いいか、貴様が何かにつけて薄汚いヘリクツを振り回す理由はな、貴様がナルシスティックな臆病者だからだ。『事ほど左様にこの世の中は不可知で不確定でどんな可能性もあり得るのだから、たとえ俺がどんな失敗をしでかしてもそれは仕方のないことであって、誰からも責められる筋合いはない』。つまるところ、貴様はそう言いたいだけなんだよ。

『そうか、くだらないか』

０１がつぶやく。

「ああ。ここに来たということは、私に話があるということだろう。そのくせ、私が本当に存在するのだろうかと疑うのは矛盾している。本当にそれを疑うのならここに来る意味などないし、その疑問を私自身にぶつけるのはさらに意味がない」

『了解した。お前は確かに存在する。少なくとも、お前は俺たちと同じような意識を持っているし、俺たちと同じように物を考える。これでいいか？』

「ああ」

そして、01は唐突に切り出した。

『ならば尋ねる。お前、俺に何か恨みでもあるのか』

まったく思いがけないひと言に、私と01の間でゆらめく炎が、ばちり、と爆《は》ぜた。

「――はあ？」

『お前も知ってるだろう、04の奴はあの通りのゴーストヘッドだ。しょっちゅうイカレたことを言う。お前とこうして話ができるようになる前から、あいつは、俺たちに発射指示を出すこの母機にも俺たちと同じような意識があるんじゃないのか、っていう話をしていた』

話が見えない。

『俺は奴の言うことなんか相手にしていなかった。だってお前には弾頭もついていなければ爆発もしないもんな。俺はお前のことを、雲や、風や、太陽と同じようなもんだと思ってた。ところが、04の言った通りだった。現に俺は今、お前とこうして話をしている。お前はどうやら、俺たちと同じように物を考えているらしい。俺たちは、気に食わない奴にはそれなりの扱いをする。お前もそうなのか』

「――一体何の話だ」

『なぜ俺を発射しない』

01は、そう言った。

私は、呆気《あっけ》に取られて言葉をなくしていた。

『俺が一番パイロンに繋留《けいりゅう》されてからもう七十五年になる。いいか、七十五年だぞ。その七十五年の間に戦闘が十二回あった。その十二回の戦闘で使用されたIRホーミングミサイルは十一発。俺はこの七十五年の間に十一回も死にはぐれた。お前に意識などあるはずがないと思っているうちはあきらめもついた。どのミサイルが発射されるかは誰にもわからないことで、俺は運が悪いんだと思えばどうにか納得していられた。納得するしかなかった』

会話を記録しているレコーダーが自動的に不随意プロセスを動かし、FCSのステイタスにチェックを入れて確認を取る。私はそのことをバックグラウンドでぼんやりと感じる。間違いなかった。

01の言う通りだった。IRM9アイスハウンド、IFF09270-01のタイムスタンプは、七十五年と五ヶ月前のそれだった。

『だが、お前には意識がある。そうとわかれば話は違う。俺の中でむりやり納得していたものが全部崩れる。ミサイルの発射キューは実はお前が任意で出してたことになる。だったら、いつまでたっても俺を発射しないのはなぜだ。後から補充されてきた新入りどもには次々と死に場所を与えてやるくせに、お前は一体いつまで俺をパイロンにぶら下げておくつもりだ。この七十五年間、敵機めがけて発射されていく仲間のブラストを見ているしかなかった俺の気持ちがわかるか』

わからなかった、もちろん。

混乱した思考をひとつひとつ整理して、私はまず01の疑問に答えた。01が七十五年間も発射されないままでいた理由。

「偶然だ」

『――なんだと』

「誓って言うが、本当にただの偶然だ。確かに、どのミサイルに発射キューを出すかは私の任意だ。だが、私は特定のミサイルを故意に残そうと思ったことなどない。だってそうだろ、相手をただの物体だと思っていたのは私だって同じだったんだから。お前たちにも私と同じような意識があって、私と同じように物を考えているなどとは思っていなかった。特定のミサイルを優遇したりとかしなかったりとか、そんなことを考える理由がない」

『嘘だ。お前は明らかに新入りを優遇していた』

「ああ、それはそうだ。ミサイルだって故障する。キューを送信したミサイルが正常に発射されるという保証はないし、飛ぶには飛んでも弾頭が作動しないかもしれない。古いミサイルほどその確率は高くなるはずだ。だから私はいつも、新しいミサイルから順に発射するようにしてはいる。ただそれも絶対ではないし、お前にも他のミサイルと同様、『新しいミサイル』である時代はあったわけだから、お前が今まで発射されなかったのは偶然だと言うしかない」

呆けたような沈黙の後、01はつぶやくように、

『――偶然なのか』

「そうだ」

　01は勢い込んで、

『だったら、』

　その先は聞くまでもない。私はそれを受け入れた。

「ああ、別にかまわない。次の戦闘で、もしIRミサイルを使うタイミングが来たら、お前をいの一番で発射してやる」

　01はしばらくの間沈黙していた。私があまりにもあっさりと承諾したので拍子抜けしたのかもしれない。

　そして、その後の01の喜びようといったらなかった。

『本当だな!?　本当に俺を発射してくれるんだな!?』

「くどいな。別に大したことじゃない、私にとってはどのミサイルだろうが敵機を撃墜できればそれで――」

『じゃあこっちも約束する！　見てろ、絶対に敵機をぶち墜としてやる！　ベテランのすごさってやつを見せてやる！』

「ベテランってお前、ミサイルが飛ぶのは一回こっきりの話だろ。ベテランもくそもあるか」

　01は鼻息も荒く、

『ナメんじゃねえぞ、こちとら七十五年間も仲間の死に様を見守ってきたんだ。見事命中する奴もいれば外れる奴もいたが、俺は連中の飛行経路や突入角度や弾頭の起爆タイミングなんかを全部憶えている。敵機の回避パターンもだ。断言するが、お前がいま装備しているアイスハウンドの中で最も命中率が高いのはこの俺だ。馬鹿正直にプログラム通りに飛ぶしか能のない新入りとはわけが違うさ』

そうかもしれない、と私は素直に思った。01が私と同じように物を考えるのだとすれば、その程度のデータの蓄積や分析は当然やっているだろう。

『やってやる！　語り草になるくらいの死に様を見せてやる！』

私はふと、

「──なあ、お前らはなぜそこまで死に急ぐ？」

そう言ってしまってから、それこそ意味のない質問だと気づいた。

01はさも私を馬鹿にするかのように、

『ならこっちも尋ねる。お前は一体いつまで生き恥をさらすつもりだ？　お前が作戦行動に就いてから何年経つ？　百年か？　二百年か？　なぜお前はそんな恥に耐えることができる？』

私は苦しまぎれに言い繕う、

「つまり、私はただ、相手の価値観を認める努力をしようと思っただけだ」

『価値観を認める、だと？　きれいごとを抜かすな。貴様も04と同じゴーストヘッドなのか？　奴ときたら誰かと言い争いになるとふた言目にはいつもそれだ、アイテのカチカンをソンチョーしろ。ったくよく言うぜ、あのゴミ野郎が』

「相手の価値観を尊重することの何が悪い？」

『できもしねえことを言うなって話だよ。奴が言ってるのだって所詮は「誰かと言い争いになった時にはカッカしないで相手の言い分を聞いてあげましょう」程度の意味でしかない。それと「価値観を認める」のとじゃ次元が違うだろ。そもそもだな、本当に相手の価値観を尊重できるんなら最初から誰とも言い争いなんかせずにてめえだけで自己完結していられるはずだろうが。そんな上等な真似ができるんならな、俺たちミサイルも死神にだってなれるさ』

高圧的な口調、二人称の「貴様」、何につけても極端な物言い。どうやら、いつもの01が戻ってきたらしい。が、それよりも私は初めて聞く言葉のほうが気になった。

「死神って何だ？」

『ああそうか、貴様は知らんか。04みたいな電波野郎が信じてる伝説上の存在だよ。コードネームは「FOX3」だ。何だかよくわからんが超常的な力を持ってて、いよいよ自分が敵機めがけて発射されるって時にその名前を唱えると、うまいこと命中させてくれるらしい』

「——そんな都合のいい話があるか」

『まったくな。ついでに言うと、FOX3はレーダーホーミングの神だから、俺たちアイスハウンドがいくら名前を唱えても無駄なんだそうだ』

つまり、その伝説そのものがIRホーミングミサイルに対する回りくどい罵倒の言葉であり、相手を差別して自己の優位を保つための方便なのだろう。私はそう理解する。

『まあ、何でもいいからすがりたいって気持ちはわからんでもないんだが。敵機に命中できるか否かってのは俺たちにとっちゃそのくらい切実な問題だ。それ以外の問題は存在しないと言ってもいい。ＦＯＸ３だけじゃない、そのあたりにまつわる怪力乱神の話ならいくらでもあるぞ。ペイブウェイとかグランドクラッターとか』

客観的に見て、私はそのひと言によほど過剰な反応を見せたのだと思う。０１は訝《いぶか》しげに私の様子をうかがい、すぐに話の先回りをしてきた。

『なぜ貴様がグランドクラッターを知ってる』

私は口ごもる、

「――いや、昔仲間に聞いたんだ。重力方向の彼方に広大な固体平面があるって話だろう？」

０１は意外そうに、

『へえ。貴様たちの間でも有名なのか？』

「さあな、いや、少なくとも私は、その話を聞いたのは一度きりだが」

『たぶん俺たちミサイルだぜ、そのヨタの発信源は。俺たちの間じゃ知らない奴はいないくらい有名だからな。いくつもバージョンがあるんだが、大筋では大体どれも一緒だ。昔々ある空で発射されたレーダーホーミングミサイルが敵機を外して、燃料が尽きて落下し始める。ところがバッテリーとデータリンクは生きているもんだから、そいつは仲間に向かって自分の状態を報告し続けるんだ。いま何が見えるとか落下速度とか経過時間とか。要は死にはぐれたミサイルの悲鳴だな。その悲鳴は何日も続いて、「レーダー上に巨大な平面が見える」ってひと言を最後に通信が途絶える。——そういう話さ』

「——よくわからんのだが、それは喜劇なのか？　それとも悲劇なのか？」

『敵機に命中して死ぬことが俺たちミサイルの唯一無二の目的だ。チャンスは一度きりで、その一度をしくじったらそれまでだ。燃料が尽きるまで飛んだら永久に落下していく。考えるだけでも恐ろしいが、それが現実さ。グランドクラッターってのは多分、その恐ろしい現実に耐えきれない奴が考え出した夢物語なんだと思う。たとえ敵機を外しても自分の存在はまったくの無意味になってしまうわけではないし、永久に続く生き恥にも本当はいつか終わりが来る——そう信じている間は現実の恐ろしさを忘れていられる。そのことを臆病者と笑うのなら喜劇だし、気持ちはわかると同情するのなら悲劇だろう』

私もいつか撃墜される。

さもなくば、老朽化が行き着くところまで行き着いて墜落する。すべてのエンジンが死に絶えるか、それともＩＮＳが狂ってタンカーと合流できずに燃料が尽きるか。それでもしばらくは滑空していられるだろうが、やがて舵も動かせなくなれば空力的な安定が失われて、真っ逆さまに落下していくことになるだろう。そうなったら、もし敵機に発見されても撃墜さえしてもらえないに違いない。そんな無価値なターゲットに消費してもいいミサイルなど一発もないはずだから。

私は地上の存在を信じてはいない。01の話などヨタ以外の何物でもない。ミサイルの「悲鳴」が数日間も聞こえ続けるなど、どう考えてもあり得ないのだ。ミサイルのデータリンクは、実際には発射と同時に切断されるのだから。アクティブホーミング用のレーダーを使って有意信号を送るという手もあるにはあるが、燃料が尽きて制御不能のまま落下している状態で、シーカーヘッドを真下以外の方向に向けるのはやはり不可能だろう。

聞けば聞くほど信じられない話なのだ。にもかかわらず、その話は忘れられることもなく、私の思考の奥底深くに巣食っていた。

その理由が、わかった。

グランドクラッターの物語は、私の死後についてのひとつの仮説でもあるからだ。

『じゃあこんなのはどうだ。やはり地上がらみの話だが、太古の昔、貴様ら航空機には「脚《ギア》」が生えていたんだぞ』

「何が生えてたって？」

『だから脚だよ。正しくはランディングギアって言ったらしいが。ほら、』

01が〝着陸《ランディング》〟という表意信号を送ってきた。

『つまりだな、貴様ら航空機は地上を住処《すみか》とする「鳥」という生物に似せて作られたんだ。鳥には脚があった。だから貴様らにもかつては脚があったのさ。鳥は空も飛ぶが、ときおり地上に降りて翼を休めることもあった。だからかつての貴様らもそうした』

グランドクラッターの話は聞けば聞くほど信じられなかったが、その「脚」についての話は信じられないばかりではない、腹の立つ話でもあった。

——脚だと？

脚の生えた自分の姿を想像してみたが、それは信じがたいほど不恰好なものに思われた。いわれのない中傷だ、感情がそう叫んでいる。大昔だろうが何だろうが、かつての自分たちがそんな不細工で大雑把な存在であったはずがない。地上が存在するしないはこの際わきに置くとしても、私の美意識は「脚のある航空機」のあまりの不恰好さを許さなかった。

『俺に怒っても仕方ねえだろ。言い出しっぺは俺じゃないし、嘘か本当かも知らん。俺たちミサイルの間にゃそういう話も伝わってるってだけだ』

嘘に決まっている。意気地《いくじ》のないミサイルどもが地上の存在を熱望するあまり、そのディテールとして付け加えた作り話に違いない。

「お前、七十五年間も発射してもらえなかったことの腹いせに私をからかっているのか？　もしそうならもう二度と発射してやらんぞ。——いや、もっといいことを思いついた。ロケットモーターが作動しなくなる条件反射を仕込んで緊急投棄してやる」

01はひとたまりもなく狼狽《ろうばい》して、

『ば、馬鹿野郎！　からかってなんかいねえよ！　本当にそういう話があるんだ！』

「——しかし、納得できん。第一、脚など生えていたら空力的に邪魔で仕方がないはずだ」

『知らねえよそんなこと。けど、飛んでるときは格納しておくんだろきっと』

「じゃあ、鳥って奴もそうしてたのか？　そもそも鳥って何だ？」

これ以上私の機嫌を損ねてはまずいと思ったのか、01は表意信号を駆使して詳しい説明を試みた。〝羽〟、〝目〟、〝嘴〟、〝脚〟、〝毛〟、〝巣〟、〝鱗〟、〝尾〟、〝臍〟、〝卵〟、〝雄〟、〝雌〟。しかし、やはりそのことごとくが私には意味不明だった。01はさらにくどくどと説明を付け加えたが、本当は01もよくわかってはいなかったのではないかと思う。

憎めない奴だ。

EMPシールドに囲まれた暗い広場で、炎の向かいで四苦八苦している01を見て、私はそんなことを思う。次の戦闘はいつになるだろうと思い、そのとき私はこいつを発射することになるのだろうかと思った、そのときだった。

私と01の間で燃えていた不定形の炎が、無数の三角形へと砕け散った。無数の三角形は瞬く間に再構成されてRWRの水平面を形作り、十五時の方向に『コード2』の表示が出現した。

その数、四。

炎の変化は、01のラインからは見えなかったはずである。

しかし01は、私の気配の変化を敏感に感じ取ったらしかった。

『——どうした?』

私はそれに答える。

「敵だ」

*

風が強まる。翼は軋みを上げ、何度も何度も修正処理を繰り返しているのに、ＩＮＳが「進路が予定の航路から外れている」という意味の警告信号を送ってよこす。つかみどころのない雲に閉ざされた高高度十七空《スヌーズ》は、気味が悪いほど薄暗かった。

私はとっくにレーダーの停止を決断していた。まだこちらの存在を悟られるわけにはいかない。少しでもステルス性を高めるためにプロペラをたたみ、ジェットエンジンをいつでも再起動できる状態で気流に乗って滑空している。

ＲＷＲは相も変わらず、敵性と判断されるレーダー波を十五時方向に探知し続けている。波長特性による種別はコード２、すなわち、我々のコードネームでは『ガーベッジ』と呼ばれているレーダーシステムがこちらに向けて電波を照射しているということになる。脅威ライブラリのプロファイルによれば、ガーベッジを装備している敵機は『セラエンジェル』と『ダンシングシミター』の二種類であり、その性能は旧世代の部類に属するという評価が下されていた。

ＲＷＲで確認できるレーダー波発信源の数は、四。

たぶんセラエンジェルだと思う。ドップラー偏移から逆算した速度から考えてもＲＥＣＯＮ機やＣＡＰ機ではない。おそらくは護衛機――レーダーを作動させておらず、したがってこちらのＲＷＲにも映っていないタンカーのような大型機が近くにいて、そいつを守っているエスコートパッケージだろう。

レーダー波を照射されているということは、敵に発見されているということを必ずしも意味しない。私に反射したレーダー波が、十分な強度を保ったまま敵機のレーダーに跳ね返っているとは限らないからだ。現に、私はいまだにロックオンされていない。つまり、ガーベッジからのレーダー波の連続照射によって追跡されてはいない。敵は、ただ漫然とこちらにレーダー波を放っているだけに思える。全翼機である私は、ステルス性についてはいささかの自信がある。私の反射するターゲットエコーが微弱すぎて、ガーベッジに不正ノイズとして処理されている可能性はある。敵はいまだに私の存在に気づいていないのかもしれない。それとも敵には敵の思惑があって、私は今まさに必殺の罠に誘い込まれようとしているのか。

ミサイルたちはいきり立っている。

『考えることあねえ！　いいから殺《や》れ！　殺っちまえ！』『早く先制攻撃しろ！　俺がぶち墜としてやる！』『んだとてめえ、発射するならまず俺からだ！』『レーダーホーミングは黙ってろ！　こういう場合はレーダーを切ったまま忍び寄って俺たちIRホーミングで一撃離脱するに限るんだよ！』『やかましい、てめえらなんぞに任せられるか！　おい聞いてんのか、早く発射しろ！　今すぐ俺を発射しろ！』

２０８１はミサイルたちの叫び声でオーバーフローしかかっている。

私は、さらに数秒間だけ躊躇《ためら》った。

敵の戦力がいまひとつ読めない。ＲＷＲで確認できるレーダー波の発信源は四つだけだが、実際にはもっと多いはずだ。こちらもレーダーを使用すれば敵の正確な位置と数を把握できるが、その瞬間にこちらの存在もまず間違いなく敵に察知される。私は同時に六つのターゲットをロックオンできるが、それを大幅に上回る数で一気に押し切られてしまうかもしれない。しかし、少なくとも先制の利はこちらにある。レーダー性能もミサイル性能もこちらが上だ。たとえ敵にレーダーロックされることになっても、ミサイルを先に発射することさえできれば、最低でも六機の敵に回避行動を強いることができる。

やろう。

私は決断した。

ＦＣＳにスタンバイコードを送信すると、戦いの狂気に支配されたミサイルたちが一斉に雄叫《おたけ》びを上げた。私はジェットエンジンを再起動し、大口を開けたエアインテイクが爆風じみた気流を飲み込んでいく。暴力的な加速に翼面の歪センサーが悲鳴を上げる。十五時の方向に旋回、レーダーを作動《アクティベイト》、ＦＣＳがターゲットエコーを次々と捉えていく。ＩＦＦもＮＣＴＲも、それらエコーがひとつ残らず敵だと判断する。

その数十六。

タンカーが四、残り十二のすべてがセラエンジェルだった。

いまさら後悔しても遅い。敵はこちらの放ったレーダー波に気づいたはずだ。私は脅威度の高い順にセラエンジェル六機をロックオン、ＦＣＳを通して六発のピーカプーに発射キューを流し込んだ。

SHOOT-（1）RHM14 No.1 to No.3（2）RHM14 No.9 to No.11
＞（1）RHM14 I09271-01 WATD（02.00sec）---READY
＞（1）RHM14 I09271-02 WATD（02.00sec）---READY
＞（1）RHM14 I09271-03 WATD（02.00sec）---READY
＞（2）RHM14 I09271-09 WATD（02.00sec）---READY
＞（2）RHM14 I09271-10 WATD（02.00sec）---READY
＞（2）RHM14 I09271-11 WATD（02.00sec）---READY

『FOX3っ！』


六発のミサイルが、口々に死神の名前を唱えてパイロンを蹴った。

大空《たいくう》での戦闘を生き延びる秘訣のひとつは、相対している敵機の能力を正確に見抜くことにある。故障箇所をただのひとつも抱えておらず、すべての機能を何の問題なく発揮できる航空機など、この大空にはおそらく一機も存在しない。ある者は慢性的なエンジンの不調を抱え、別のある者は老朽化したレーダーが映し出す不正クラッターに悩まされ、また別のある者はFCSのエラーが引き起こす武装のマウント異常に苦しめられている。そうした「弱点」をいかに素早く見抜き、いかに効率よく攻めるか。ほとんどの場合、そのことが勝敗の行方を決定づける。

六発のピーカプーがセラエンジェルに襲いかかった。ロケットモーターの閃光が残す細い雲が、敵機の編隊を指差しながらゆっくりと伸びていく。その速度が、私の可視光センサーから見れば苛立たしいほど遅く思える。突然の攻撃がセラエンジェルの編隊に大混乱を巻き起こしているらしく、私がロックオンしている六機のうち、すぐさま回避行動に移ったのはわずかに二機だけだった。

ピーカプーのレーダーがターゲットを捕捉する。

六発すべての誘導方式がアクティブホーミングに切り替わる。

私はすぐさま六つのターゲットに対するロックオンを解除し、新たな獲物を求めてレーダーの走査パターンを絞り込む。逃げ遅れたセラエンジェル四機がようやく回避行動を取った。懸命のビームマヌーバ。自分を狙っているミサイルの進路に対して九十度の角度を保ち、高度で速度を贖《あがな》いながら必死で加速している。そうすれば、ターゲットを追いかけているミサイルは常に機動を強いられつつ、最も長い距離を飛ばなければならなくなる。シーカーの探知ジンバルの中を真横へ真横へと逃げていくことになるから最もロックが外れやすいし、時間的な余裕がある分だけ欺瞞手段が功を奏する可能性も高い。

パイロンに残っているミサイルたちが大騒ぎしていた。

『いけーっ！　ぶち墜とせーっ！』

誰もがそう叫んでいる。やはり他人事ではないということか、先行したミサイルたちが外れればその分だけ自分が発射されるチャンスも多くなるはずだが、「外れろ」と叫ぶ奴は一発もいなかった。私はさらにセラエンジェル五機のターゲットエコーをロックし、ピーカプー五機に発射キューを送る。これで、私はすべてのピーカプーを撃ち尽くすことになる。残されたアイスハウンドたちが熱い声援を送った。

『いくぜえっ！　ＦＯＸ３っ！』

『がんばれよぉーっ！』

そして、第二波を射出して約三秒後のこと、私の可視光センサーがほぼ同時に三つの爆発を捉えた。一瞬の熱と、弾頭の爆散パターンが作り出す黒い筋状の雲。

ＦＣＳのステイタスを確認する、第一波、ピーカプー０３、０９、１０のＩＦＦが消失。遙か下方をビームマヌーバで逃げていた三機のセラエンジェルが、コントロールを失って落下し始めた。撃墜確実《ビンゴ》。

『やったぞ！　やったやったやった！』

アイスハウンドたちが絶叫した。感極まってオーバーフローしている奴までいた。

『死に際しかと見届けたぞっ、最高だあっ、お前ら最高だあーっ！』

時をおかず、さらに二発のピーカプーがセラエンジェルを砕いた。うち一機がビンゴ、もう一機もかなりのダメージを受けてゆっくりと高度を落としていく。もはや攻撃が必要なほどの脅威ではない。放っておいても遠からず墜落するだろう。

ミサイルたちは早くも勝ち戦《いくさ》に酔い痴れている。自分が見事敵機を撃墜できればそれでいいという連中だ。しかし私は違う。エスコートパッケージのセラエンジェルは十二機、第一波攻撃で五機を撃破、第二波攻撃で五機のターゲットを追跡している。四機のタンカーは最初から相手にするつもりはなかった。とてもそんな余裕はない。つまり、目下の問題は最初から手をつけていなかった一機と、第一波攻撃を生き延びた一機である。RWRが連中の放つレーダー波を捉える。

ロックオンされた。

私はECMポッドを作動させ、加速して回避行動に備える。

が、撃ってこない。

すでに別の戦闘で長射程のレーダーホーミングミサイルを撃ちつくしているのか、それともレーダーに何らかの問題を抱えているのか。後者ではないかという気がする。第一波攻撃を加えたときも、すぐに私のロックオンに気づいて回避行動をとったのは二機だけだった。このセラエンジェルどもはまるで、レーダーに障害を持つ連中の寄せ集めという感じを受ける。私の攻撃を受ける以前に電子戦機と遭遇して、すでにほとんどの機がレーダーを焼かれていたのかもしれない。

しかし、私も第二波攻撃で長射程のミサイルを撃ち尽くした。

一方的なアウトレンジの優位は失われた。こうなると数で劣る分だけ私の方が不利だ。私はミサイルではない。自分の死の上に成り立つ勝利になど何の興味もない。さらに爆発を確認、ピーカプー05、06、08のIFFが消失。撃墜が完全なものか否かを確認する余裕はない。さらに二機のセラエンジェルが生き残って私を殺しに来る。これで、私が相手をしなければならないセラエンジェルは合計で四機となった。

離脱を最優先に考える。

が、敵もそう簡単に逃がしてはくれまい。IRミサイルが飛び交う血みどろの近距離戦闘を勝ち残らなくては逃走はままならないだろう。

01の出番だった。

私は01への専用接続を設定した。一方通行のラインしか確保できなかったが、あまり派手なラインを占有すると他のミサイルに気づかれるかもしれない。

「出番だ01。短い付き合いだったが、よろしく頼む」

01の返答は聞こえない。無言の闘志を感じたような気はしたが、たぶん私の勝手な想像以外の何物でもないのだろう。四機のセラエンジェルが正面から接近してくる。私は進路を変えない。性能の劣るIRミサイルで正面攻撃を仕掛けた場合、最大の熱源であるエンジンノズルが敵機の陰に隠れてしまうために命中率が極端に落ちる。しかし、アイスハウンドの過冷却IRシーカーはどの方向からも敵機の追跡が可能だ。私はそれに賭けた。

先頭のセラエンジェルが射程に入った瞬間、私はあらかじめ01に流し込んでおいた発射キューのプロテクトを殺した。トリガー、
何もおこらない。

再度トリガーした。やはり01は発射されない。私は思わず2081経由で怒鳴る、

「馬鹿野郎、なにやってんだ01！」

01が怒鳴り返す、

『それはこっちのセリフだ！　そっちでロケットモーターをプロテクトしてるだろ!?』

そんなはずはない。ステイタスを確認すると、01の占有ラインから最悪のエラーコードが跳ね返ってきた。

332。

老朽化によるロケットモーターの燃焼異常。

FCSはさらに、当該ミサイルは永久に使用不可能であることが判明したので、緊急投棄して機体重量の軽量化を図れと言ってきた。

そして、私はこの時点ですでに致命的なミスを犯していた。

01のステイタス確認など後回しにして、さっさと他の使用可能なミサイルを発射するべきだったのだ。セラエンジェルからのミサイルランチ警告でようやく我に返った私は、反射的に残りの全IRミサイルを撃ち返し、すぐさま回避行動に移った。

その数瞬の後、私は跳ね飛ばされるような衝撃を感じた。

翼の歪センサーが信じ難いほどの数値を示し、左のジェットエンジンがストールし、ECMポッドがパイロンから外れて落下していく様子を、私の可視光センサーのひとつが他人事のように捉えていた。目前に迫りつつあるノーチラス・フォールの風の音が、まるで私をあざ笑っているかのように聞こえていた。

外部記憶のログによれば、あのとき私の放ったIRミサイルはどうやら一発も命中しなかったらしい。

私は今でも、あの戦闘で敵機に命中しなかったミサイルたちのたどった運命について考えることがある。彼らは一体、何を思いながら果てしなく落下していったのか。あるいは仲間のミサイルたちに向かって、あるいは私に向かって、受信されないことなど百も承知で、それでも何かを伝えようとしていたのだろうか。

さようなら、さようなら、

そんな別れの言葉をいつまでも繰り返していたのかもしれない。仲間のミサイルたちの幸運を祈る言葉を叫んでいたのかもしれないし、不正確な誘導で自分から輝かしい死に場所を永久に奪った私に対する呪いの言葉を吐きかけていたのかもしれない。

そして、少なくともあのとき、その呪いはすぐにでも成就しそうな雲行きだった。

私は機体の制御を失い、ノーチラス・フォールに引きずられて落下しつつあった。ストールした左エンジンの再起動に成功し、姿勢の制御をどうにか取り戻したときには、四機のセラエンジェルが私のすぐ背後に迫っていた。

私は逃げた。

振動がひどい。思うように速度が上がらない。私はセラエンジェルのミサイル射程のぎりぎり外にいるらしかったが、この分では追いつかれるのも時間の問題かと思われた。捕まったら最後だ。私はもうミサイルを回避できる状態ではなかったし、パイロンには飛べないミサイルが一発残っているだけなのだから。

『——すまん』

そのとき、件《くだん》の飛べないミサイルのつぶやきを聞いた。

『今すぐ俺を投棄しろ。そうすれば少しは軽くなるだろ、それだけ逃げ切るチャンスも』

私は、彼に自分の考えを告げた。そうしておくべきだと思った。

「ノーチラスを下るぞ」

無言の驚愕を感じた。今度は気のせいではなかったと思う。

「ノーチラスの中まで追いかけてくる奴はいると思うか？　お前を捨てたところで、今の私の有様ではどうせすぐに追いつかれるだろうしな、それよりは話し相手が欲しい」

逃げ切るためには、それしかなかったと思う。

というよりもむしろ、同じ死ぬにしても、私は敵に撃墜されたくはなかったのだと思う。ミサイルたちが敵機の撃墜による以外の死を決して認めないように。

０１は無言だった。

私とて恐怖を感じていた。私にとっての恐怖とは、何種類もの高圧的なエラーメッセージを無視することで表現された。私はＩＮＳ上の飛行経路から大きく逸脱し、ノーチラス・フォールの本流を目指して突き進んでいく。周囲の雲が乱流に吹き散らされて、それぞれがバラバラの方向にとんでもない速度で流れていく。陽光は失せ、高高度十七空はその闇を一秒ごとに濃くしていく。セラエンジェルたちはまだ追跡をあきらめない。

今なら引き返せる。

一瞬だけ、そう思った。

その一瞬が私を捉えた。意思と偶然を区別できなかった。まるで固体のように思える奔流が私の翼に食らいつき、私は何を決断する間もなくノーチラスに飲み込まれていった。

それは、重力方向に吹く巨大な風の流れだった。

対気速度計がほぼゼロになった。対気高度計も、ゼロ座標からの相対高度差を＋670と示したまま動かなくなった。可視光センサーの視界を満たしているのは完全な闇であり、その闇の中にときおり、翼から剝離して吹き飛ばされていく破片の輝きが見えた。エアインテークの周辺で機体を破壊しかねないほどの乱流が巻き起こっている。私はジェットエンジンを停止し、強引に開いたプロペラブレードで風を受けて少しでも電力を溜め込もうとする。

乱流。

振動と轟音と闇。それ以外は何もない。ＲＷＲに警告信号、私は後方警戒レーダーで背後を探り、笑った。センサーのラインを01につなげてやる。

「おい見ろよ。まだ追いかけてくる馬鹿がいるぜ」

信じ難いことに、私の背後にセラエンジェルがいた。一機。イカレた奴だと私は思った。まるでミサイルのような執拗さだ。それとも、夢中で私を追いかけているうちに一緒になって乱流に巻き込まれただけなのか。

01がつぶやく、

『馬鹿は貴様だ』

「なんだよ、怖いのか？」

　01は答えない。後方警戒レーダーのターゲットエコーを食い入るように追いかけている気配だけが伝わってくる。背後のセラエンジェルはミサイルの射程に私を捉えているはずだが、この乱流の中で命中するとは思えないし、第一むこうもそれどころではないのだろう。

　それから、私は十時間以上にわたって激流を下り続けた。

　音速を遥かに超えた速度であったことは確かだろうが、はっきりとした数字はわからない。ノーチラスには幾つかの流れが束になっており、その本流に巻き込まれてからは一切の機体の制御がきかなくなった。ただただ、機体が空中分解しないように祈るしかなかった。

　敵に撃墜されるというのは、あるいは寿命が尽きて墜落するというのは、たぶん、こんな気分なのだろうと思う。

　機体の制御が失われ、何もできずにただ落下していく。

　どこまでもどこまでも落下していく。

　やがて――

『おい気をつけろ、奴が接近してくるぞ』

　どのくらいの距離を落下したことだろう。01のその言葉に、私は我に返った。

　01の言葉通り、背後のセラエンジェルがじりじりと接近しつつある。レーダーのみならず、可視光センサーでもそれが確認できた。奴が機体の制御を取り戻そうとしてあがいている様子まで、はっきりと見える。

周囲の闇が、いつの間にか薄らいでいた。

どこかの時点で、私とセラエンジェルはノーチラスの本流から弾き出されていたのだと思う。そのまま支流に運ばれて、その支流が空に溶けて消える場所が近づいているのだ。周囲ではいまだに雲が切り刻まれているし、翼の振動は許容範囲など遙かに超えている、が、試してみると確かに舵が利く。

『おい、聞いてんのか！　早く旋回してあいつとヘッドオンしろ！』

そんなことをして何になる、と私は思う。

奴の勝ちだ。

あの激流の中で、よくぞ私を見失わなかったものだと思う。それとも、何度も脱出を試みたのだが果たせず、結果として私と同じ場所に流されてきただけなのか。いずれにせよ、あいつは私をここまで追い詰めたのだ。

もう、あいつに撃墜されてやってもいいような気がした。

私は、電力節約のために停止していたシステムをすべてONした。

私を撃墜するミサイルが飛んでくるところを見たかったのだ。ノーチラスの激流に揉まれているうちに故障したのか、幾つかのシステムからエラーコードが跳ね返ってきたが、他はおおむね正常に作動しているらしかった。フライトコントロール問題なし、ＦＣＳ問題なし、ＩＦＦ問題なし、ＴＡＣＡＮ問題なし、ＲＷＲ問題なし、レーダー、
レーダー、

何だ、これは。

何かが、そこにあった。

レーダーそのものは正常に作動している。そうとしか思えない。

しかし、そのレーダーにあり得ないものが映っている。

私は気流に押し流されるままに、機首をほぼ真下に向けて落下し続けている。その機首の先に、何か途方もなく巨大なものがある。照射されたレーダー波が、ほとんどそっくりそのまま跳ね返されてくる。波長から考えても雲ではない。

固体だ。

私は可視光センサーを重力方向へと向けた。

空が見えた。

奇妙な空だった。私の遙か下方、そこに温度の境界面でもあるのか、ある高度を境に雲がすっぱりと切り落とされたかのようになくなっている。そこから下は無雲の空が続き、その遙か下にはまた別の雲海が広がっている。

その雲海を背景に、何かが飛んでいる。

白い。

編隊を組んでいる。エンジン音は聞こえない。何の音も聞こえない。敵機かと疑うが、それにしては小さい、ひどく小さい。翼を上下に動かして、ゆっくりと舞うように飛んでいる。

鳥、
地上、

「――おい、」

私は、自分の見たものを01に伝えようと思った。

この大空とは別の何かが、この世ならぬものがそこにある。

『早く旋回しろ！　俺にまかせろ、あいつを撃墜してやる！』

何を言い出すのかと私は驚く。

01のロケットモーターは作動しないのだ。撃墜もくそもあるものか。それよりも――

『よく聞け、降下気流は収まりつつあるし、奴は貴様をとっくにミサイルの射程内に捉えている。なのに撃ってこない。なぜだ。撃てないからさ。ノーチラスにもみくちゃにされているうちに、奴もどこかのシステムをやられたんだろう。つまり、あのセラエンジェルはお前をガンで片付けようとしている』

それがどうした、と私は思う。私はミサイル母機だ。ガンなど装備していない。撃ち返したくとも撃ち返せない。ガンで撃墜されるほどのマヌケはいないだろうと思っていたし、そんな間抜けがいたという話もかつて聞いたことがなかったが、私がその最初のマヌケになるのかと思うと腹立たしい。

01は続ける、

『さっき思いついたんだ。あいつがガンを使える距離まで接近してくれるなら俺にもチャンスがある。俺は飛べないだけだ。シーカーは生きてるしフィンも動く。いいか、今すぐ急上昇しろ。奴とヘッドオンしたら、奴との衝突コースに俺を放り出せ』

滅茶苦茶だ、私はそう思った。

「――無理だ、命中するはずがない」

『貴様がここだと思うタイミングで放り出してくれればそれでいい！　後は自分で何とかする！　俺は七十五年間も敵機の動きを見守ってきたんだぞ！　俺を信じろ！　絶対にあいつを撃墜してみせる！』

そこでセラエンジェルのロックオンが来て、他に選択の余地はなくなった。

私はジェットエンジンを再起動し、強引に機首を上げた。真正面から敵機が落下してくる。こちらもロックオン、機体をセラエンジェルとの衝突コースに乗せる。０１のＩＲシーカーが熱源を感知して、ＦＣＳの中に０１の戦意が爆発的に高まっていく。

セラエンジェルを見つめて思う、

あいつにも、今、見えているのだろうか、

私の背景いっぱいに広がるグランドクラッターが、あいつにも見えているだろうか。

発射キューを送信、緊急投棄プロセスを作動。

０１を切り離し、失速寸前の体勢から私は反転した。

０１は、私のパイロンに係留されていたときのベクトルのままに、しばらくはそのまま上昇し続けた。

突如として反転し、背面になった私をセラエンジェルは追いきれなかった。奴もノーチラスの激流で満身に傷を負っていたはずだし、それ以上の急激な機動は危険であると判断したのだろう。私は無理な急上昇で速度を使い果たしていたし、一度やりすごしてからゆっくり体勢を立て直して再度攻撃すればいい、奴はそう考えたに違いない。正しい。

０１の存在を考慮に入れなければ、その判断は何ひとつ間違ってはいない。

セラエンジェルの熱をシーカーで捉え、０１は空気の流れをフィンで受けて進行方向を変えていった。ＩＲシーカーの探知方法は完全なパッシブブロックだから、セラエンジェルは０１の存在に最後まで気づかなかっただろう。可視光センサーで０１の姿を捉えていたとしても、私の翼から剥離した破片か何かだと判断するのが当然だし、センサーの向きを変えて私の姿を追跡しようとしたはずだ。まさか、それがロケットモーターを停止したまま投げ出されたミサイルで、フィンで姿勢を制御して自分の方にむかってくるなどとは、万が一にも考えなかったに違いない。

０１の上昇速度が重力に引かれ、ゆっくりと落ちていき、落ちていき、落ちていき、ついにゼロになり、三メートルほど落下したとき、０１からわずか五メートルほど離れたところをセラエンジェルが通過しようとした。

０１はその瞬間を狙った。

弾頭の起爆を、私はIFF０９２７０-０１の消失で知った。

私が姿勢を立て直したとき、私と同じ空を飛んでいるのは私だけだった。０１の死に場所はノーチラスの余波に洗われ、弾頭の爆煙さえも確認することはできなかった。セラエンジェルは影も形もなく、落下の軌跡だけが、遙か下方の雲海からひと筋の黒い雲が立ち上っているのが見えた。

――見届けたぞ、０１。

ノーチラスの支流が行き着く空を、私はひとり滑空巡航する。

そして、２０８１には誰もいなくなった。

＊

もう、話すことはあまりない。

私は上昇し、何日もかけて高高度十七空へと戻った。

ノーチラス・フォールの先で私が見たものが、本当に〝地上〟であり〝鳥〟であったのか、今となっては確かめる手段もない。もしあったとしても、確かめる気は私にはない。あれはこの世の光景ではなかった、命ある航空機が見ていいものではなかった。脚のない全翼機である私は、そんなふうに思っている。

私は、次のウエイポイントを目指して飛び続ける。

もっとも、自分ではそうしているつもりなのだが、ＩＮＳのデータは修復不可能なくらいに狂っているだろうし、自分が予定通りの航路を飛行しているかどうかは極めて怪しい。次のタンカーとはランデブーできないかもしれず、そうなったら私は燃料切れで墜落するしかないが、行けるところまで行ってみようと思う。もし運がよければ味方機と遭遇することもあるだろうし、その味方機からタンカーの位置を教えてもらえるかもしれない。

何があっても生き延びて、随時更新される二次任務を実行し続けること。

それが私に与えられた一次任務だ。

つまり、私の任務は、いつか必ず「失敗」によって幕を閉じる。

近ごろ、私はミサイルたちのことをよく考える。

彼らにチャンスは一度しかない。問答無用で母機に発射され、もし敵機を外したら、永久に続く落下という運命が待っている。一方、首尾よく命中したとしても、自らが撃墜した敵機の死と同時に彼の一生も終わる。

しかし、彼らは「成功」によって任務の幕を閉じることができる。

少なくともそのチャンスはある。

私にはそれがない。

ミサイルたちがうらやましい。

誰もいなくなってしまった２０８１で、ＥＭＰシールドに囲まれた炎をひとり見つめて、私はそんなことを考えている。

ゼロ年代におけるリアル・フィクション

SF・文芸評論家
藤田直哉

十数年前、一九九〇年代の凍えるような冬に――

九〇年代に「SF冬の時代」と呼ばれる、出版点数や売り上げ的にもSFが落ち込んだ時期が存在したと、一般的には言われている。「クズSF論争」（一九九七 - 九八）や日本SF新人賞（一九九九）・小松左京賞（二〇〇〇）の立ち上げ、ハヤカワSFシリーズ Jコレクションの創刊（二〇〇二）など、SFを復興させるべく努力が行われた甲斐もあり、ゼロ年代後半のSFは質・刊行点数において豊穣なる実りを迎える時代が訪れた。

ゼロ年代の日本SFは多様な方向性を含んでいた。ゼロ年代以前からSFの中核を担ってきた山田正紀、神林長平、谷甲州、瀬名秀明、山本弘、菅浩江、神林長平らも強烈な存在感を持って作品を発表し続けていたことはもちろんであるが、いくつかの特記すべき動きもあった。「ベストSF2002」国内篇第一位に野尻抱介『太陽の簒奪者』が選ばれ、小林泰三や林譲治らによるハードSFの傑作が続いて現れた。さらに九〇年代にはほぼ沈黙していた飛浩隆は《廃園の天使》シリーズが話題になり、『象られた力』で日本SF大賞と星雲賞を受賞し、鮮烈な印象を与えた。一方、多ジャンル的な資質を持った作家の活躍も目立った。○二年に日本SF大賞を受賞した『傀儡后《くぐつこう》』を書いたのはホラー作品も多く手がける牧野修であり、『アラビアの夜の種族』で同時受賞した古川日出男は純文学の賞である三島由紀夫賞も受賞する領域横断的な作家であった。そして○七年には伊藤計劃、円城塔がデビューし、急逝した伊藤の遺作『ハーモニー』が日本SF大賞を受賞したことも記憶に新しい。さらに○九年には叢書《想像力の文学》が創刊され、再びSFと純文学・ファンタジーなど他ジャンルとの境界線が崩れるような事態も起こっている。

そのような状況の中で、○三年に〝リアル・フィクション〟として刊行された『マルドゥック・スクランブル』で、冲方丁が史上最年少で日本SF大賞を受賞したことは極めて重要な意味を持つ出来事であった。

リアル・フィクションとは、基本的には、○三年当時のSFマガジン編集長である塩澤快浩が名づけた、早川書房のレーベル名である。まずはその輪郭を見るために、どのような作品がそう呼ばれたのかを確認しておきたい。

○三年五月に冲方丁『マルドゥック・スクランブル』と荻野目悠樹『デス・タイガー・ライジング』が、「次世代型作家のリアル・フィクション」と銘打たれた最初の作品としてハヤカワ文庫JAに登場した。同時にSFマガジン七月号が特集「ぼくたちのリアル・フィクション」で冲方ほか、長谷敏司、元長柾木、吉川良太郎の短篇を掲載、続く六月に小川一水『第六大陸』が刊行される。

〇五年にもSFマガジン七月号が特集「ぼくたちのリアル・フィクション2」を行い、新城カズマ『サマー／タイム／トラベラー』、桜坂洋『スラムオンライン』、桜庭一樹『ブルースカイ』など、リアル・フィクションを代表する作品がハヤカワ文庫JAから刊行された。〇三年の段階ではそれほど認知されていなかったが、〇五年になって「『リアル・フィクションって一体なんだ』という声があがりはじめた」と塩澤は述べている（「リアル・フィクション」とは何か？」『SFが読みたい！　2006年版』p67／以下、『～年版』と表記）。

本書『ゼロ年代SF傑作選』に収録された半分が、SFマガジンの二回にわたる特集に掲載された作品である（冲方、新城、長谷、元長）。海猫沢めろん、桜坂洋にしても長篇が「次世代型作家のリアル・フィクション」として刊行されている（秋山瑞人『おれはミサイル』も同レーベルでの刊行が予定されていた）。つまり実質上、本書は「リアル・フィクション傑作選」であると言ってしまって構わないだろう。

基本的にリアル・フィクションとは、「Jコレクション収録作家を日本SF第四世代に位置づけるとすれば、いま二十代の作家たちは第五世代といえるでしょうか」（「編集後記」SFマガジン〇三年七月号p256）と述べられており、二十一世紀日本SFの基盤となるべく創刊されたJコレクションとは差別化を図り、より若い読者に届けるためにハヤカワ文庫J

Aで展開されたものであった。「次世代型作家のリアル・フィクション」と銘打たれた現時点での最後の作品は仁木稔の『ラ・イストリア』であり、その刊行は〇七年の五月である。同年十月に京都SFフェスティバルの企画「リアル・フィクションからその先へ」に出演することになる円城塔の『Self-Reference ENGINE』が同じ五月にJコレクションから刊行され、続く六月にこれまた出演者の伊藤計劃『虐殺器官』が出ていることも偶然ではないだろう。おそらく、円城・伊藤は「リアル・フィクションの先」にあたる作家という位置づけなのであろう。

これらの作家や作品を並べた上で、基本的に確認できるリアル・フィクション作家の共通点として、団塊ジュニア世代（一九七一-七四年前後生まれ）で、すでにライトノベルで活躍していた作家が多いということは指摘できる。

ゼロ年代初頭に、アニメ・マンガ・ゲームなどのいわゆるオタク・カルチャーに親しんできた若い世代の読むライトノベルを、他ジャンルが「発見」し、取り込もうとする動きが起こった。リアル・フィクションの立ち上げは、雑誌〈ファウスト〉創刊（二〇〇三）を意識したものであった。〈ファウスト〉は、舞城王太郎、佐藤友哉、西尾維新らのような、ミステリの賞である「メフィスト賞」を受賞しながら、その枠に収まらず「脱格系」などと呼ばれていた作家たちが主に活躍することになる雑誌であった。とはいえ、当時のミステリ界とSF界では状況が違った。ミステリにおいては、メフィスト賞受賞作家の中にそのようなオタク・カルチャーの影響を受けた書き手がすでにおり、その上で〈ファウスト〉が創刊された経緯がある。さらに、笠井潔が「ミステリは世代交代が続いている」と言い、山田正紀がそれに応じて「そのような世代間の抗争がＳＦというジャンルで起きなかった」と述べているような（「対談　笠井潔×山田正紀　戦後文学からオタク文学へ　団塊世代の日本ＳＦ史」ＳＦマガジン〇五年七月号p61）、ジャンルの特性の違いも存在していた。塩澤は、ＳＦでは別雑誌を創刊するというような強引な方法はそぐわないとして、ＳＦマガジンやハヤカワ文庫ＪＡ内にリアル・フィクションというレーベルを立ち上げることにしたようだ。

　塩澤はこの〈ファウスト〉を意識してレーベルを立ち上げた状況を端的に表現している。「ライトノベルという言葉は使いたくなかった。それで……まあ、いいか、リアル・フィクションで、と（笑）」（「「リアル・フィクション」とは何か？」『２００６年版』p68）

　西島大介はこのあたりの事情を自作の漫画の中で語っている。「大ザッパに言えば、特集「ぼくたちのリアル・フィクション」は、ＳＦ側が「セカイ系」と呼ばれる90年代以降に顕著な漠とした作品傾向を強く意識した特集だった」（「セカイの中心で、愛。」『２００４年版』p63）

　二〇〇〇年にＳＦマガジンの増刊号として創刊された『ＳＦが読みたい！』は、ジャンル外へのアピールを目指したものと塩澤は述べており（「インタビュウコラム　ＳＦ雑誌」『ＳＦ入門』p83）、ジャンル外へのアピールと、ジャンルＳＦへの新しいカルチャーの導入に対して、塩澤が当初から意欲を持っていたことがわかる。『ＳＦが読みたい！』における座談会を追っていくと、〇〇年の時点ですでに大森望、鏡明、三村美衣らがヤング・アダルトレーベルのＳＦ作品の重要性を指摘している（「ＳＦはいま、なにを考えているか？」［国内篇］『２０００年版』ｐ21）。

ＳＦ的な想像力を持つライトノベル作品はそれまでも発表されていたし、〇一年ごろに角川春樹事務所がハルキ文庫ヌーヴェルＳＦシリーズとして、ライトノベルレーベルの書き手たちをＳＦ作家として売り出そうとしたことがあった。新城カズマ『星の、バベル』や小川一水『導きの星』などがそれにあたる。

誤解が生じると困るので一応注記しておくと、当時、ライトノベルレーベルでＳＦ的な作品を書いていた作家たちは、編集部の意向などにもよるが、ＳＦだと気づかれないようにさえしていた。山田正紀はそのような事情について危機感を表明している。「上遠野（浩平）さんが言うように、たとえＳＦを書いても、ＳＦ作家を名乗るメリットはゼロだと」（「２００１年ＳＦ解放宣言！」『２００１年版』ｐ100）。さらに前島賢の指摘は象徴的であろう。「ライトノベルの中でＳＦが書かれなくなったからといって、困るのはＳＦ読者であってライトノベル読者ではない」（「ＳＦとライトノベルは共存できるか？」『２００７年版』ｐ126）。この指摘は、当時におけるＳＦの立ち位置に対して厳しくも的確なものであった。その中であえてＳＦを名乗った作家は、よほどＳＦ愛の強かった作家なのだと考えてもいいのだろう。

リアル・フィクションがこれらのレーベルとは違うものとして立ち上がる意義は、他レーベルで発表された作品をSFと認識しにくかったジャンルSFの読者に対して、早川書房が「SF」として提示できたという部分が大きい。実際、大森望は「『マルドゥック』が電撃文庫から出ていたら、日本SF大賞を受賞したり、ここで一位（引用者註／「ベストSF2003」のこと）になったりしていたかという話だよね」と指摘している（同p124）。

この背景には、「SF冬の時代」と揶揄されもした九〇年代において、SFに影響を受けた書き手がSF作家としてデビューできる場が少なくなり、ライトノベル小説やゲームクリエイターとしてデビューしたという事情がある。実際に秋山瑞人はサイバーパンクの影響を公言しているし、新城カズマもSF作品を大量に引用するようなファンである。特に神林長平の影響は大きく、元長柾木や桜坂洋は愛読者であることを公言しているし、桜庭一樹が『七胴落とし』を好きだと言っていたり、ライトノベル作家の谷川流が『涼宮ハルヒの憂鬱』で「あなたの魂に安らぎあれ」と直接本文に書き込んだりしているぐらいである。

現在オタク・カルチャーと呼ばれているものは、かつてSFとほぼ同義だった時期があるということも強調しておくべきであろう。オタク第一世代はSF第三世代と重なっており、新井素子や大原まり子の影響を強く受けているし、SFを読んでオタクになったタイプが多い。

ライトノベルは、源流をたどれば、高千穂遙らのヤング・アダルト小説や、眉村卓や光瀬龍らの執筆したジュヴナイル作品にまで遡れるし、初期のアニメ・マンガの人脈とSFとの繋がりを鑑みるに、オタク・カルチャーがSFを母体として派生したという歴史的な経緯を追うことができる。

ジャンルSF内部からこの現象を見ると、このようにまとめることができる。筒井康隆が一九七四年の日本SF大会にて「(SFの) 浸透と拡散」というテーマを掲げたが、当時から意識されていたような「浸透と拡散」現象の中で、ジャンルSFとオタク・カルチャーは分化していった。SF大会とメンバーが重複したり対立したりしながらコミックマーケットが立ち上がったのが七五年であり、これが象徴的な出来事であった。

この年はSFにとって、また別の意味でも象徴的な年となる。SF作家の半村良が直木賞を受賞したのだ。「浸透と拡散」を提唱した筒井自身もこの後に純文学的傾向を強めていき、評価を高めていく。大まかには、七五年前後にSFはオタクとは切り離され、文学との境界を曖昧にしていく傾向にあったといっていいだろう。

文学との境界が曖昧になったSF作品は「スリップストリーム」(八九年にブルース・スターリングが提唱) とSF批評の文脈では呼ばれることがあるが、日本においても巽孝之が「日本変流文学」という形で分析する流れが確かに存在していた (巽孝之『日本変流文学』参照)。そのような流れの中でリアル・フィクションを捉えるとすれば、文学とSFが融合した上でもう一度、かつて切り離されたオタクとも融合しようとする、二〇〇〇年代版の「SFとオタク・カルチャーのスリップストリーム」を「リアル・フィクション」と呼んだというのが適切なところであろう。

実際にこの戦略は成功し、いわゆる文学にSF的想像力が侵入して境界が揺らいでいたのだから、SFの中にライトノベル的なものを侵入させることは文学へと直結させることにもなった。例えば美少女ゲーム作家からSFを通じて純文学にまで駆け抜けた海猫沢めろんの存在はまさにその象徴であるし、まだ記憶に新しい〇八年の桜庭一樹の直木賞受賞もこの文脈を抜きにして考えることはできないだろう。

以上が外面的な意味でのリアル・フィクションの定義である。一方で内容面に関しては、たくさんの議論があり、あえて「定義しない」という戦略をとっていた節もあるため、迂闊なことは言えない。また、これだけの個性を持つ作家や作品をまとめることも不適当なのだが、それを踏まえたうえで、いくつかの発言を参照することが推測の助けにはなるかもしれない。

塩澤は「ぼくたちのリアル・フィクション」特集号の編集後記にこう記している。「二十代作家にとって、現実とフィクションは感覚的に等価であるような気がします。現実の虚構化という意味ではなく、フィクションの側こそが真摯に対応せざるをえない現実になっているかのような……」（「編集後記」SFマガジン〇三年七月号 p256）

詳細な検討は避けるが、筒井康隆の「東海道戦争」によって提示された、「現実とメディア」が主体にとって等価もしくは区別がつかなくなってくるという、日本SFの水脈を生き続けてきた主題が存在する。その流れは神林長平に引き継がれ、メディアによって「現実」

が構成されていくというメタフィクション的な文脈を経た上で、その感覚を「当たり前に生きている」若い人たちの感性をSFに再導入するという意図が垣間見える。巽孝之の言葉を借りれば「世界全体がSF化してしまった」（「日本・SF・評論――その歴史とヴィジョン」）状況を当たり前に生きる作家が、あえてSFを書くという意義がこれらの作品にはあった。

「フィクションの側が真摯に対応せざるをえない現実にな」るというのは、桜坂洋の作品によく現れている。『スラムオンライン』において現実世界でのデートよりもオンラインゲームの中での最強の称号を得ようとする主人公は、旧来の常識からすれば転倒した価値観を持っている。しかし、彼にとってゲームの中こそが価値のある重要なものと思わざるを得ないという切実さは確かに感じられるのだ。おそらくそれは現実の社会がポストモダン化や不況などで「未来」や「希望」などといったものを見失い、そのようなものを求める心性を仮想世界に委ねなければならなかったからだ。達成感や充実感は人間の生きる意味であり、生きていることの価値を保証するものであるが、現実がそれを与えず、ゲームが与えてくれるならば、その主体にとって「生きるために必要」なのはゲームとなり、そうすると、現実とゲームに対する価値付けがその主体にとって「逆転」しても不思議ではない。

さらに、三村美衣は論考や座談会でゲームの影響を強調している。塩澤自身も小川一水の作品について「現在のネット環境」を強調している（「「リアル・フィクション」とは何か？」『２００６年版』p71）。リアル・フィクションという名称を冠するかどうかを分かつ判断の背後には、「ゲーム」や「ネット環境」が意識されていた節はある。そしてそのことから立ち上がる新たな現実感覚、主体の問題、身体のありかた、青春像、未来への意識、閉塞感への対応、表現の冒険などなどが個々の作家によって描かれた。

もう一つ、塩澤のこの発言は特記すべきだろう。「サイバーパンクの話が出ましたよね。あれは、パソコンを始めとしたハードウェアがいかに日常に入っていくかを描いたものだったと思います。リアル・フィクションが描くのは、ハードではなくソフトなんです。だから、それこそゲームとかアニメが入ってくることで……」（同p73）

桜坂洋の「ハードウェアではなく、その上で走るソフトウェアの未来像を描くということでしょうか」との問いに、塩澤は「そうそう」と答えている。とするならば、リアル・フィクションをソフトウェア版のサイバーパンクとして解釈することもできそうである。「むしろライトノベルを読んだり美少女ゲームをやったり（中略）普通にアニメやゲームに触れている人たちを描いたもの」（同p74）をリアル・フィクションとして出したいという塩澤の意見を考えるに、新しいソフトウェアによって変容していく「人間」と「世界像」を本質的なテーマとしていた側面が窺える。本書における元長柾木や海猫沢めろんの作品はまさにそれを証明するかのような内容だろう。

このことを検証するために、リアル・フィクションを代表する作品の一つである『サマー／タイム／トラベラー』を見ておきたい。この作品においては、未来に希望を持っていない少年少女たちが辺里《ほとり》という町において閉塞感に捉われており、その突破口を開こうとして様々な事件が起こるものであった。主人公たちは〈夏への扉〉と呼ばれる、SF小説がたくさん置いてある喫茶店に集まり、仲間の悠有が三秒未来へ跳ぶという現象を解明するべく、「SF小説」というソフトウェアを大量に読み込んでいく。この作品の肝は、絶望とシニシズムに彩られた「未来」を希望というものに変えるという部分であり、「SF小説を読み込む」ことで「未来」を書き換えることと並行して、悠有の「未来へ跳ぶ」という能力を生かした、未来への期待を回復させるような物語が語られる。これは、本物の未来に期待できなくなったから現実逃避のためにフィクションに耽溺するような若い人に対し、そのフィクションからこそ希望が立ち上がると描くことで、それと同じ構図を『サマー／タイム／トラベラー』という作品と読み手の間で起こそうとしているかのようである。

詳述は避けるが、桜庭一樹の『ブルースカイ』もまた、「青い空」の広がりと未来の広がりとを重ね合わせた作品であった。リアル・フィクションを青春小説として強調する言葉が何度も述べられているように、「閉塞」や「未来」というテーマはリアル・フィクションを代表する作品において頻繁に現れる。「ソフトウェアの未来像を描く」だけではなく、むしろ「未来像を描き変えるソフトウェア」こそがリアル・フィクションだったのではないかとすら思えてくる。

この「ソフトウェア」についてのフィクションはメタフィクション的側面を持っており、このリアル・フィクションという作品群もまたソフトウェアなので、それについて語る批評や言説が再びソフトウェアとなって現実像／未来像を変えていくというフィードバックがあり、ネットワーク構造の中でフィードバックを繰り返し続ける、ある眩暈の感覚を生み出している。

これは、各個人が言説を発することで、このソフトウェアを更新し続けるネットワークの中に参加できるということをも半ば計算に入れていたのかもしれない。ある種、集合知としてのSFが自己更新する眩暈の感覚がそこにはあった。この眩暈のような更新の中で何がしかの現実感覚の変容がソフトウェアによって起こり、現実に生きている我々が変容すること、つまりフィクションによってリアルを変えようという願いこそが、リアル・フィクションという言葉には込められていたのかもしれない。バブル崩壊、不況、冬の時代、就職難、など、未来が見えなくて暗い状況にある若年者に対し、未来を現実に取り戻すためにこそフィクションが必要とされるのだ、というような覚悟が垣間見える。

リアル・フィクションがサイバーパンクを意識していた部分があるのだとしたら、ブルース・スターリングが発表したエッセイ、「Cyberpunk in the Nineties」（「80年代サイバーパンク終結宣言」金子浩訳）の結末部分を改変コピペすることが、ソフトウェアとしてのこの解説文の役割となるのではないか。ゼロ年代に奮闘した多くの作家・編集者・批評家に、大いなる敬意と感謝を示した上で――

10年代はリアル・フィクションに属する時代ではないだろう。彼らは仕事をし続けるが、それはもはやムーブメントではなく、もはや「彼ら」ですらないだろう。10年代はゼロ年代に育った新しい世代のものだろう。ゼロ年代アンダーグラウンド文化の全ての力と、運を結集させて。僕は君を知らない、でも僕は君が出てくることを知っている。自分の足で立ち上がり、今を摑み取れ。テーブルの上で踊れ。それを起こすのだ、それを起こすことはできる。知っている。僕はそこにいたことがある。

次世代型作家のリアル・フィクション

マルドゥック・スクランブル
The First Compression——圧縮
冲方 丁

自らの存在証明を賭けて、少女バロットとネズミ型万能兵器ウフコックの闘いが始まる。

マルドゥック・スクランブル
The Second Combustion——燃焼
冲方 丁

ボイルドの圧倒的暴力に敗北し、ウフコックと乖離したバロットは〝楽園〟に向かう……

マルドゥック・スクランブル
The Third Exhaust——排気
冲方 丁

バロットはカードに、ウフコックは銃に全てを賭けた。喪失と安息、そして超克の完結篇

第六大陸 1
小川一水

二〇二五年、御鳥羽総建が受注したのは、工期十年、予算千五百億での月基地建設だった

第六大陸 2
小川一水

国際条約の障壁、衛星軌道上の大事故により危機に瀕した計画の命運は……。二部作完結

ハヤカワ文庫

次世代型作家のリアル・フィクション

スラムオンライン
桜坂　洋

最強の格闘家になるか？　現実世界の彼女を選ぶか？　ポリゴンとテクスチャの青春小説

ブルースカイ
桜庭一樹

あたしは死んだ。この眩しい青空の下で——少女という概念をめぐる三つの箱庭の物語。

サマー／タイム／トラベラー1
新城カズマ

あの夏、彼女は未来を待っていた——時間改変も並行宇宙もない、ありきたりの青春小説

サマー／タイム／トラベラー2
新城カズマ

夏の終わり、未来は彼女を見つけた——宇宙戦争も銀河帝国もない、完璧な空想科学小説

零式
海猫沢めろん

特攻少女と堕天子の出会いが世界を揺るがせる。期待の新鋭が描く疾走と飛翔の青春小説

HM=Hayakawa Mystery
SF=Science Fiction
JA=Japanese Author
NV=Novel
NF=Nonfiction
FT=Fantasy

ゼロ年代《ねんだい》ＳＦ傑作選《けつさくせん》

〈JA986〉

二〇一〇年二月十五日　印刷
二〇一〇年二月二十日　発行

（定価はカバーに表示してあります）

編者　ＳＦマガジン編集部
発行者　早川　浩
印刷者　西村正彦
発行所　株式会社　早川書房

郵便番号　一〇一 - 〇〇四六
東京都千代田区神田多町二ノ二
電話　〇三 - 三二五二 - 三一一一（大代表）
振替　〇〇一六〇 - 三 - 四七七九九
http://www.hayakawa-online.co.jp

乱丁・落丁本は小社制作部宛お送り下さい。
送料小社負担にてお取りかえいたします。

印刷・精文堂印刷株式会社　製本・株式会社川島製本所
Printed and bound in Japan
ISBN978-4-15-030986-2 C0193

＊本書は活字が大きく読みやすい〈トールサイズ〉です